CW01021867

SAS

RENEGADE, 2

ABONNEMENT / RÉABONNEMENT 2010
Je souhaite m'abonner aux collections suivantes
Merci de nous préciser à partir de quel numéro vous vous abonnez

☐ **BLADE**
6 titres par an - 45,00 € port inclus

☐ **BRIGADE MONDAINE**
11 titres par an - 75,00 € port inclus

☐ **GUY DES CARS**
6 titres par an - 49,00 € port inclus

☐ **L'EXÉCUTEUR**
11 titres par an - 75,00 € port inclus

☐ **POLICE DES MŒURS**
6 titres par an - 45,00 € port inclus

☐ **LES SANGUINAIRES**
6 titres par an - 45,00 € port inclus

Paiement par chèque à l'ordre de :
GECEP
15, chemin des Courtilles - 92600 Asnières

☐ **S.A.S.**
4 titres par an - 36,00 € port inclus

Paiement par chèque à l'ordre de :
EDITIONS GÉRARD DE VILLIERS
14, rue Léonce Reynaud - 75116 Paris

frais de port et remise 5 % **inclus** dans ces tarifs
port Europe (par vol = 3,50 €)

Nom : .... Prénom : ....

Adresse : ....

....

Code postal : .... Ville : ....

SAS : Je souhaite recevoir :

- les volumes cochés ci-dessous au prix de 6,99 € l'unité, soit :

N°...

....livres à 6,99 € =...............€

                                               + frais de port =...............€

(1 vol. : 1,60 €, 1 à 3 vol. : 3,50 €, 4 vol. et plus : 5,00 €)

TOTAL................(ajouter à TOTAL abonnements)................. =...............€

DU MÊME AUTEUR

(* titres épuisés)

GÉRARD DE VILLIERS

RENEGADE, 2

Éditions Gérard de Villiers

Photographe : Christophe MOURTHE
Maquillage : Andréa AQUILINO
Modèle : STELLINA
Armurerie : Cybergunboutique.com
140, av. Victor Hugo
75116 Paris

© Éditions Gérard de Villiers, 2010.

ISBN 978-2-84267-980-4

CHAPITRE PREMIER

Fasciné, Malko n'arrivait pas à quitter des yeux la vendeuse brune de la galerie «*Modern Art Project*» en train de replacer une statuette dans la vitrine.

Celle qui venait de répondre au téléphone lorsqu'on avait demandé Amanda Delmonico.

Grande, élancée, de longs cheveux noirs cascadant sur les épaules, un beau visage régulier. De loin, on pouvait la prendre pour Amanda Delmonico.

Mais ce n'était *pas* Amanda Delmonico, la femme qui avait séduit le numéro 2 du *Secret Service*, chargé de la protection du président Barack Obama.

Soudain, il comprit pourquoi il représentait un danger mortel pour ceux qui avaient organisé l'attentat contre le président des États-Unis.

Celle qu'il avait vue à Washington, dans la galerie d'art où elle travaillait, et qui était censée être venue vivre à Londres, n'était pas la vendeuse de «Modern Art Project», mais une inconnue. Du coup, le meurtre déguisé en accident de Ronald Taylor, venu à Londres voir celle dont il était follement amoureux, s'expliquait : il fallait éviter à tout prix qu'il se trouve face à cette inconnue.

Ce qui aurait, évidemment, déclenché une catastrophe.

Donc, on l'avait éliminé.

Un bref coup de sirène derrière lui le fit sursauter. Il jeta un coup d'œil dans le rétroviseur. Une voiture de police venait de s'arrêter derrière lui. À Londres, les emplacements « no parking » étaient sacrés, et les infractions sanctionnées par des amendes monstrueuses.

Un policier en bleu sortit de la voiture de la police et Malko en fit autant.

Avec son sourire le plus humble, il expliqua qu'il s'était arrêté quelques secondes pour se repérer et tendit son passeport autrichien.

Grâce à la radio accrochée à son épaule, le « bobby » vérifia le document et le numéro de la voiture, et, finalement, lui intima l'ordre de partir, sans lui infliger de contravention. Il était temps : un gros bus rouge arrivait, réclamant sa place d'un coup de klaxon impérieux.

Malko démarra, descendant Bayswater road sur près d'un kilomètre avant de revenir sur ses pas, afin de repasser devant la galerie « *Modern Art Project* ».

Le cerveau en ébullition.

Sa découverte signifiait que le FBI avait eu raison de croire que le coup de téléphone échangé entre Amanda Delmonico et Ronald Taylor, le 15 mars, quelques minutes avant l'arrivée du président Obama sur la *South Lawn*, était bien lié à l'attentat commis quelques minutes plus tard.

Les kamikazes, qui s'étaient écrasés sur la *South Lawn* dans le Cessna 150 bourré d'explosifs, étant partis pour un monde meilleur, Ronald Taylor ayant été mis hors de cause, il ne restait qu'une seule piste pour remonter aux sponsors de l'attentat.

Amanda Delmonico, celle que Malko avait rencontrée à Washington et qui, expulsée sur l'ordre du FBI pour avoir transgressé les règles de sécurité en tenant une conversation privée avec Ronald Taylor, lorsque ce dernier se trouvait sur la *South Lawn*, avait pris l'avion pour Londres.

Justement avec l'intention de travailler à cette galerie. Elle avait forcément atterri à Londres, mais ensuite ?

Se trouvait-elle toujours sur le territoire britannique ou avait-elle quitté la Grande Bretagne avec un faux passeport ? Seuls, Scotland Yard et le MI 5 britannique pouvaient aider à retrouver sa trace.

Et, qui était celle qui se faisait passer pour elle et répondait à son portable ?

Malko repassa devant la galerie « *Modern Art Project* », mais les deux vendeuses se tenaient au fond du magasin et il ne put rien voir de plus.

Pour ceux qui se trouvaient derrière la « manip », la venue à Londres de Malko était une catastrophe.

En effet, même si le FBI réactivait l'enquête sur Amanda Delmonico, ce ne seraient pas les « *special agents* » qui l'avaient interrogée à Washington qui viendraient la voir à Londres, mais ceux stationnés dans la capitale britannique à l'antenne du FBI.

Qui n'y verraient que du feu.

Le seul indice dont on disposait pour retrouver la trace d'Amanda Delmonico était la photo de son passeport. C'était chercher une aiguille dans une meule de foin.

Malko était si absorbé dans ses pensées qu'il faillit rater l'entrée du Lanesborough.

Après avoir abandonné la Mini Cooper au voiturier, il gagna le salon de thé, juste avant « The Library ». Gwyneth Robertson, vêtue de son sage tailleur de tweed un peu fatigué, lisait le *Times* devant une tasse de thé. Il fallait une certaine imagination pour deviner l'éblouissante salope derrière cet aspect sage, presque austère.

La jeune Américaine posa son journal et sourit à Malko.

– Alors, mon coup de fil a servi à quelque chose ?

Malko lui avait réclamé de demander au téléphone Amanda Delmonico, afin de l'identifier « positivement », de l'extérieur, lorsqu'elle répondrait.

– Absolument ! confirma Malko. Grâce à toi, je sais que nous sommes sur une vraie piste.

Il lui résuma sa découverte et l'ex *case officer* de la CIA hocha la tête.

– J'ai l'impression que tu es sur un gros truc ! Cela évoque un Grand Service. Tu m'as dit que tu soupçonnais les Israéliens ?

– Ce sont les seuls à avoir intérêt à cet attentat. Le problème c'est qu'il a été commis et revendiqué par des membres du Hezbollah…

– Il y a sûrement une explication, assura la jeune femme. Qu'est-ce que tu fais maintenant ?

– Je vais à Grosvenor Square[1]. À Langley, ils ignorent encore que la véritable Amanda Delmonico a disparu. Sans la précipitation du FBI, elle serait toujours à Washington…

– Mais tu n'aurais rien découvert, conclut Gwyneth Robertson. Et ça me donne le plaisir de te revoir. Bon, moi, je vais faire du shopping. Maintenant que j'ai un salaire décent, je m'éclate. Si tu as un peu de temps, à plus tard.

Ses yeux dans ceux de Malko, elle croisa lentement ses longues jambes, ce qui fit glisser le tweed et permit à Malko d'apercevoir, juste au-dessus du bas, un morceau de peau. Aussitôt Gwyneth Robertson tira pudiquement la jupe jusqu'au genou.

– Tu connais les gens du Mossad ici ? demanda Malko.

– Pas directement, mais je peux me renseigner. Appelle-moi. Tu veux que je te dépose ?

– Non, je vais prendre un taxi.

Les gens de la CIA allaient grimper au plafond en sachant ce qu'il venait de découvrir.

Lorsqu'il sortit à Hyde Park Corner, il regarda machinalement autour de lui. Dans son métier, à partir du moment où on détenait une information *très* sensible, on était souvent en danger de mort.

Il s'engouffra dans le taxi, se rappelant avec un picotement désagréable, que les agents du Mossad étaient de grands professionnels et que s'il était suivi, ils resteraient invisibles.

Jusqu'au moment de frapper.

1. L'ambassade américaine. •

* * *

Sam Wilkinson ôta le chargeur de la caméra numérique ressemblant à une boule braquée sur la rue, à travers la vitrine de la galerie «*Modern Art Project*» et la mit dans sa poche.

Comme tous les soirs, il était venu vérifier les comptes de la journée, demeurant quelques instants après le départ de ses deux employées. Il ferma soigneusement la galerie, descendit Bayswater road sur une centaine de mètres, jusqu'à une cabine téléphonique d'où il donna un bref coup de fil. Ensuite, il gagna l'arrêt de bus de l'autre côté de Bayswater road. En arrivant, il avait visionné sur un écran de contrôle, le film de la journée. Rien de marquant, sauf le stationnement de moins de trois minutes d'une Austin Cooper grise, juste en face de la galerie, sur un arrêt de bus.

L'examen du film permettait de voir son conducteur sorti de sa voiture, interpellé par un policier avant que ce dernier le laisse repartir.

En d'autres temps, cela n'aurait pas attiré son attention, mais il savait que sa modeste galerie pouvait être la cible d'un Service.

C'est son *katsa* [1] qui l'avait averti quelques jours plus tôt, en lui remettant cette caméra à installer de façon à surveiller la rue. Sam Wilkinson n'avait pas posé de question. Il ne posait d'ailleurs jamais de question.

---

1. Agent traitant du Mossad.

Lorsqu'il était né, en juin 1939, à Amsterdam, il s'appelait Samuel Weckenstein. Son père, Albert, tenait une galerie d'art dans la capitale hollandaise. En 1942, les deux hommes poursuivis par la gestapo, en tant que juifs, avaient du fuir la Hollande. Laissant derrière eux, la mère de Samuel et tout le reste de la famille qui avait été déportée par les nazis et n'était jamais revenue des camps de la mort. Ayant atteint Londres, via l'Espagne, en 1943, Albert Weckenstein, avait remonté un commerce d'art et pris la nationalité britannique, ainsi que son fils, sous le nom de Wilkinson.

Albert Wilkinson était mort en 1977 et son fils, Sam, lui avait succédé.

En apparence, c'était un sujet de Sa Très Gracieuse Majesté comme les autres, mais il n'avait oublié les persécutions nazies. Chaque année, à l'occasion du Yom Kippour, il se rendait en Israël pour une longue méditation au mémorial de Yad Vachem, dédié aux millions de juifs européens exterminés par les nazis.

Aussi, lorsqu'un jour, un inconnu avait poussé la porte de sa boutique et lui avait annoncé qu'il travaillait pour une organisation d'entraide aux juifs pauvres arrivés en Israël en provenance de pays arabes d'où ils avaient été expulsés, Sam l'avait reçu à bras ouverts, lui offrant immédiatement une contribution de 500 livres.

L'inconnu, qui s'appelait Uri Yacob, l'avait emmené prendre le thé au Dorchester et ils avaient longuement bavardé. Sam Wilkinson lui avait raconté sa vie et proclamé son amour de l'État juif.

– Si nous avions eu cela en 1940, avait-il conclu,
mes parents ne seraient pas morts en déportation. Je
ferai n'importe quoi pour Israël.

Uri Yacob l'avait écouté. Ils s'étaient revus, et peu
à peu, Sam Wilkinson avait compris que l'association
d'entraide aux juifs dans le besoin était tout simplement l'« Institut »[1] regroupant le Service de Renseignement extérieur et le Service d'Action d'Israël.

Le bouclier de l'État juif.

Lorsqu'Uri Yacob lui avait demandé si éventuellement, il serait prêt à donner un coup de main à
l'Institut, Sam Wilkinson en avait eu les larmes aux
yeux.

Il avait applaudi des deux mains et, sans s'en
rendre compte, était devenu un *sayann*[2], volontaire
juif non rétribué du Mossad.

Ils étaient environ 5 000 à travers le monde, ren-
dant différents services. Hébergeant des inconnus,
aidant dans la mesure de leurs moyens ceux qu'on
leur désignait comme étant des agents du Mossad,
des *katsim*. On demandait aussi, parfois, aux *saya-
nym* d'infiltrer des associations, de recueillir des
informations, mais jamais de missions « actives »
réservées aux professionnels.

Uri Yacob, qui ne s'appelait ni Uri, ni Yacob, lui
avait présenté un *katsa*, établi à Londres, qui utilisait le nom de code de Dan, un grand gaillard blond
et rieur, qui était devenu son O.T[3], avant de dispa-

1. Le Mossad.
2. H.C. Honorable correspondant.
3. Officier traitant.

raître définitivement, retournant probablement en Israël…

Quelques mois plus tôt, Sam Wilkinson avait rencontré son *katsa* à Kensington Gardens qui l'avait averti que « l'Institut » allait utiliser le nom d'une de ses vendeuses, Amanda Delmonico, pour une manip.

Si quelqu'un la demandait, il devait répondre qu'elle se trouvait aux États-Unis.

Personne n'avait demandé Amanda Delmonico et Sam Wilkinson avait presque oublié cet épisode lorsque Dan, son *katsa*, rencontré cette fois dans un théâtre de Leicester Square, l'avait averti qu'on risquait de s'intéresser à lui, lui remettant la caméra destinée à surveiller la rue en face de la galerie « *Modern Art Project* ». Sam Wilkinson n'avait pas posé de question, comme d'habitude, visionnant consciencieusement les films chaque soir.

C'était la première fois qu'il trouvait quelque chose d'anormal, ce qui avait motivé son appel à un numéro mémorisé par lui, à n'utiliser qu'en cas d'urgence.

Une heure plus tard, un message publicitaire pour un site porno arrivait sur son portable.

Le code pour un rendez-vous urgent.

Le bus arriva et Sam Wilkinson monta dedans. Descendant cinq stations plus loin.

Il arpentait Kensington Gardens lorsqu'il fut rejoint par un homme en imperméable qui se mit à marcher à côté de lui. C'était « Dan », son *katsa*. Un visage si banal qu'on l'oubliait même après avoir passé une heure avec lui.

– Il y a du nouveau ? demanda-t-il, d'une voix enjouée.

Ne jamais provoquer de stress chez un *sayann*.

Sam Wilkinson expliqua l'épisode de la Mini Cooper.

– Ce ne doit pas être important, assura le *katsa*, en empochant le film et en n'en pensant pas moins. Depuis la mort de Ronald Taylor, la « Base » du Mossad à Londres, située dans un bâtiment sans ouverture, tout au fond de l'ambassade d'Israël, s'attendait à une réaction.

Désormais, il fallait gérer le problème. En marchant sur des œufs, car les Britanniques *étaient* très susceptibles sur les Services étrangers opérant en Grande-Bretagne. Certes, en apparence, les relations entre Mossad et MI 5 étaient excellentes, chaque nouveau patron de la « Base » ayant généralement droit à un déjeuner au *Traveller's* avec son homologue du MI 5, mais les Brits ne supportaient pas d'activité trop voyante…

– Continuez ! encouragea le *katsa*, vous avez très bien réagi, Sam !

Encouragé, le vieux marchand d'art osa demander.

– C'est lié au « voyage » d'Amanda ?

– Peut-être.

– Que doit-elle faire, si on vient lui poser des questions ?

– Elle saura y répondre, fit Dan le *katsa*, sans se départir de son sourire.

C'est à ce moment que Sam Wilkinson réalisa qu'Amanda Delmonico, celle qui travaillait à la galerie, était aussi une *sayanim*. Il savait qu'elle était juive d'Argentine et l'avait engagée un peu pour cela, mais n'avait rien soupçonné.

Ce qui prouvait que le cloisonnement était bien respecté.

Après une petite tape sur l'épaule, le *katsa* le quitta et se dirigea vers Kensington road, et Sam Wilkinson prit le chemin de son petit appartement de célibataire. Fier et heureux d'avoir rendu service à Israël.

**

– Je vous prie de m'excuser, lança Ted Boteler, à peine eut-il pénétré dans la *conference room* de *Thames House*, le siège du MI 5, situé au quatrième étage, sans aucune ouverture vers l'extérieur, donnant sur l'atrium. Mon fichu vol a eu une heure de retard. J'arrive directement de Heathrow.

– Pas de problème ! affirma William Wolseley, directeur de cabinet du « 5 » et hôte de ce meeting. Prenez un peu de thé et détendez-vous.

Le centre de la table ronde était occupé par un plateau avec de petits biscuits au chocolat, une théière et des tasses. Ted Boteler, directeur de la Division des Opérations à la CIA, se sentait sale et fatigué. Il n'avait même pas eu le temps de passer par son hôtel. Il s'assit à côté de Richard Spicer, le chef de Station de Londres de la CIA, se servit un peu de thé et William Wolseley fit les présentations.

– Je crois que vous connaissez notre ami Malko, fit-il avec un sourire. Le gentleman à sa droite s'appelle John Cobb. Il a été chef de station du « 6 » à

Jérusalem, deux fois de suite et est notre meilleur spécialiste du Mossad. Il est désormais chez nous à la Division « Middle East ».

» Brian Pendelstone dirige la Division A 4 et nous risquons d'avoir besoin de ses services.

» Mike Putney appartient à la TD[1] et a étudié les circonstances de la mort de Ronald Taylor.

» Quant à notre ami William Marley, c'est l'œil de « C » à ce meeting.

« C » c'était Sir Georges Cornwell, le directeur du MI 6, la branche extérieure des Services britanniques. Cette appellation datait du temps où le nom du patron du MI 6 était un secret d'État, des années plus tôt. Désormais sa photo et son CV s'étalaient dans les journaux.

Ted Boteler échangea un sourire chaleureux avec Malko.

– Je crois que vous avez eu un sacré flair ! dit-il. À la Maison, ils sont comme des fous.

Malko sourit modestement. Cette réunion lui en rappelait d'autres, deux ans plus tôt, lorsqu'il avait aidé les Brits à démasquer une taupe dans leurs Services[2].

Il était le seul à ne pas avoir de dossier devant lui. Le plus gros appartenait à John Cobb, le spécialiste du Mossad.

Ted Boteler ayant terminé son thé, William Wolseley attaqua.

– Je vous rappelle, messieurs, que nous sommes

---

1. Technical Division.
2. Voir SAS *Al Qaida attaque*.

ici pour essayer de savoir si les Israéliens – je dis bien les Israéliens et *non* le Mossad – sont derrière l'attentat du 15 mars contre le président Obama, attribué au Hezbollah. Nous ne possédons que peu d'éléments concrets et l'enquête va être difficile.

– Et délicate, ajouta le représentant de «C». S'il y a la moindre fuite sur nos soupçons, les Israéliens vont se déchaîner. Leur service désinformation, le LAP, est très fort. Et, ils ne respectent rien ni personne. Cette opération a déjà causé plusieurs morts dont le regretté Ronald Taylor.

– Vous avez la conviction qu'il a été assassiné ? demanda Ted Boteler.

– Pas la conviction, la *certitude*, corrigea Mike Putnoy, le représentant de la Technical Division. Nous allons en parler.

Avant qu'il ouvre la bouche, William Wolseley ajouta d'une voix neutre :

– Gentlemen, je vous rappelle que tout ce qui a trait à cette réunion est classé «*beyond secret*»[1]. Ceci déjà pour protéger ceux qui vont mener cette enquête.

La plus haute classification. Malko eut l'impression que tous les regards étaient fixés sur lui.

Il avait déjà eu pas mal d'assassins à ses trousses, mais être traqué par les tueurs du Mossad, les *kidonim*, faisait froid dans le dos. À de très rares exceptions près, ils liquidaient toujours leur cible. Pour la protection d'Israël.

---

1. Au-delà du secret.

Or, si l'État hébreu était vraiment mêlé à l'attentat contre le président des États-Unis, ses dirigeants
seraient prêts à tuer la terre entière pour que cela ne
se découvre pas.

Comme on le répétait aux *kidonim* en formation
dans leur base secrète militaire du Néguev : «Lorsque vous tuez, vous n'enfreignez pas la loi, vous
exécutez la sentence prononcée par le Premier
ministre.»[1]

1. En Israël, le Mossad ne dépend que du Premier ministre.

CHAPITRE II

Nathan Livni, le chef de la « base » du Mossad[1] à Londres, qui dirigeait d'une main de fer ses douze agents, écoutait attentivement le rapport de « Dan », le *katsa* qui « traitait » Sam Wilkinson et s'appelait en réalité Jagur Halevy.

— Pour l'instant, la situation est sous contrôle, conclut « Dan ». Mais on peut s'attendre à des développements fâcheux.

— Nous sommes là pour les empêcher, assura Nathan Livni. Le vieux Sam est précieux. Il faudra l'inviter chez nous pour Pessah. Il le mérite.

Pessah, c'était la Pâque juive ; les *sayanim* n'étaient jamais rétribués ; à la rigueur, on leur remboursait leurs frais.

Parcimonieusement.

En effet, leur seule motivation était leur patriotisme sioniste.

— Allons visionner ce film, proposa Nathan Livni. J'appelle Ariel.

1. En hébreu Ha Mossad le Teum. Institut de coordination.

Ariel était le *neviot* [1] qui était revenu bredouille de Heathrow, supposé « prendre en charge » un agent de la CIA arrivant de Washington. Un voyage en rapport avec l'opération de protection de la galerie de Bayswater road. Le *neviot*, muni de photos transmises par la base du Mossad à Washington, n'avait pas repéré son « client » et avait fait un court rapport à son retour à la « base ».

Ils se retrouvèrent tous les trois dans une petite salle de projection. Mort, le *neviot*, un gros garçon en surpoids, avec des lunettes d'écailles traînait un peu des pieds.

Jusqu'à ce qu'il pousse une exclamation au milieu du film.

– C'est lui ! Il a dû prendre un autre vol.

Les images de la caméra de surveillance montraient un homme blond de haute taille, à côté d'une Austin grise, en train de discuter avec un policier en uniforme.

– Tu es sûr ? demanda Nathan.

– Certain.

Cela changeait tout. Ils terminèrent l'examen du film sans repérer rien d'autre d'intéressant, puis Nathan Livni lança à Jagur Halevy :

– Mets le film dans ton coffre, je vais prévenir *l'Institut*.

Chaque agent disposait d'un coffre dans son bureau où l'on accédait avec une carte magnétique changée chaque semaine. Chaque coffre n'était utilisé que par une seule personne.

---

1. Agent chargé des surveillances et des filatures.

Il n'y avait jamais eu aucune tentative de pénétration, mais la prudence était une seconde nature chez tous les agents du Mossad.

Une fois seul, Nathan Livni rédigea un long message à l'intention de Meir Dagan, le dixième patron de l'Institut depuis le 11 septembre 2002 avec une copie à Efraim Zeevi, le directeur des Opérations extérieures.

En tête du message, il écrivit la mention « *Sodi be yoter* »[1], le signal d'alerte maximum. Il ne connaissait pas tous les dessous et les ramifications de cette opération, seulement la partie qui se déroulait à Londres. Il avait reçu l'ordre de Tel-Aviv d'assurer un cordon de sécurité autour de la galerie de Sam Wilkinson jusqu'à nouvel ordre et de signaler tout incident, potentiellement suspect. Le stationnement de cette Mini Cooper en face de la galerie de Sam Wilkinson en était un. Nathan Livni savait que, dans son métier, il n'y a pas de coïncidences. Malheureusement, le film ne montrait pas le numéro de l'Austin grise.

Il décida d'attribuer, dès le lendemain, un *neviot*[2] à la protection de la galerie d'art. Pour le reste il n'y avait plus qu'à prier. Peut-être se faisaient-ils peur pour rien, mais il n'y croyait pas.

L'arrivée, quinze jours plus tôt, de deux *kidonim* qui ne lui avaient rien dit de leur mission, l'avait alerté. En lisant les journaux – chaque matin, un employé du Mossad faisait la tournée des kiosques

1. Ultra secret.
2. Spécialiste de la surveillance.

pour acheter *tous* les journaux britanniques et arabes pour les éplucher soigneusement. L'entrefilet concernant la mort «accidentelle» de Ronald Taylor lui avait fait soupçonner la raison de la présence des *kidonim* à Londres. Bien qu'il n'eût aucune idée de la raison pour laquelle l'Institut aurait pris le risque de liquider un Américain du *Secret Service*.

Il avait fallu une raison plus qu'impérieuse : une Raison d'État.

*
* *

William Wolseley attaqua dans un silence de mort :

– D'abord, nous avons réuni tout ce que nous savons sur le propriétaire de cette galerie, Sam Wilkinson. C'est un juif d'origine hollandaise qui se nommait Samuel Weckestein. Il a vécu quelques années en Hollande, avant de quitter ce pays en 1942, avec sa mère. Après être passés par l'Espagne, ils se sont installés à Londres où ils avaient des cousins déjà dans le business de l'art. En 1970, il a acheté cette galerie et l'exploite depuis. Il est âgé de soixante-douze ans. Nous avons demandé aux Hollandais s'ils avaient quelque chose sur lui. Réponse négative.

William Wolseley se tourna vers John Cobb, le spécialiste du Mossad.

– Qu'en pensez-vous, John ?

Le Britannique referma son dossier.

– Nous ne l'avons encore jamais trouvé dans une opération du Mossad, mais cela ne veut rien dire.

C'est peut-être un *sayann*. Il en a le profil, se rend tous les ans en Israël, fait des dons à plusieurs organisations sionistes.

– Et cette Amanda Delmonico ? demanda Malko.

– C'est plus intéressant, annonça Mike Putney de la Technical Division. C'est une Israélite d'origine argentine. Elle est arrivée à Londres il y a huit ans avec le statut de résidente. Elle habite un petit appartement sur Dorchester Terrace. Il a été visité avant-hier par des gens de l'A 4 qui n'y ont rien trouvé.

– Même pas de « bugs » ?

– Non, rien. Depuis qu'elle est à Londres, elle n'a jamais fait parler d'elle. Ne possède pas de voiture, célibataire.

– Cela, souligna Malko, c'est l'Amanda Delmonico qui vit à Londres. Que savez-vous de l'autre, de celle que j'ai vue à Washington ? Celle qui a séduit Ronald Taylor.

Le Britannique sortit deux photos de son dossier et les tendit à Malko.

– Celle de gauche, c'est Amanda Delmonico, l'« officielle ». L'autre est la photo du passeport de la femme qui voyageait sous ce nom, sur le vol BA 6537 de Washington à Londres.

» Comme vous le voyez, elles se ressemblent fortement, mais lorsqu'on les examine de près, on note des différences notables.

– Et ce passeport ?

– Argentin. Nous avons checké avec les Argentins. C'est un « vrai-faux ». Il a été perdu et « lavé », équipé d'un nouveau nom et d'une nouvelle photo.

– Elle s'en est servi pour ressortir du pays ?

– Aucun passeport avec ce numéro n'a été utilisé, trancha William Wolseley. Il ne reste que deux possibilités : soit elle se trouve toujours en Grande-Bretagne, soit elle est repartie avec un *autre* passeport.

Un ange passa et se mit à tourner en rond dans la pièce sans fenêtre. Cela rappelait furieusement l'affaire Litvinenko, où un agent du FSB, porteur de polonium 210, était arrivé en Grande-Bretagne avec un passeport letton, et en était reparti avec un document slovaque.

Tous les deux faux, bien entendu.

– Cette opération évoque un « Grand » Service, conclut le directeur de cabinet du « 5 ».

Nouveau silence.

Rompu par William Wolseley.

– Mike, dites-nous tout ce que vous savez sur la mort de Ronald Taylor.

Le représentant de la Division Technique sortit un paquet de photos de son dossier et les étala sur la table. Certaines des têtes étaient encadrées de rouge. Il commença sa démonstration.

– Ces photos montrent que, sans aucun doute, Ronald Taylor a été poussé *volontairement* sur les voies de la station Oxford, juste avant l'arrivée du train, par ces deux hommes.

Il poussa vers Malko et Ted Boteler, assis l'un à côté de l'autre, trois photos. On y distinguait nettement deux hommes jeunes, entre vingt-cinq et trente ans, l'un les cheveux en brosse, l'autre plus « bourgeois », bousculant l'Américain, le déséquilibrant et, ensuite, se perdant dans la foule.

– Voilà les assassins ! conclut-il. Dans une poche

du manteau de Ronald Taylor, nous avons trouvé un plan du métro de Londres avec certaines indications qui avaient dû lui être dictées par Amanda Delmonico. Elle lui conseillait de prendre le métro à Heathrow, la *Piccadilly line*, jusqu'à Piccadilly Circus, où il devait changer pour prendre la ligne *Bakerloo* jusqu'à Oxford Circus où il changeait de nouveau pour la *Central line* jusqu'à Notting Hill Gate.

» C'est sur le quai de la Central line qu'il a été poussé sous le métro.

» Ceux qui l'ont fait avaient son signalement, connaissaient son horaire approximatif et son itinéraire.

– Que savez-vous d'eux ? demanda Ted Boteler.

Le Britannique leva la tête avec un pauvre sourire.

– Rien, *sir*. Ces photos ne sont pas assez nettes pour être comparées à des photos de passeport. Nous ne savons, ni leur nationalité, ni leur parcours et, bien entendu, encore moins leurs noms.

» Ils peuvent se trouver toujours sur le territoire du Royaume ou avoir filé.

Un ange passa, et fila comme un courant d'air, traversant le mur de briques.

William Wolseley se tourna vers John Cobb.

– John, vous avez une idée sur leur identité ?

Le spécialiste du Mossad hocha la tête, perplexe.

– La méthode rappelle celle des *kidonim*, les assassins du Mossad qui agissent sur les ordres du Premier ministre. Ils savent très bien camoufler un meurtre en accident. Ils sont formés pour cela. Si c'est le cas, ils sont déjà au chaud à Jérusalem. Ces assassins « gouvernementaux » ne se sont fait prendre que deux fois : en Norvège, à Lillehammer, où ils avaient assassiné par erreur un garçon de café palestinien totalement innocent en le prenant pour un terroriste d'Abu Nidal. Et, en Jordanie, quand ils ont tenté de liquider Khaled Mashal, le chef du Hamas, en l'empoisonnant. Sinon, ils frappent comme l'éclair et disparaissent comme des ombres.

William Wolseley eut un hochement de tête réprobateur.

– Ne soyez pas trop romantique, John. Ce sont simplement des assassins.

Sa remarque jeta un froid, mais il reprit vite la parole.

– Maintenant que nous avons exposé tous les éléments matériels, dit-il, Malko, pouvez-vous nous expliquer comment vous voyez le déroulement des choses. Avec une implication israélienne.

– Quel que soit le commanditaire de l'attentat du 15 mars, commença Malko, je pense que la fausse Amanda Delmonico a été envoyée à Washington afin de séduire Ronald Taylor, désigné comme « cible » à cause de ses fonctions à la Maison Blanche. C'était impossible, au départ, qu'elle ait un objectif *précis*. Elle espérait sûrement profiter de cette intimité pour obtenir des informations sur les déplacements du président des États-Unis.

» Ce qu'elle a fait.

» Ensuite, sa mission terminée, elle s'est éclipsée, avec la complicité involontaire du FBI. Si elle était demeurée à Washington, on n'aurait jamais pensé à enquêter ici et Ronald Taylor serait toujours vivant.

William Wolseley se tourna vers John Cobb.

– Cette méthode vous paraît compatible avec celle du Mossad ?

– Tout à fait, répondit sans la moindre hésitation le spécialiste du Mossad. Les Israéliens utilisent des femmes comme appâts, des *bat levyha*, ce que nous appelons des « honeytrap »[1]. C'est ce qu'ils ont fait lors de l'affaire Vananuu, l'Israélien qui avait trahi les secrets atomiques d'Israël en révélant que le pays possédait deux cents têtes nucléaires.

» Il s'était réfugié à Londres et ils lui ont envoyé une soi-disant Américaine qui a réussi à l'entraîner à Rome où le Mossad l'attendait. Il a pris douze ans de prison et cette femme vit désormais en Floride.

William Wolseley hocha la tête d'un air pincé, et murmura entre ses dents :

– *Disgusting*[2] !

In petto, Malko se dit que son amie Gwyneth Robertson avait fait exactement la même chose pour le compte de la CIA en séduisant un savant nucléaire pakistanais. Mais elle, en plus, devait y prendre un certain plaisir.

William Wolseley poursuivait son idée.

– Et l'usage éventuel des *kidonim*, John ? Cela cadre ?

– C'est plus délicat, sir, répondit John Cobb. Les *kidonim* sont regroupés dans une unité spéciale du Mossad. Ce sont des assassins professionnels, qui ont surtout liquidé des arabes, Palestiniens, Hamas,

---

1. Littéralement piège à miel.
2. Répugnant !

Al Qaida ou Hezbollah. Ils sont paraît-il, une soixan-
taine, dont douze femmes.

» Personne, hors du patron du Mossad, ne connaît
ni leur visage ni leur véritable nom. Ils quittent le
service vers trente ans. Cependant leur usage est très
encadré. Chaque meurtre doit être approuvé par un
Comité comprenant le Premier ministre. La sentence
de mort doit concerner une personne qui représente
un danger pour Israël. *En principe*, cela ne doit
concerner que des gens hors de portée de la justice
israélienne. Israël est le seul pays qui entretienne
officiellement une brigade d'assassins. Un agent du
Mossad m'a dit un jour à Jérusalem : « Les *kidonim*
sont les bourreaux officiels de l'État d'Israël. Lorsqu'ils tuent, ils n'enfreignent pas la loi, ils exécutent
seulement la sentence décidée par le Cabinet et le
Premier ministre. »

Sir William Wolseley leva la tête et tira la conclusion du meeting.

– Nous avons la quasi-certitude que Ronald Taylor a été assassiné, nous ignorons par qui. Nous
sommes également certains que la véritable Amanda
Delmonico, celle qui travaille à la galerie *Modern
Art Project* a « prêté » son identité à une femme qui
utilise son patronyme, mais dont nous ne savons
rien.

» Donc, qu'elle est complice.

» La logique voudrait donc que nous la fassions
interroger par la « Special Branch » du Yard. Elle a
sûrement des choses à dire.

– Mais, elle ne dira rien ! répliqua Malko. Je suis
de votre avis, elle est complice, mais ignore sûre-

ment *qui* est la femme qui s'est fait passer pour elle à Washington.

» Si elle travaille pour le Mossad, elle restera muette. Que pouvez-vous lui reprocher ? De s'être fait passer pour une autre ? Ce n'est pas un délit. D'être complice du meurtre de Ronald Taylor ? Il faudrait prouver qu'elle a partie liée avec les assassins.

– Donc, conclut Sir William Wolseley, on ne s'intéresse pas à elle ?

Il semblait choqué et Malko le rassura.

– Si, affirma-t-il, mais sans avoir l'air de lui reprocher quelque chose. Je peux la contacter en me faisant passer pour un membre de la Station du FBI de Londres, pour un complément d'enquête sur la mort de Ronald Taylor.

– Et cela vous apportera quoi ? demanda aussitôt Sir William Wolseley.

Malko esquissa un sourire.

– Je l'ignore encore, avoua-t-il, mais, parfois, en donnant un coup de pied dans la fourmilière…

– On fait bouger les choses, approuva Ted Boteler. Je vais arranger cela avec les gens du FBI. Rien d'autre ?

– Si, continua Malko. Tenter de retrouver la trace de l'Amanda Delmonico qui est arrivée de Washington à Londres et s'est ensuite volatilisée. Savoir où elle se trouve. Et si elle a quitté le pays.

– Nous travaillons là-dessus, affirma l'homme de la TD. La Special Branch de Scotland Yard est en train de passer au peigne fin toutes les fiches d'immigration au départ de Londres à partir du jour où elle est arrivée de Washington.

» Nous savons déjà qu'elle n'a pas utilisé le même passeport. Donc il faut examiner des milliers de documents utilisés pour sortir du pays depuis cette date.

» Cela va prendre plusieurs jours.

» D'autant que nous devons prendre des précautions de sécurité pour que cette recherche ne s'ébruite pas.

Malko se tourna vers John Cobb.

– Vous êtes toujours en contact avec le Mossad ?

– Oui, bien sûr, je rencontre Nathan Livni, le chef de Base à Londres, assez souvent. C'est un type froid, menteur, mais plutôt sympa. Cependant il n'est pas question que j'aborde ce sujet avec lui. Je connais d'avance la réponse.

Un lourd silence régna quelques instants. Les relations du Mossad et du gouvernement britannique n'avaient pas toujours été au beau fixe. En 1986 après la découverte de huit faux passeports britanniques perdus par un agent israélien en Allemagne, Margaret Thatcher, la dame de fer, avait reçu de Jérusalem la promesse solennelle que cela ne se reproduirait plus.

Deux ans plus tard, les agents du Mossad installés en Grande Bretagne avaient de nouveau dérapé exerçant des activités illicites sur le sol anglais. Cette fois, le gouvernement de Margaret Thatcher avait carrément ordonné la fermeture du bureau londonien du Mossad.

William Wolseley regarda sa montre et lança :

– Gentlemen, nous referons le point dans quarante-huit heures.

Tout le monde se leva et William Wolseley, « l'œil » du « 6 », glissa discrètement à Malko :

— Sir George aimerait déjeuner avec vous. Il vous attend au *Traveler's* vers une heure.

Malko fut flatté de cette invitation. Sir George Cornwell, propriétaire d'un magnifique château à Twyford, dans le Hampshire, pratiquait la solidarité de la vieille noblesse européenne. À ses yeux, Malko en était, avant tout, un membre, et, à cet égard, son égal.

Il était à peine sorti dans Thorney street que son portable sonna.

— Que fais-tu ce soir ? demanda la voix enjouée de Gwyneth Robertson. Tu me dois un dîner.

— Avec joie, accepta Malko. Où ?

— Je passe te prendre au Lanesborough. Neuf heures.

Il regagna la voiture de l'ambassade américaine où Richard Spicer l'avait précédé. Le chef de station de la CIA semblait soucieux.

— Ils sont morts de peur, remarqua-t-il et je les comprends : les « schlomos » [1] peuvent devenir très méchants. On a intérêt à trouver des preuves en béton, avant de bouger *officiellement*. Pour l'instant, reconnut Malko, nous n'avons pas grand chose. Tant qu'on n'aura pas retrouvé la piste de l'Amanda de Washington.

— On va à l'ambassade, coupa l'Américain, je vais préparer votre interview avec la « vraie » Amanda.

Arrivé à l'ambassade, Malko s'installa dans le

1. Israéliens, en argot CIA.

bureau de Richard Spicer, qui avait une vue magnifique sur les arbres de Grosvenor Square, tandis que le chef de station disparaissait.

Richard Spicer réapparut vingt minutes plus tard. Souriant.

– Le Chargé d'Affaires a téléphoné lui-même à cette jeune femme en lui expliquant que les autorités américaines souhaitaient éclaircir toutes les circonstances de la mort de Ronald Taylor annonça-t-il. Elle a accepté de rencontrer un « special agent » du FBI. Ce sera vous.

– Vous avez prévenu les « gumshoes » ?

– Oui. Ils ont grincé des dents, mais sont obligés d'accepter. C'est un presidential order. Et, après leur connerie, ils se font tout petits.

» Voilà, vous appelez Amanda Delmonico. Voici ses trois numéros : galerie, home et mobile.

» Faites-le d'ici, au cas où les « schlomos » remonteraient l'appel. On va même aller dans le bureau du FBI.

Malko le suivit au troisième étage, occupé en partie par une antenne du FBI. Il n'y avait qu'une secrétaire et ils s'installèrent dans un bureau vide.

Malko composa le numéro de la galerie « Modern Art Project » et une voix de femme répondit aussitôt :

– Modern Art Project, je vous écoute.

Malko expliqua qui il était et donna le nom d'un des « special agents » du FBI stationnés à Londres, Larry Moore.

– Quand souhaitez-vous me voir ? demanda Amanda Delmonico.

– À votre convenance.

– Je travaille ici jusqu'à sept heures. Voulez-vous que je vienne à l'ambassade ?

– Il sera un peu tard, dit Malko et je ne veux pas vous faire perdre du temps. Puis-je passer un peu avant la fermeture et vous emmener prendre un verre quelque part. Il s'agit d'une interview *informelle*.

– Dans ce cas, venez à six heures quarante-cinq, accepta la jeune femme et demandez-moi.

*
* *

Meir Dagan, dans son bureau du septième étage du QG du Mossad, en plein cœur de Tel Aviv, fulminait silencieusement après avoir lu le télégramme envoyé par Nathan Livni. Arrivé à son bureau à 6 h 30, comme tous les matins, il l'avait trouvé, avec d'autres nouvelles des 24 bases de l' *«Institut»* réparties à travers le monde.

Depuis le 11 septembre 2002, à la tête du Mossad, Meir Dagan dirigeait d'une main de fer ses 1 500 membres, plus tous ceux appartenant à la nébuleuse qui le soutenait.

C'était un dur. Petit déjeuner vers 5 h 30, après une douche froide : yoghourt, tartines de miel et café noir.

Blessé jadis au genou, il boitillait très légèrement lorsqu'il était fatigué.

Huit ans s'étaient écoulés depuis sa nomination mais il avait l'impression d'avoir vécu un siècle à l'*Institut*, tant la pression nerveuse était forte. Il ne s'attendait pas à être reconduit, après la démission de Tsipi Livni, car ses rapports avec le nouveau

Premier ministre, Benyamin Netanyahu, étaient exécrables. Il considérait le chef du Likoud comme un menteur patenté et un illuminé, et, à 65 ans, serait volontiers passé dans le privé.

Seulement, il était l'architecte d'un système complexe de sabotage du programme militaire de l'Iran, à travers tout un réseau de sociétés écrans, d'agents doubles, de « liquidations » ciblées et avait réussi à retarder sérieusement les progrès de l'Iran vers l'arme nucléaire.

Même s'il ne l'aimait pas, Netanyahu savait cela. Et l'avait maintenu à son poste.

Après avoir relu le « papier » de Nathan Livni, il fit appeler son chef des opérations, Efraim Zeevi, et les deux hommes discutèrent des solutions possibles à apporter au problème qui se posait à Londres.

Meir Dagan n'était ni un tendre, ni un sentimental. Né dans un train qui emmenait sa famille de Russie en Pologne, à la fin de la Seconde Guerre mondiale, il avait été élevé à la dure et était connu pour son *hutzpah*[1]. Même s'il ne prenait jamais une décision à la légère. Ancien commando proche d'Ariel Sharon, ex-général aussi.

Avec Efraim Zeevi, il se mit à étudier les solutions au problème posé par la présence à Londres de cet agent de la CIA. Comme deux chirurgiens pèsent le pour et le contre d'une intervention.

Grâce au débriefing de l'Amanda Delmonico de Washington, ils savaient qu'elle avait reçu à la galerie de « *Cherub Antiques* » la visite d'un « client »

---

1. Culot.

correspondant au physique du chef de mission de la CIA. Accompagné d'une femme comme couverture.

Le fait qu'il se retrouve en face de la galerie où travaillait la véritable Amanda Delmonico représentait un danger énorme et immédiat. Car, dès qu'il serait en face d'elle, il découvrirait la supercherie. Ouvrant la boîte de Pandore. Et risquant de faire exploser toute l'opération.

C'est Efraim Zeevi qui proposa une solution.

– Il faut faire revenir Rachel d'urgence et escamoter Amanda. S'il y a une vérification, personne n'y verra que du feu.

Meir Dagan approuva.

– *Avant tout*, il faut escamoter Amanda.

– Comment ? Les Brits l'ont sûrement déjà sous surveillance. Si elle se fait piquer en train de quitter la Grande-Bretagne, ce sera pire.

– Il faut qu'elle tombe malade, le temps qu'on réussisse notre manip.

– Notre client va se mettre à sa recherche…

Il y eut un silence lourd de sous-entendus. Les deux hommes se connaissaient si bien qu'ils n'avaient pas besoin de se parler.

– Je ne vois qu'une solution, conclut Meir Dagan. En deux parties. D'abord, éviter toute identification d'Amanda, ce qui mènerait à la catastrophe. Dans un premier temps, on la met à l'abri, le temps d'éliminer le danger. Ensuite, on l'exfiltre pour de bon.

» Et ensuite, Rachel prend sa place, au moins pour quelques mois.

– On refait l'opération du métro ? Ça risque de faire des vagues.

Meir Dagan eut un sourire amer.

– Au point où nous en sommes… Je vais soumettre le cas à Bibi.

En Israël, toutes les décisions vitales appartenaient au Premier ministre et Meir Dagan lui obéissait, comme les autres.

Avec un soupir plein de lassitude, il appela sa secrétaire par l'interphone :

– Lila, faites savoir à Bibi que je dois le voir d'urgence.

C'est le Premier ministre qui déciderait s'il fallait expédier à Londres ou non le bras armé d'Israël.

Meir Dagan se reversa un café noir et regarda longuement une photo posée sur son bureau. Celle d'un juif, les épaules couvertes d'un châle de prière, agenouillé entre deux SS. Document pris pendant l'évacuation du ghetto de Lukow, dans la région de Lublin, en Pologne.

C'était à l'automne 1942 et l'homme était son grand-père. Aidés par la milice ukrainienne, les SS venaient de faire évacuer le ghetto. Deux mille juifs avaient été tués sur place, les autres envoyés à Treblinka, dans les chambres à gaz. Chaque fois qu'il regardait cette photo, retrouvée par un jeune Polonais après la guerre, Meir Dagan, qui, lorsqu'il était né en 1945, s'appelait Oberman, se disait qu'il ferait tout, jusqu'à son dernier souffle, pour que cela n'arrive plus jamais.

D'où son dévouement sans limites à l'État d'Israël. Seulement, depuis que Benyamin Netanyahu l'avait mis au courant de l'opération de Washington, il ne décolérait pas. Certes, il était obligé d'obéir aux ordres, pour préserver Israël. Seulement il dansait sur une musique qu'il n'avait pas écrite et abhorrait cela.

CHAPITRE III

Malko avait presque épuisé les délicieux petits sandwiches aux concombres ou au fromage blanc, spécialités du *Traveler's Club*, lorsque la haute silhouette de héron fatigué de Sir George Cornwell apparut à l'entrée de la petite salle à manger adossée aux boiseries sombres du bar.

Le patron du MI 6 abandonna un manteau de cachemire aux mains d'un maître d'hôtel sérieux comme un archevêque et rejoignit Malko.

Toujours aussi élégant dans un complet de chez Gieves, à Saville Row. Les 250 000 livres annuelles [1] de son salaire ne lui servaient guère qu'à ces quelques fantaisies étant donné l'importance de sa fortune.

Il serra chaleureusement la main de Malko avec un « *Welcome back* » [2] sonore.

– Votre délicieuse amie ne vous accompagne pas ? demanda-t-il. Sinon, vous auriez dû l'amener.

Alexandra, la « délicieuse amie », se promenait

1. Environ 250 000 euros.
2. Heureux de vous revoir.

entre Garmisch-Partenkirchen, Lech ou Oberlech, essayant le charme de ses nouvelles combinaisons de skis sur les nombreux jeunes aristocrates esseulés de Haute Autriche, qui rêvaient tous de la mettre dans leur lit.

Malko ne voulait pas croire qu'ils y parvenaient de temps à autre, lorsqu'elle était particulièrement fâchée contre lui. La veille au soir, elle l'avait appelé, lui détaillant complaisamment comment elle allait s'habiller pour un dîner offert en son honneur par le Baron Wilfrid von Manstein, propriétaire de plusieurs usines de mécanique et d'une femme absolument immonde, qui, Dieu merci, avait eu la bonne idée d'avoir une attaque cérébrale qui la clouait sur un fauteuil roulant. Lorsqu'il rencontrait Alexandra, il devenait comme fou et ne dissimulait pas sa passion.

Uniquement sexuelle.

Alexandra, à ses yeux, représentait la salope de bonne famille entièrement libérée. Le rêve impossible de l'homme marié.

— *Putzi*, avait précisé Alexandra d'une voix caressante, j'ai trouvé à Vienne d'extraordinaires bas gris avec des rebords bleus. Ils les ont fabriqués spécialement pour moi. Je crois que je vais les étrenner ce soir.

— Je croyais que tu étais au *ski*, avait remarqué Malko, et que tu portais des fuseaux et des bottes.

— *Putzi* ! Le soir, on ne s'habille pas comme des ours. Oui, je crois que je vais les mettre, tu sais, avec cette jupe un peu évasée qui permet de mettre des jarretelles sans avoir l'air d'une bonne qui veut se faire sauter.

Malko l'avait imaginée habillée ainsi et en avait eu un gros coup de vague à l'âme. La voix amicale de Sir George l'arracha à sa rêverie.

– Mon cher Malko, je crois que nous sommes en face d'une affaire extrêmement délicate.

C'était une litote…

Le maître d'hôtel avait déposé devant eux des menus épais comme des bibles et ils s'y plongèrent. Pour prendre la recommandation du jour : un merveilleux gigot d'agneau, rôti à point.

En laissant de côté la gelée verdâtre qui l'accompagnait, c'était exquis. Pour les sauces et les gâteaux, les Britanniques en étaient encore à l'Âge de Pierre.

– Vous nous apporterez un Château La Lagune 1996, s'il vous en reste, demanda le patron du MI 6.

Il en restait.

– *Well*, fit Sir George, je tenais absolument à vous rencontrer pour discuter en tête à tête de cette étrange affaire. Croyez-vous *sérieusement* que le Mossad se trouve derrière l'attentat du 15 mars ?

Malko ne répondit pas immédiatement. C'était une question difficile.

– À première vue, reconnut-il, cela semble complètement impossible. Les terroristes étaient bien membres du Hezbollah, ils ont revendiqué l'attentat. Mais, depuis, nous avons découvert quelques bizarreries. Notamment le meurtre déguisé en accident de Ronald Taylor. Qui peut maintenant s'expliquer. Or, il n'a pas été assassiné par des gens du Hezbollah.

» Il y a donc un *autre* Service dans le circuit de

cet attentat. Ce qui s'est passé *vraiment*, je l'ignore encore.

Sir George attendit d'avoir goûté son bordeaux et ajouta :

– Votre avis sur votre déplacement au Liban ?

– J'ai eu l'impression que les Iraniens et le Hezbollah étaient de bonne foi…

– Vous savez ce que valent leurs dénégations…

– Évidemment, je ne suis pas naïf. Mais, *politiquement*, ni l'Iran, ni le Hezbollah n'ont intérêt à commettre ce genre de crime, en ce moment.

– Et Israël ?

Malko esquissa un sourire.

– Sir George, vous êtes bien placé pour savoir que le problème n° 1 d'Israël, c'est l'Iran. Il ne se passe pas de semaine sans qu'ils montent à l'assaut du gouvernement américain, réclamant plus de fermeté et même une action *préventive* militaire.

» Le Pentagone a été obligé de faire plusieurs simulations d'une telle attaque, qui se terminent toutes par des catastrophes. *Eux*, ont intérêt à pousser les États-Unis au crime.

» Quoi de mieux qu'un attentat contre le président des États-Unis revendiqué par un groupe lié de près aux Iraniens ?

» D'autant que Barack Obama est obligé de réagir s'il ne veut pas perdre la face…

» C'est presque le crime parfait.

Sir George ne regardait même plus son poisson fumé. Il demanda d'une voix lente :

– Pouvez-vous m'expliquer *comment* les Israéliens ont pu faire porter le chapeau au Hezbollah ?

– Non, avoua Malko. Et c'est là que le bât blesse.
Peut-être qu'en poursuivant cette enquête, nous le
découvrirons. Peut-être pas.

– Je me suis déjà entretenu de cette question
d'éliminations physiques avec des responsables
israéliens, enchaîna le chef du MI 6. C'était avant
cette affaire. Ils m'ont toujours affirmé et j'ai toutes
les raisons de les croire que leurs fameux *kidonim*
ne s'attaquaient *jamais* à des chefs d'État.

» Même des États « voyous ».

– On les soupçonne, quand même, d'avoir empoisonné Abu Amar, Yasser Arafat, rétorqua Malko et
je suis bien placé pour savoir qu'ils ont essayé d'en
faire autant avec Hassan Nasrallah.

– Ce ne sont pas vraiment des chefs d'État, rétorqua le Britannique.

On apportait l'agneau grillé. Ils s'y attaquèrent. Il
était vraiment délicieux. Après l'avoir arrosé d'une
longue gorgée de Château La Lagune, Sir George
Cornwell reprit son argumentation, penché au-dessus
de la table, bien que le bar soit vide.

– En plus, fit-il, vous n'ignorez pas que les États-
Unis sont le meilleur allié d'Israël. Chaque année,
ce pays bénéficie d'une aide de trois milliards de
dollars, payables en une seule fois, ce qui permet à
Israël de placer cet argent. Tsahal dépend entièrement des États-Unis pour son armement, même si
Israël a une importante industrie d'armement.

» Sans parler de l'appui, politique, peut-être le
plus important. *Toutes* les résolutions du Conseil de
Sécurité des Nations Unies, depuis 1973, ont été
bloquées par un véto américain.

Malko acheva son agneau et posa sa fourchette.

– Cela ne les rend pas reconnaissants, remarqua-t-il. J'ai discuté avec Ted Boteler de ce problème. La CIA sait de façon certaine que le Mossad connaissait l'existence et le lieu où se dissimulait le camion piégé qui, à Beyrouth, en 1983, a fait sauter le QG du 8e Bataillon de Marines faisant 241 morts.

» Il n'a rien dit aux Américains.

» Deux ans plus tard, en 1985, un analyste de la Navy de religion juive, Jonathan Pollard, a été recruté par le Mossad et a volé les secrets militaires les plus pointus des Américains.

» De leur propre aveu, les Israéliens déploient plus d'efforts pour piller les secrets militaires des États-Unis que n'importe quel autre pays, y compris les Russes.

– Je sais tout cela, avoua Sir George Cornwell et je me faisais un peu l'avocat du diable. Les Israéliens sont capables de tout pour protéger leur pays.

» J'avais rencontré le Premier ministre Ariel Sharon à Jérusalem, lors d'un voyage officiel et il m'a dit à la fin d'un dîner :

« Israël ne peut pas, ne doit pas, autoriser que l'Iran soit en possession d'armes nucléaires. »

» Sharon est presque mort, mais je pense que ses successeurs ont gardé la même ligne.

» Ce qui rend votre hypothèse plausible.

» Cependant, il nous manque le principal : le modus operandi.

Le maître d'hôtel s'approchait, poussant un chariot chargé de pâtisseries de toutes les couleurs de l'arc-en-ciel. Malko se hâta de commander un café.

– Malko, tenez-moi au courant, conclut Sir George,
et faites attention. Pour l'instant, je préfère laisser
mes Services en dehors de cette affaire. Sauf en ce
qui concerne le meurtre de Ronald Taylor, car j'ai
reçu une demande officielle des Américains. Le « 5 »
y a joint la recherche de cette Amanda Delmonico.

» C'est tout ce que nous pouvons faire, pour le
moment.

– C'est déjà beaucoup, affirma Malko.

Sir George Cornwell leva son verre de bordeaux,
avec un sourire encourageant.

– À vos efforts…

Il n'avait pas dit « succès ». C'était un homme
prudent.

***

Malko avait pris soin de repasser par Grosvenor
Square afin d'y prendre un taxi pour se rendre à
Bayswater road. On n'est jamais trop prudent. Il
avait bien senti que, même s'il ne l'avouait pas, Sir
George Cornwell envisageait lui aussi l'hypothèse
israélienne.

Il se fit déposer juste devant la galerie « *Modern
Art Project* » et poussa la porte. Aussitôt, un homme
corpulent, âgé et chauve, voûté, émergea de l'arrière-
boutique.

– *Good afternoon*, sir, fit-il d'une voix chaleu-
reuse. Cherchez-vous quelque chose de particulier ?

Malko sortit sa fausse carte du FBI et la montra
au vieil homme.

– Je suis le « *special agent* » Larry Moore, du FBI. J'ai rendez-vous avec Mrs Amanda Delmonico.

– Ah oui, elle m'a prévenu ! Malheureusement, elle est retenue chez un client et ne reviendra pas avant la fermeture. Elle m'a chargé de vous dire qu'elle vous fixera un nouveau rendez-vous. Puis-je faire quelque chose pour vous ?

– Non, merci, dit Malko, avant de repartir.

Cette soudaine absence lui semblait bizarre.

Il héla un taxi qui passait.

– Au Lanesborough, lança-t-il au chauffeur, un Jamaïcain aux cheveux tressés.

Pour ce soir, il n'avait plus qu'à s'occuper de Gwyneth Robertson.

* * *

Ariel, le *naviot*, arrêté sur sa moto, faisait semblant de consulter un plan. Dès que son « client » fut monté dans le taxi, il démarra derrière, à bonne distance.

Ne le lâchant que lorsqu'il s'arrêta devant le Lanesborough.

Ce qui lui fournissait une précieuse indication : l'adresse à Londres de son « client ».

* * *

À peine Malko fut-il sorti de son taxi que le valet lui glissa à l'oreille :

– Une *young lady* vous attend à la Library, sir.

Ou il était très en retard ou Gwyneth Robertson

était en avance. Effectivement il trouva la jeune Américaine, bien calée dans un fauteuil de velours rouge, face au bar, devant un seau de glace contenant une bouteille de champagne. Elle leva joyeusement sa coupe, en apercevant Malko.

– *Good evening, darling* !

En s'asseyant, il aperçut au-dessus de sa jupe remontée, l'attache d'une jarretière. Gwyneth avait mis sa tenue de combat. Elle se pencha vers Malko, les yeux brillants.

– C'est un grand jour ! J'ai été nommée « senior analyst » à mon *Think Tank*. Ça veut dire 15 000 livres de plus par an. Ce soir, c'est moi qui t'invite. Tiens, ressers-moi du champagne.

Malko obtempéra, arrachant la bouteille de Taittinger Comtes de Champagne Rosé de son seau. Il n'en restait plus beaucoup. Ce qui expliquait l'exubérance de Gwyneth.

Celle-ci regarda autour d'elle.

– C'est sinistre ici ! Il n'y a que des putes et des vieux. Viens, on va à Chelsea.

Elle marchait encore droit, mais avec un léger balancement. Pendant qu'ils attendaient la voiture, elle se serra contre Malko.

– Tu as eu une bonne idée de revenir à Londres.

Lorsque le valet arriva avec la Mini Cooper, elle lança à Malko :

– Tu conduis, je te guiderai.

Il se mit au volant, mal à l'aise à cause de la conduite à gauche. Ils étaient encore sur le terre-plein en face du Lanesborough lorsque Gwyneth se laissa glisser à genoux sur le plancher. Inquiet, Malko demanda aussitôt :

– Ça ne va pas ?

– Si, fit-elle joyeusement, cela va très bien, mais j'ai envie de m'offrir un petit plaisir.

Ses mains s'étaient déjà faufilées sous le volant et s'attaquaient au zip du pantalon de Malko. Elle lui lança :

– Regarde la route. Si on a un accident je risque de t'estropier et ça serait dommage.

Malko se mit à conduire avec une prudence extrême, tandis que Gwyneth Robertson lui faisait une démonstration éblouissante de fellation mondaine. Ses mouvements étaient réglés comme du papier à musique, car sa tête ne pouvait monter très haut, heurtant le volant à chaque aller-retour. Malko ne put tenir que jusqu'au croisement de Brompton road et de Kensington. Il explosa dans la bouche complaisante de Gwyneth avec un cri sauvage, juste quand le feu passait au vert.

La jeune femme se redressa et reprit sa place, pouffant de rire.

– Il y a longtemps que j'avais envie de faire ça, mais j'avais besoin de quelqu'un de confiance pour conduire la voiture... Tu prends la seconde à gauche...

Malko éprouvait une curieuse impression. D'un côté, il se savait en danger de mort, d'un autre il venait de vivre quelques instants particulièrement délicieux : c'était sa vie. Une alternance de danger et de plaisirs, tous violents.

Le règne de l'adrénaline.

– Nous sommes arrivés, annonça Gwyneth en désignant une enseigne dorée et noire : « Bedford Arms. »

À peine furent-ils sur le trottoir qu'elle se serra brièvement contre Malko.

– J'ai très envie de baiser ce soir ! murmura-t-elle, alors, ne me déçois pas.

– Si tu veux, je t'emmène dans un endroit qui t'amusera, proposa Malko. Un club *très* privé.

– Allons déjà dîner. J'ai faim.

*
* *

Même fin mars, il ne faisait pas très chaud dans le Néguev. Surtout dans la base militaire de l'armée israélienne n° 23. En plus d'une unité de gardes-frontières, celle-ci abritait l'unité la plus secrète du Mossad : le centre de formation des *kidonim*. Là où on leur apprenait à tuer de toutes les façons. Les méthodes allaient de la balle dans la nuque, tirée par l'arme « standard » des *kidonim*, le Beretta calibre 22, à l'empoisonnement, en passant par l'étranglement avec un fil à couper le beurre.

Ceux-ci occupaient plusieurs bâtiments dans un coin éloigné de la base et n'avaient aucun contact avec les militaires qui connaissaient juste l'existence d'une unité secrète.

Il y avait tant de choses secrètes en Israël qu'ils n'y prêtaient pas attention.

En cette fin de soirée, un seul bureau était allumé dans la base : celui du « dispatcher », relié directement par ligne cryptée à celui de Meir Dagan.

Le fax avait craché quelques heures plus tôt un certain nombre d'instructions, qui avaient été ensuite validées sur une autre ligne.

Un ordre de mission.

Moshe, le dispatcher, avait fait sa sélection parmi les *kidonim* disponibles. D'après les ordres, il fallait un homme et une femme.

Les femmes n'étaient pas très nombreuses : une douzaine en tout. Deux étaient déjà en mission et Moshe avait choisi parmi celles qui étaient disponibles, la seule qui corresponde au profil réclamé par *l'Institut* : environ vingt-cinq ans, très belle femme, habituée à se mouvoir dans un environnement plutôt luxueux.

Esther – ce n'était, bien entendu, pas son véritable nom – correspondait parfaitement au profil. Absolument splendide, la sensualité même, des lèvres pulpeuses, une forte poitrine et une croupe callipyge.

Personne ne pouvait soupçonner que cette jeune femme, qui se faisait souvent passer pour une cover-girl, était, à l'intérieur, froide comme un iceberg. Ceux qui étaient recrutés dans les *kidonim* étaient avertis qu'ils ne devaient jamais laisser leurs sentiments personnels interférer avec leur mission. Et, pour les femmes, qu'elles seraient amenées éventuellement à faire l'amour avec leur «cible».

Cela faisait partie de l'entraînement.

Elles devaient pouvoir se comporter comme des putains avec naturel.

Esther était passée maître dans cet art. Sa précédente victime – un jeune Arabe sûr de lui, financier du terrorisme, avait eu le temps de profiter d'elle

avant d'être aspergé d'un spray mortel contenu dans
une bouteille de parfum. Jusqu'à cet instant précis,
il était persuadé d'avoir levé une magnifique putain
à qui il avait remis 2 000 dollars pour satisfaire ses
caprices sexuels.

Personne ne connaissait la vie privée d'Esther. Ni
même ne savait si elle en avait une.

Pour ses camarades, ce n'était qu'un robot bien
dressé au service d'Israël. Très peu de personnes
connaissaient les vraies raisons de son engagement.

Zvi, lui, avait un parcours plus classique. Juif du
Yémen, il se fondait parfaitement dans le monde
arabe, parlant parfaitement la langue et avait suivi
une formation de commando dans la célèbre unité
« *Sayret Maktal* », l'équivalent des SAS britanniques,
risquant fréquemment sa vie dans des missions
secrètes. Il avait appris à tuer de tant de façons différentes qu'il n'avait que l'embarras du choix.

Lui aussi se retrouvait au repos après une mission
réussie au Congo où il avait éliminé un Chiite libanais,
soutien actif du Hezbollah.

Esther et Zvi entrèrent à quelques minutes d'in-
tervalle dans le bureau de Moshe, le dispatcher, et
prirent des chaises. Puisqu'ils devaient accomplir une mission ensemble, ils devaient se déclarer
d'accord.

Moshe annonça d'une voix calme :

– Voici vos papiers. Vous êtes mariés, de nationalité égyptienne. Votre « légende » se trouve ici.

Vous devez l'avoir assimilée totalement avant de partir.

» Vous décollerez pour Delhi demain et, de là, vous prendrez un vol pour l'Europe.

» Voici en quoi consiste votre mission.

Ils écoutèrent le dispatcher en silence, posant seulement de rares questions. Le fait de partager une vie de couple ne les gênait absolument pas : ils avaient été entraînés à ce genre de situation.

Les *kidonim* n'agissaient jamais seuls. Il fallait, qu'en cas de pépin, il y en ait un pour secourir l'autre. En principe, les « bases » du Mossad n'étaient pas au courant, mais eux possédaient un code « émergency » afin de pouvoir s'y replier si cela se révélait nécessaire.

Lorsque Moshe eut terminé son exposé, Esther demanda :

– Tu ne nous as pas dit où nous allions.

– À Londres, annonça le dispatcher.

CHAPITRE IV

Gwyneth Robertson s'étira sur le trottoir en face du «Bedford Arms» et lança un clin d'œil à Malko.

– Tu m'avais parlé d'un endroit «intéressant», tout à l'heure. Je me sens en pleine forme.

Elle avait beaucoup bu de vin rouge et irradiait le sexe. Plusieurs fois, durant le dîner, Malko avait croisé son regard et ce qu'il y avait lu était parfaitement expressif. Comme d'autres femmes sont soudain prises d'une frénésie de shopping, Gwyneth était saisie d'une fringale de sexe. Durant le dîner, elle n'avait pas cessé de lorgner sur un beau jeune brun accompagné de sa fiancée, lui envoyant des œillades parfaitement explicites. Furieuse, la jeune blonde avait écourté leur repas et filé avant eux.

– C'est un endroit assez spécial, avertit Malko, je ne voudrais pas te choquer…

Il y avait emmené deux ans plus tôt la femme qu'il était chargé de surveiller pour le compte du MI 5, une Pakistanaise amoureuse d'un traître et elle n'avait pas pu résister à l'ambiance.

Gwyneth Robertson éclata de rire.

– Ce soir, rien ne peut me choquer!

Ils se retrouvèrent dans la Mini. C'est encore Malko qui conduisait, tandis que Gwyneth se remaquillait tant bien que mal, la jupe relevée très haut sur ses cuisses magnifiques.

Malko, lui aussi, se sentait dans un état second. La présence invisible du danger aiguisait toujours ses sensations. D'un côté, il essayait de se concentrer sur sa mission, mais, d'un autre, il se disait que tout plaisir est bon à cueillir.

Carpe Diem…

Il trouva une place tout près de la petite porte vernie noire, dans Brooks street déserte. À peine eut-il appuyé sur la sonnette presque invisible que le battant s'ouvrit sur un Pakistanais sanglé dans une tunique blanche. Malko lui communiqua son numéro de membre du club et l'autre l'invita aussitôt à descendre un escalier aux murs tendus de velours rouge. Une musique vaguement jazzy montait vers eux. Ils débouchèrent dans ce qui ressemblait à une discothèque, avec de profondes banquettes entourant une piste de danse, un bar tout en longueur et un éclairage fortement tamisé.

Deux couples dansaient, presque immobiles, d'autres flirtaient dans les boxes et plusieurs clients étaient accoudés au bar.

On les installa en bordure de piste et Malko commanda une bouteille de Champagne Taittinger Brut pour laver le vin rouge.

Gwyneth écarquillait les yeux.

– C'est ça, ton endroit spécial ? demanda-t-elle. Il n'y a rien.

Effectivement, à part un couple qui flirtait d'une

façon très active, on se serait cru à une fête de patronage.

– Attends, conseilla Malko.

Ils goûtèrent le champagne et Gwyneth voulut danser. Collée-serrée. Tout à coup, elle embrassa Malko, son ventre contre lui et murmura :

– Oh, *my God*, j'ai envie de…

Elle ne termina pas sa phrase. Une jeune femme vêtue d'une longue robe noire moulante, belle, le regard assuré, venait de se mettre à danser toute seule à côté d'eux. Lançant des œillades non pas à Malko, mais à Gwyneth. Finalement, elle se rapprocha de celle-ci et dit d'une voix caressante :

– *Good evening*, *young lady* ! Je ne vous ai jamais vue encore ici…

– C'est normal, répliqua Gwyneth, c'est la première fois.

– Ah bon. Puis-je me mêler à vous ?

Sans attendre la réponse, elle se colla soudain dans le dos de Gwyneth Robertson, incrustant la croupe de cette dernière contre son pubis. Comme l'aurait fait un homme.

Ils dansaient presque immobiles au son de «Blue Moon». Soudain Malko aperçut les mains de l'inconnue qui venaient de se refermer avec douceur sur les seins de Gwyneth, emprisonnant leurs bouts entre ses doigts. Il croisa le regard de l'ex «case officer» de la CIA, brutalement désorientée.

Désormais, ils oscillaient à trois sur la piste. Cela dura quelques instants, puis la brune glissa à l'oreille de Gwyneth :

– J'ai envie de danser un peu avec vous…

La jeune femme eut un geste de recul et protesta.

– *I am not a dike* ! [1]

– Moi non plus ! sourit la brune. Le regard sur Malko, elle demanda : *May I* ? [2]

Déjà, elle enlaçait Gwyneth. Amusé, Malko regagna sa table, se demandant ce qui allait se passer.

***

– Vous êtes venue pour mater ou pour baiser ? demanda la brune. Je m'appelle Sherry. Et vous ?

– Gwyneth.

– Vous êtes belle.

Ses mains glissaient le long du corps et ses doigts rencontrèrent les jarretelles sous la jupe. Elle sourit.

– C'est bien. Vous êtes raffinée. C'est votre amant ?

– Parfois, fit Gwyneth, un peu gênée.

– Il est jaloux ?

– Je ne sais pas…

Elles dansèrent encore un peu, puis Sherry glissa à l'oreille de Gwyneth :

– Permettez-moi de vous emmener dans le salon rouge.

– Qu'es-ce qu'il y a dans le salon rouge ?

La bouche se rapprocha encore plus de son oreille.

– Quelques garçons montés comme des ânes et bourrés de Viagra. Mais vous n'êtes pas obligée d'en profiter. Venez.

---

1. Je ne suis pas une gouine.
2. Je peux ?

Elle la prit par la main et l'entraîna vers le bout du bar. Gwyneth se retourna et lança un regard éploré à Malko qui la rassura d'un sourire. Pourtant, il commençait à être excité. Dans le box voisin, un gentleman grisonnant avait glissé une main entre les cuisses de sa voisine et la caressait calmement.

Les deux femmes débouchèrent dans une pièce encore moins éclairée, meublée d'un long canapé et de plusieurs matelas à même le sol.

Elles n'étaient pas là depuis trente secondes qu'un homme surgit, entièrement nu. Jeune, blond, les cheveux bouclés, les traits réguliers. Gwyneth baissa les yeux et vit qu'il tenait dans sa main droite un sexe à l'horizontale d'une longueur inhabituelle. Il s'arrêta devant Gwyneth et commença à se caresser lentement, en la regardant dans les yeux.

Fascinée, Gwyneth n'arrivait pas à quitter des yeux ce membre qui semblait prêt à l'ouvrir en deux.

D'un geste plein de douceur, Sherry remonta la jupe de Gwyneth, découvrant le bas et sa jarretière. Le blond bouclé s'approcha et caressa le nylon du bout de son sexe. Gwyneth crut que ses ovaires allaient tomber par terre. Sherry murmura à son oreille.

– Je crois que James a très envie de faire connaissance. Il est très doux.

En même temps, elle avait glissé sa main plus haut, atteignant le sexe de Gwyneth. Celle-ci, le cerveau en feu, se sentit perdre pied. Avec douceur, Sherry venait de prendre sa main et de la poser sur l'imposant bâton de chair. Machinalement, elle referma ses doigts dessus.

Sherry était en train de faire glisser son string. Elle se dit qu'elle allait succomber, lorsqu'un cri rauque venant du canapé attira son attention.

Elle écarquilla les yeux pour trouer la pénombre et aperçut une femme habillée penchée vers un homme, nu, assis, avalant gloutonnement son sexe mafflu. C'était déjà d'un érotisme absolu, mais Gwyneth sentit ses jambes se dérober sous elle quand elle aperçut un Jamaïcain athlétique surgi de l'ombre s'approcher de la femme en pleine fellation.

Calmement, il remonta sa jupe et Gwyneth aperçut un sexe qui lui parut monstrueux.

L'homme se plaça entre les fesses de l'inconnue et, d'un mouvement lent et puissant, s'enfonça entre elles. Du coup, elle releva la tête, poussant un cri rauque.

Sherry souffla à Gwyneth :

– C'est Mary. Elle vient souvent. Elle est très sexe… John adore la prendre par là. Il dit que c'est vraiment serré.

D'une main pesant sur sa nuque, l'homme assis venait de rabattre sa tête sur son sexe qu'elle avala docilement. John se retira totalement et revint en force de toute sa longueur, arrachant un cri étouffé à Mary.

Gwyneth sentit les doigts délicats de Sherry faire glisser son string le long de ses cuisses, puis de ses jambes.

Le blond bouclé la mangeait des yeux, le sexe pointé contre son ventre.

– Vas-y ! murmura Sherry, personne n'ira jamais aussi loin dans ton ventre.

– Il est trop gros ! balbutia Gwyneth.

Sincèrement affolée.

– Tu préfères celui-là ? souffla Sherry.

Elle plaqua la main de Gwyneth sur sa robe longue et celle-ci sentit un sexe dressé le long de son ventre. Incrédule, elle regarda le visage bien maquillé, les seins énormes et comprit : Sherry était un transsexuel.

Le blond bouclé s'était rapproché. Il la poussa doucement contre le mur et, de la main gauche, remonta sa jupe. Gwyneth sentit l'extrémité de son sexe effleurer ses cuisses et comprit qu'il allait l'embrocher de toute sa longueur. Son sexe était inondé. Elle ferma les yeux et imagina ce long bâton de chair se ruer dans son ventre. Collée contre sa croupe, Sherry se frottait doucement, prête, elle aussi, à l'embrocher.

Brutalement, elle eut peur.

D'un seul élan, elle écarta ses agresseurs et fonça vers la salle principale. À la fois prodigieusement excitée et terrifiée. Elle se laissa tomber à côté de Malko et dit simplement d'une voix absente :

– Baise-moi ! Vite. Sinon, je vais faire des bêtises.

Les jambes ouvertes, elle s'offrait, enfoncée dans la banquette. Le membre de Malko se déploya à la vitesse de la lumière. Il n'eut qu'à basculer sur elle et donner un coup de rein. Une jambe sur l'accoudoir, Gwyneth poussa un cri bref et commença à jouir, avant même qu'il ne soit entièrement enfoncé dans son ventre.

*
* *

Malko avait un peu de mal à se concentrer. Il but d'un trait le café noir et fort offert par Richard Spicer. Il avait peu dormi. Après Brooks street, Gwyneth, déchaînée, était revenue au Lanesborough et là, il l'avait prise de nouveau de toutes les façons.

La voix du chef de Station de la CIA l'arracha à sa torpeur.

— Que pensez-vous de ce rendez-vous annulé ?

— Rien encore, avoua Malko. Cela peut être vrai, comme…

Il laissa sa phrase en suspens et Richard Spicer enchaîna :

— Je vais demander aux Cousins de faire en sorte qu'elle ne puisse pas sortir du territoire. Mais je pense qu'elle n'essaiera pas : ce serait un aveu de culpabilité.

— Si elle n'a pas appelé demain, proposa Malko, je débarque à la galerie directement.

— Bien sûr, dit encore Richard Spicer, il suffit de faire venir ici, le *special agent* du FBI qui l'a interrogée à Washington, mais cela mène où ? Une fois qu'on aura mis en branle le FBI, on ne pourra plus l'arrêter.

— Je pense qu'elle ne joue pas le rôle central dans cette opération, approuva Malko. C'est seulement un *decoy* [1]. OK, on refait le point demain.

***

1. Trompe-l'œil.

Amanda Delmonico regarda le texto qui venait de s'imprimer sur l'écran de son portable. Une pub pour des tarifs téléphonique spéciaux.

Elle l'effaça et acheva de s'habiller. Depuis la veille, elle n'était pas retournée à la galerie, sur l'ordre de son *katza*. Elle sortit de chez elle, marcha une centaine de mètres et se glissa dans une cabine publique aux murs tapissés de cartes de visite de call-girls.

Elle composa avec soin un numéro de détresse, totalement sécurisé, surveillé en temps réel, donna celui d'où elle appelait puis raccrocha.

Deux minutes plus tard, on appela. Une voix d'homme qui dit simplement :

« Fortnum and Mason. 3ᵉ étage. Dix heures. »

Elle raccrocha, un peu rassurée. Malgré sa foi en Israël, elle avait un peu peur. C'était la première fois qu'elle dépassait l'utilisation normale des *sayanim*. Depuis la veille, elle avait l'impression d'avoir basculé dans un autre monde, beaucoup plus dangereux. C'est sur l'ordre de son *katza* qu'elle n'était pas revenue à la galerie rencontrer le *special agent* du FBI.

Pour se donner du courage, elle repensa aux jeunes Israéliennes qui, en 1948, avaient fait le coup de feu contre les armées arabes. Y laissant souvent leur vie.

***

Malko remontait New Bond Street, flânant devant les vitrines. Avant de quitter Grosvenor Square,

Richard Spicer l'avait forcé à emporter un Glock 9 mm qu'il avait glissé dans la poche de son pardessus de vigogne. Il faisait encore frais à Londres.

Le Glock ne le rassurait que moyennement. Avec les Israéliens, il ne risquait pas d'avoir affaire à des kamikazes brutaux qui se jetteraient sur lui avec une hache ou un couteau. Les tueurs du Mossad étaient beaucoup plus sophistiqués et une arme de poing risquait de ne pas lui servir à grand-chose.

Amanda Delmonico appuya sur le bouton du troisième étage. Fortnum & Mason, sur Piccadilly, ressemblait à une bonbonnière, beaucoup plus petit que Harrod's, mais tout aussi élégant. Elle débarqua à l'étage des confiseries, et, immédiatement, aperçut son *katza*.

De lui, elle ne connaissait que son prénom, sûrement faux, Ben. C'était un homme d'une quarantaine d'années, plutôt séduisant, toujours bien habillé. Ils s'exprimaient tantôt en anglais, tantôt en hébreu, lorsqu'ils ne risquaient pas de se faire repérer par des oreilles indiscrètes. Ben s'approcha d'elle avec un sourire rassurant et dit à voix basse :

— Ça va, tu n'es pas suivie !

Elle en eut un coup au cœur ! Cette éventualité ne lui était même pas passée par la tête.

Ben la prit par le bras, l'emmenant devant une table débordant de boîtes de chocolats.

— Il ne faut pas que tu retournes à la galerie

pendant quelques jours, annonça-t-il d'un ton paisible, rassurant. Tu vas tomber malade…

Amanda Delmonico le fixa, un peu désarçonnée.

– Malade ? Je vais rester chez moi ?

– Non.

Il sortit une enveloppe de sa poche et la glissa dans la main de la jeune femme.

– Tu vas t'installer là pour quelques jours. Il y a toutes les indications à l'intérieur. Tu n'appelles personne, je te donnerai des instructions.

» Vas-y en sortant d'ici. Prends le métro. Tu descends à South Kensington.

» À bientôt.

Il lui adressa un sourire et se dirigea vers l'escalier. Laissant la jeune femme perplexe.

* *

Esther et Zvi avaient du mal à évoluer sans se cogner dans leur chambre minuscule du Millenium Knightsbridge. Tout était petit dans cet hôtel, y compris les prix.

132 livres la chambre, ce qui était merveilleux pour Londres. En plus, l'hôtel était très bien placé, à moins d'un kilomètre du Lanesborough où demeurait leur cible.

De Sloane street, on pouvait s'y rendre à pied.

Zvi enfila sa canadienne.

– Je vais voir Moshe, annonça-t-il à Irit.

Moshe était le *katza* qui allait lui fournir toutes les informations sur l'homme qu'ils étaient venus assassiner au nom de l'État d'Israël.

CHAPITRE V

Malko, à peine sorti de sa douche, appela Richard Spicer. La journée de la veille s'était écoulée lentement, sans aucune nouvelle d'Amanda Delmonico. Quant à Gwyneth Robertson, après son orgie sexuelle, elle s'était jetée dans le travail à corps perdu, afin de justifier ses nouvelles fonctions.

– Il n'y a aucune nouvelle, annonça le chef de Station de la CIA, dès que Malko l'eut en ligne. Je viens de vérifier avec les *gumshoes*.

Donc, Amanda Delmonico faisait la morte.

– Très bien, conclut Malko, je vais à Bayswater road.

Une demi-heure plus tard, il était dans un taxi. À première vue, la galerie *Modern Art Project* semblait vide, mais, lorsqu'il poussa la porte, l'homme âgé qu'il avait déjà vu, surgit de l'arrière-boutique.

– Mrs Delmonico n'est pas là ? demanda Malko.

Sam Wilkinson arbora une expression désolée.

– Non, elle m'a téléphoné pour me dire qu'elle est malade. Complètement aphone. Elle a pris froid. Mais c'est une question de quelques jours. Je vais lui rappeler de vous recontacter dès qu'elle va mieux.

Malko n'insista pas et, à peine ressorti, reprit un autre taxi, direction Grosvenor Square.

Cette maladie brutale ressemblait furieusement à une dérobade.

***

– Je préviens les Cousins de mettre un dispositif autour de son domicile, conclut Richard Spicer. Déjà, elle ne peut pas sortir du territoire.

– J'espère qu'ils sont efficaces, remarqua Malko. Parce que, si je ne la vois pas, je n'ai plus rien à faire à Londres. Ni ailleurs non plus. La première Amanda s'est déjà volatilisée, si la seconde en fait autant…

– Pour l'instant, c'est tout ce qu'on peut faire, avoua Richard Spicer.

***

Esther achevait de se préparer. Elle avait apporté à Londres une garde-robe correspondant au personnage qu'elle incarnait : une demi-mondaine d'origine marocaine, ayant exercé ses talents à Dubaï, richement entretenue.

Elle se regarda dans la glace. Le tailleur cintré aux larges épaules, le chemisier opaque moulant une lourde poitrine, le maquillage fort sans être outrancier, la bouche soigneusement dessinée, les bas noirs, les escarpins aiguille, quelques bijoux et une énorme Breitling Callistino empruntée au « magasin » des *kidonim* en faisaient une créature extrêmement appétissante.

Elle se tourna vers Zvi.

– Ça va ?

– Tu as l'air d'une pute de luxe, fit-il, sans sourire.

Aucun des deux n'avait le moindre sentiment l'un pour l'autre. C'étaient simplement des soldats en mission. Lui venait de la briefer pendant une demi-heure sur sa « cible », éléments recueillis auprès d'un *katsa* rencontré chez Harrod's, qui, lui, vivait à Londres et se trouvait en contact avec « la base ».

Pour l'instant le rôle de Zvi était purement passif. Éventuellement assurer la sécurité de sa partenaire. Comme ce n'était pas le cas actuellement, il allait manger en bas et se coucher.

– J'y vais, annonça Esther.

Elle prit une veste en fourrure, un sac et descendit. Parcourant quelques pas dans Sloane street avant de trouver un taxi.

Dieu merci, à Londres, il y en avait toujours.

– Au Carlton Towers, lança-t-elle.

C'est là qu'elle devait rencontrer un *sayann* qui allait l'épauler dans sa mission. Sans savoir en quoi elle consistait. Il avait juste reçu l'ordre de son « traitant » de rencontrer Esther et de faire ce qu'elle lui demanderait. C'était un juif irakien installé à Londres depuis quelques années déjà, tout dévoué à la cause d'Israël, veuf, riche et qui s'ennuyait.

À plus de soixante ans, il se contentait de concerts, de bons restaurants et de voyages réguliers en Israël où il avait de la famille. Il habitait un appartement dans le West End où il passait le plus clair de son temps.

Lorsqu'Esther pénétra dans le bar du Carlton Towers, elle le repéra immédiatement et se dirigea vers lui, avec un sourire éblouissant.

Il était déjà debout et l'étreignit.

– Je suis Esther, souffla-t-elle.

– Je m'en doutais. On boit un verre ?

– Pas ici.

En hébreu, elle lui expliqua ce qu'elle attendait de lui. C'était assez facile. Vingt minutes plus tard, ils sortaient bras dessus bras dessous. Le barman les suivit des yeux et se dit que c'était agréable d'être riche. À l'âge de son client, il ne pourrait jamais se payer une aussi belle pute.

Le couple monta dans le premier taxi stationné devant l'hôtel et Esther lança au chauffeur :

– Au Lanesborough.

*
* *

Meir Dagan était d'une humeur de chien, après une nouvelle entrevue avec le Premier ministre. Il avait pensé présenter sa démission, mais l'autre ne l'aurait pas acceptée.

Il fallait donc boire le calice jusqu'à la lie.

C'est-à-dire s'investir dans une mission risquée pour les intérêts d'Israël, peu justifiable sur un plan moral et même dangereuse pour deux de ses *kidonim*. Certes, ceux-ci avaient l'habitude des missions risquées, mais là, ils risquaient de se heurter à des professionnels comme eux.

D'habitude leurs « cibles » étaient des Arabes, assez peu sophistiqués et plutôt imprudents, même avec leurs gardes du corps.

Et, en plus, pour cette mission commandée par le Premier ministre, il avait dû mettre en branle un dispositif important, comportant une dizaine d'agents de différents niveaux. Un gaspillage. Seulement, au cours de leurs dernières conversations avec Benyamin Netanyahu, il avait compris à demi-mot que ce dernier était tout aussi coincé que lui : le feu était à la maison, et il fallait le circonscrire, le plus vite possible.

Lui, comme Barack Obama avec l'Afghanistan, héritait d'une situation pourrie d'où il n'y avait que de mauvaises solutions pour en sortir.

Furieux, il but un peu de café sans sucre et se plongea dans les rapports envoyés de Londres.

***

Malko avait rendez-vous à la « Library » pour dîner avec Richard Spicer, espérant des nouvelles du MI 5.

Il gagna le bar du Lanesborough, encore presque vide et repéra tout de suite une brune splendide, la veste du tailleur ouverte sur un chemisier dont les boutons semblaient prêts à sauter sous la pression d'une poitrine opulente.

Accompagnée d'une « malédiction » lippue, chauve, des bajoues, au regard libidineux.

Avec un sourire entendu, le maître d'hôtel emmèna Malko jusqu'à la table voisine du couple.

Au passage, la brune lui jeta un bref regard avant de tourner la tête.

Une pute de toute beauté.

Il commanda une *Russki Standart* et regarda autour de lui. Le spectacle habituel : businessmen, filles toutes plus superbes les unes que les autres, aux occupations floues, toutes gagnant en réalité leur vie à la sueur de leurs cuisses.

Comme ses voisins parlaient à voix haute, il réalisa très vite qu'ils s'exprimaient en arabe. Il ne comprenait pas ce qu'ils disaient mais le ton semblait assez tendu. Ils se disputaient visiblement.

La brune se leva et fila d'un pas pressé hors du bar. Malko pensait qu'elle était partie, mais elle reparut, l'air furieux, jetant au passage à Malko un regard bref, mais intense. Visiblement, elle n'était pas satisfaite de son compagnon actuel.

Ce dernier, une main possessive posée sur sa cuisse, lui parlait à voix basse avec un regard égrillard. Malko n'en vit pas plus.

– *Good evening* ! lança Richard Spicer, en souriant. Je peux m'asseoir ?

Malko lui désigna le fauteuil en face de lui, et l'Américain commanda un Chivas Regal avec du soda et de la glace, balayant le bar d'un regard gourmand.

– C'est sympa ici ! remarqua-t-il. Je devrais venir plus souvent. Il baissa la voix et demanda : la créature à votre droite est sur le marché ?

– À moitié, dit Malko sur le même ton. Mais elle doit être hors de prix.

– Et pas difficile, ajouta le chef de Station de la CIA avec un regard dégoûté pour le vieil Arabe qui tripotait toujours la cuisse de sa conquête.

Le temps de tremper les lèvres dans son whisky, il se tourna vers Malko et lâcha :

– *Good news and bad news*.

– *Bad news first*, fit Malko.

– Nos amis du MI 5 ont reçu un rapport du GCHQ de Cheltenham. Signalant un accroissement des messages entre Tel Aviv et Londres.

– Ce qui signifie ?

– Que le Mossad a une opération en cours ici. Cela peut n'avoir aucun rapport avec vous, mais...

– Vous n'arrivez pas à les déchiffrer ?

L'Américain secoua la tête.

– Les « schlomos » sont très, très forts en informatique et en code.

– En quoi cela me concerne-t-il ?

– Du coup, après avis des plus hautes autorités, le MI 5 a décidé de vous attribuer une protection. Discrète, par la Division A 4. Ils ne voudraient pas que nous perdions un second homme. Le cas Ronald Taylor les a traumatisés. Ils détestent qu'on vienne assassiner les gens chez eux et soupçonnent fortement les Israéliens sur ce coup.

– Et quelle est la bonne nouvelle ?

– Amanda Delmonico a envoyé un SMS à Larry Moore, le *special agent* du FBI pour dire qu'elle était malade et aphone, mais qu'elle rappellerait dès qu'elle irait mieux.

– Étrange ! fit Malko.

– D'autant plus que nous *savons* qu'elle appartient au Mossad. Il faut aller au contact.

À côté d'eux, le ton avait monté. La brune tenta de se lever, mais le vieil Arabe la força à se rasseoir. Ils s'engueulaient de plus en plus fort.

– Je voudrais bien parler arabe ! soupira Malko.

En colère, la brune était encore plus belle. Cinq minutes plus tard, le vieil homme se leva, déposa une liasse de billets sur la table et sortit du bar !

Malko s'attendait à ce que la brune reste là, mais elle se leva et le suivit.

Aucun des deux ne réapparut.

Richard Spicer hocha la tête, philosophe.

– Ils se sont réconciliés. On va dîner ?

– OK.

*
* *

Esther, après son show à la « Library », s'était séparée de son *sayann* et avait regagné le Millenium Knightsbridge. Allongée sur le lit, elle regardait la télévision. La mission étant enclenchée, il n'y avait plus qu'à suivre le plan établi.

La porte s'ouvrit sur Zvi et elle le mit au courant de sa première prestation.

Ils devaient attendre un feu vert définitif de l'*Institut* pour agir, mais savaient désormais comment ils allaient procéder.

Leur mission accomplie, leur itinéraire d'exfiltration était au point. Ils partiraient séparément par deux Eurostars. L'un à destination de Rotterdam, l'autre de Paris.

Il y avait moins de contrôles dans les trains que dans les avions.

La jeune Israélienne se sentait très calme, très détachée. C'était évidemment plus facile d'effectuer une mission en Grande-Bretagne que dans un pays arabe où, en cas de problème, leur vie était en danger.

Même en cas d'arrestation, les *kidonim* seraient échangés quelques mois plus tard, avec une grande discrétion. Jamais aucun d'eux n'avait été tué au cours d'une mission.

* *
*

Malko s'était réveillé avec une étrange impression de malaise. Le dîner avec Richard Spicer n'avait rien apporté de nouveau. À part la remise d'un « beeper » qui lui permettait de communiquer avec les agents de l'A 4 du MI 5, sa protection invisible. Sinon l'assurance qu'il était désormais sous la protection du « 5 » et qu'une surveillance discrète était exercée sur le domicile d'Amanda Delmonico. Il était condamné à l'inaction pour quelques jours : le temps pour Amanda Delmonico de « guérir » de son extinction de voix.

Sauf à déclarer la guerre au FBI, elle était condamnée à réapparaître…

Malko ne comprenait pas bien la raison de cette éclipse. Sauf si elle avait *déjà* quitté la Grande-Bretagne, ce qui était en principe impossible, à cause de la surveillance dont Amanda Delmonico faisait l'objet aux frontières du Royaume.

Désormais, il était certain de s'être attaqué au
cœur du dispositif entourant l'attentat contre Barack
Obama. Et de plus en plus, les indices désignaient
l'État hébreu. Sans la moindre preuve, ni indice
matériel.

À l'exception d'Amanda Delmonico, la faille qui
pouvait mener beaucoup plus loin.

CHAPITRE VI

Meir Dagan ouvrit l'enveloppe qu'il venait de prendre dans son coffre et fit tomber sur son bureau les photos qu'elle contenait. Toutes représentaient le même homme : Malko Linge, chef de mission à la CIA. Les premières avaient été prises au Liban, d'autres à Washington et les dernières à Londres.

Ce sont celles-là qui l'intéressaient le plus. Même s'il était *déjà* sûr de son fait, il voulait vérifier une dernière fois qu'il s'agissait bien de la bonne cible, avant de lâcher les *kidonim* sur lui.

Première série : des photos extraites du film de la caméra de surveillance de Sam Wilkinson. Pas très nettes, mais permettant quand même de reconnaître Malko Linge, debout à côté d'une Mini Austin grise.

Seconde série : le même homme descendant d'un taxi, entrant dans la galerie «*Modern Art Project*», puis en ressortant et reprenant un second taxi.

Celles-ci étaient parfaites.

Il n'y avait donc aucun doute : l'homme qui s'était présenté à la galerie comme le *special agent* du FBI Larry Moore, *était* Malko Linge.

Qui avait déjà enquêté à Beyrouth auprès du Hezbollah et des Iraniens sur l'attentat du 15 mars contre Barack Obama. Et, que, de plus, n'était pas un inconnu pour le Mossad à qui il avait déjà, dans le passé, causé certains problèmes.

Le chef du Mossad regarda pensivement les photos étalées devant lui. Il n'éprouvait aucun sentiment personnel à l'égard de cet homme, agent du Renseignement comme lui. Dans ces cas-là, il prenait sa décision en fonction d'un unique critère : la protection d'Israël.

Certain à 150 % de son « identification positive », il remit les photos dans l'enveloppe, celle-ci dans son coffre, et se rassit pour rédiger un bref message à l'intention de son équipe en place à Londres qu'il porta lui-même à la salle du chiffre. Les codes israéliens n'avaient encore été percés par personne, ce qui lui offrait une certaine tranquillité d'esprit.

Une heure avant, il avait eu un meeting restreint avec le Premier ministre, car il avait besoin de son feu vert pour ce genre d'action, qui n'était jamais décidée à la légère.

L'élimination physique du membre d'un grand Service, de surcroît, celui d'un pays ami, n'était pas une décision qu'on prenait à la légère. Dans le cas présent, cet homme se rapprochait trop des intérêts vitaux d'Israël. Ce qui justifiait, aux yeux du Premier ministre et aux siens, une décision rapide.

C'était comme avec les incendies : si on attaquait le feu vite, on s'épargnait beaucoup de problèmes.

Il retourna ensuite dans son bureau, but un peu de

café noir et regarda la Méditerranée. Par moment, il éprouvait une grande fatigue, comme si le poids de toutes les décisions difficiles qu'il avait dû prendre au cours de sa carrière dans le Renseignement pesait sur ses épaules.

Heureusement qu'il avait sous ses ordres des gens exceptionnels, comme les *katsas* et les *sayanim* qui avaient travaillé sur ce dossier à Londres.

Désormais, il laissait la place au bras armé de l'État hébreu, les *kidonim*.

Meir Dagan ferma son bureau, descendit prendre sa voiture et partit vers le sud. Il avait l'habitude d'aller prier dans une petite synagogue tranquille où il retrouvait la paix. Non qu'il soit hyper-religieux, mais cela lui réchauffait le cœur de se dire que Dieu était avec lui.

Malko, coincé dans un embouteillage sur Park Lane, regardait d'un œil distrait les façades cossues de ce quartier luxueux défiler avec une lenteur exaspérante.

Richard Spicer lui avait fait demander par sa secrétaire de passer d'urgence à l'ambassade. Amanda Delmonico avait dû réapparaître. Ou alors, l'Immigration avait retrouvé la trace de l'autre Amanda, à son départ de Grande-Bretagne. Il retrouva le chef de Station de la CIA cerné par d'énormes parapheurs et dut attendre qu'il ait terminé sa corvée pour engager la conversation.

Une lueur d'excitation brillait dans le regard de l'Américain.

– Amanda Delmonico a refait surface ? demanda Malko.

– Non, j'ai checké ce matin avec les *gumshoes*.

– Vous avez retrouvé la trace de l'autre, celle de Washington ?

Le chef de Station secoua la tête.

– Non et je crois qu'on n'aura pas de résultat. Elle a pu s'exfiltrer avec n'importe quel passeport, sous n'importe quel nom. Et on ne photographie pas *tous* les passeports.

– Alors, qu'est-ce qui se passe ?

– J'ai reçu ce matin un long message de Langley. Là-bas, ils continuent à gratter partout, avec les noms qu'on leur fournit. En soumettant le nom de Sam Wilkinson à *Walrus*, l'ordinateur central de l'Agence, ils ont découvert deux choses. D'abord, qu'il était soupçonné depuis longtemps d'être un *sanayim* du Mossad, ce qui lui vaut de se trouver sur ces listes. Ensuite qu'il possède quatre galeries d'art : celle de Washington, l'autre à New York, dans Upper Broadway, celle de Londres et une à Jérusalem.

Malko ne percuta pas immédiatement.

– Jérusalem, cela n'a rien d'étonnant, remarqua-t-il. Il y va souvent ?

– On l'ignore, reconnut Richard Spicer, mais cela donne peut-être une piste pour retrouver l'Amanda Delmonico qui s'est volatilisée. Cela serait logique qu'elle se soit réfugiée en Israël.

– Effectivement, reconnut Malko, c'est une possibilité, mais difficile à exploiter… Mais il faudrait d'abord reprendre le dialogue avec celle de Londres.

– Bien sûr ! affirma Richard Spicer. Je vais d'abord vérifier avec la Station de Tel Aviv que cette galerie existe toujours, obtenir son adresse et le maximum d'informations. Pour « notre » Amanda Delmonico, il faudra mettre la pression sur la galerie « *Modern Art Project* ». En attendant, vous avez la bride sur le cou. Dès que j'ai la réponse de la Station de Tel Aviv, vous vous envolez vers la Terre Promise…

En plus, il faisait de l'humour.

Chez Harrod's, le grand magasin londonien, on avait envie de tout acheter ! La Mecque du Shopping sur six étages avec des salons immenses. L'*Egyptian Hall* décoré dans le plus pur style kitsch, avec ses pharaons de six mètres de haut, offrait tout ce dont on peut rêver comme cadeau de luxe. Des clips fantaisie, mais charmants, à 15 livres, jusqu'au diamant rose de 20 carats, en passant par tout ce que le monde crée de produits sophistiqués.

En dépit des prix déments pratiqués, il y avait foule et Malko dut jouer des coudes pour arriver au coin des bijoux fantaisie, si élégants qu'ils paraissaient vrais. Des trésors de créativité à des prix très abordables. Avant de partir en Israël, il avait bien l'intention de faire un détour par l'Autriche, et de rendre hommage à Alexandra.

Il était en train de regarder un ravissant clip

émaillé représentant un panda lorsque les effluves d'un parfum lourd lui firent tourner la tête.

Il ne vit d'abord qu'un manteau d'astrakan noir très long, et un profil de femme. Un nez légèrement aquilin, des cheveux noirs cascadant sur la fourrure, une bouche épaisse et très rouge.

L'inconnue était, elle aussi, en train de contempler la vitrine. Et puis, elle tourna légèrement la tête dans sa direction et leurs regards se croisèrent.

C'était une très jolie femme, au type oriental marqué, très maquillée, avec une bouche soigneusement dessinée, des tonnes de rimmel soulignant des yeux en amande. Malko éprouva immédiatement une sensation de «déjà-vu». Puis sa prodigieuse mémoire se mit en route : c'était l'inconnue escortée d'un vieil Arabe entrevue la veille au soir à la Library, le bar du Lanesborough. Celle qui se disputait avec son improbable amant.

Elle aussi semblait l'avoir reconnu. Elle esquissa un très léger sourire et demanda :

– Il me semble que je vous connais ?

– Moi aussi ! dit Malko. Vous étiez hier soir au bar du Lanesborough avec un monsieur qui semblait vous agacer...

Les coins de la bouche de la jeune femme s'abaissèrent en une grimace de mépris.

– Ah, c'est vrai ! Khaled est un gros porc, et il se croit tout permis parce qu'il a beaucoup d'argent. Alors qu'il est incroyablement rat...

Elle avait pivoté pour être face à Malko. Par le manteau entrouvert, il découvrit un chemisier rose bien rempli, une courte jupe noire et des bas assortis. Sa taille était étranglée dans une grosse ceinture avec une énorme boucle en argent. Un peu déhanchée, elle fixait Malko avec un sourire ambigu. Il se dit immédiatement qu'elle le draguait. Intérêt ou plaisir, il allait le découvrir.

– Je suis heureux de ce hasard, fit-il en souriant.

– Pourquoi ?

– Je vous avais *déjà* trouvée ravissante, au Lanesborough. Vous êtes encore plus belle que dans mon souvenir.

C'était plat, mais son instinct de chasseur venait de se réveiller en hurlant devant cette magnifique femelle, visiblement disponible, mais, hélas, très probablement vénale.

– Merci, dit l'inconnue. Vous cherchez un cadeau pour votre petite amie ?

– Je serai ravi de vous en offrir un, éluda Malko.

– C'est vrai ?

– Bien sûr !

– Eh bien, regardons ensemble…

Elle ne perdait pas de temps. Il se dit qu'elle avait un compteur entre les cuisses, mais elle était si séduisante…

Elle se rapprocha encore un peu plus. Malko fixait la main aux longs ongles rouges posée sur la vitrine lorsqu'une légère vibration venant du fond de sa poche le fit sursauter. Il avait totalement oublié le « beeper » confié par le responsable de l'équipe A 4 du MI 5 qui veillait sur lui à distance.

Et qui ne devait se déclencher que pour signaler un danger immédiat.

Tous ses muscles raidis, il entendit à peine la voix de l'inconnue dire :

– J'aime bien cette broche avec le nègre en émail rouge. C'est amusant.

**

Barry Beads – c'était du moins l'identité de son passeport canadien – suivait sa « cible » depuis son arrivée dans le magasin Harrod's. Il faisait partie de l'équipe de six *kidonim* envoyés à Londres pour accomplir les vœux du Premier ministre Netanyahu : liquider un agent de la CIA qui mettait en danger la sécurité d'Israël.

Cet homme avait été pris en charge par d'autres membres de l'équipe qui ne le lâchaient pas d'une semelle. D'eux d'entre eux attendaient dans une voiture garée dans Brompton road pour éloigner l'assassin, une fois sa mission accomplie.

Barry Beads, de son vrai nom Zvi, serrait au fond de sa poche une arme inhabituelle : un aérosol contenant un gaz hyper toxique préparé dans un laboratoire du Mossad, avec l'aide de défecteurs du KGB. Les Russes étaient depuis longtemps passés maîtres dans cette forme d'assassinat, dont la victime la plus connue était un transfuge bulgare du nom de Gregori Markov, assassiné justement à Londres par la piqure de la pointe d'un parapluie enduit de *ricine*. Il était mort dans d'atroces souffrances, quelques jours plus tard.

Le Mossad avait perfectionné la méthode dans son centre de recherches de Nesziona, spécialisé dans les armes biologiques et chimiques, en utilisant le poison sous forme d'aérosol : il suffisait de le vaporiser sur la peau pour que la victime meure quelques jours ou quelques mois plus tard.

Gedeon s'était tenu à bonne distance de sa cible jusqu'au moment où il avait aperçu la *kidon* travaillant en binôme avec lui. Son rôle était simple : détourner l'attention de la victime, de façon à ce que Zvi puisse s'approcher et agir.

Elle n'aurait aucun contact avec la « cible » et continuerait son shopping comme si de rien n'était : on pouvait la fouiller, l'interroger : sa légende était parfaite. Dans quelques jours, elle quitterait l'Angleterre et regagnerait Israël à travers un itinéraire sécurisé.

Certes, son rôle n'était pas absolument indispensable, mais ils avaient affaire à un professionnel et n'avaient pas droit à l'échec.

Deux autres *kidonim* se tenaient dans la foule, prêts à créer une diversion si le tueur se faisait repérer.

Zvi se faufila dans la foule. Il se trouvait désormais à moins d'un mètre derrière sa « cible ». Celle-ci bavardait avec la *kidon* qui déployait tout son charme pour retenir son attention. Avec son physique, c'était relativement facile. Tout doucement, Zvi sortit la main de sa poche et laissa son bras tomber le long de son corps ; le container de gaz était presque invisible, caché entre ses doigts.

Il contourna une femme qui le séparait encore de l'homme qu'il allait tuer et leva la main droite d'un geste naturel..

La projection d'aérosol mortel ne durait que quelques secondes. Ensuite, il se perdrait dans la foule. Tandis que sa main s'élevait lentement, il ne quittait pas des yeux la nuque de sa « cible ». À l'endroit où l'aérosol devait être projeté.

CHAPITRE VII

Le « beep » couinait avec insistance au fond de la poche de Malko. Celui-ci, l'estomac noué, se retourna brusquement. En un éclair, il aperçut les yeux presque fixes d'un homme jeune au visage carré. Au même moment l'inconnu brandit la main droite dans sa direction, tenant un objet qu'il n'identifia pas immédiatement.

Il y eut un pschitt très léger, noyé dans le brouhaha du magasin et Malko éprouva une sensation de froid sur son oreille. Instinctivement, il saisit le poignet de l'inconnu pour le détourner. Celui-ci, visiblement affolé, appuya encore sur le haut du container, déclenchant un nouveau jet d'aérosol.

Qui évita Malko mais, frappa en plein visage la jeune femme brune à côté de lui. Elle poussa un hurlement et recula.

L'inconnu qui avait vaporisé son spray mortel n'eut même pas le temps de reculer. Un homme massif venait de le ceinturer par derrière, tandis qu'un second lui assénait un coup sec sur le poignet, faisant tomber le container d'aérosol à terre.

Deux autres policiers en civil surgirent de la foule,

écartant les badauds, formant un cercle de sécurité autour de Malko. L'homme à terre était déjà menotté, les mains derrière le dos. Il fut relevé et fouillé sans qu'on trouve rien d'autre que de l'argent, des cartes de crédit et un passeport canadien.

Flegmatique, un des policiers brandit une carte de Scotland Yard et lança à la foule :

– *Ladies and gentlemen*, reculez s'il vous plaît, il s'agit d'un incident sans gravité.

Très pâle, la jeune femme brune s'appuyait à la vitrine pour ne pas tomber. Un des policiers la remarqua et s'avança vers elle.

– Ça ne va pas ?

Elle secoua la tête sans répondre et soudain perdit connaissance puis glissa sur le sol.

L'autre policier s'approcha de Malko et demanda :

– *You are OK, sir* ?

Malko essaya de sourire et avoua d'une voix faible :

– Pas vraiment, j'éprouve une drôle d'impression. Un bourdonnement dans l'oreille. J'ai du mal à respirer, aussi.

– Nous avons appelé une ambulance, sir. Vous allez être transporté au Westminster Hospital.

Un autre policier avait ramassé la bombe d'aérosol et l'avait enveloppée dans un mouchoir. Des « bobbies » en uniforme surgirent, établissant un cordon de sécurité.

Malko se sentait de plus en plus mal. Un des policiers de l'A 4 s'approcha et expliqua.

– Nous avions repéré cet homme, sir. Depuis un

moment, il vous suivait. Désolé de ne pas avoir pu agir plus tôt.

Malko ne répondit pas. Il avait l'impression que tout son corps était parcouru par une décharge électrique. Il entendit soudain une voix lancer :

– *My God! He is passing out!*[1]

Les deux hommes de l'équipe de soutien du Mossad sortirent de chez Harrod's par deux portes différentes et rejoignirent les deux *kidonim* qui attendaient dans leur Rover de location.

– Filons ! dit l'un d'eux en hébreu. Zvi s'est fait piquer. La police.

– Où va-t-on ?

– L'ambassade.

Déjà, sur son portable crypté il avertissait le chef de la base à Londres. Il fallait agir vite.

– Nous sommes en train d'analyser l'aérosol, annonça le chef du service de soins intensifs de l'hôpital Westminster. Je pense que nous allons trouver l'antidote.

William Wolseley, le directeur de cabinet de la « 5 », accouru à l'hôpital hocha la tête.

– J'appelle ces salopards d'Israéliens. Le type a avoué. Il était en mission pour le Mossad. Il n'a

---

1. Mon Dieu. Il s'évanouit.

pas voulu donner sa véritable identité mais on s'en fout.

Son portable sonna.

– C'est Nathan, annonça une voix tendue. Je veux vous expliquer les choses…

– Vous ne m'expliquez rien du tout ! trancha l'homme du MI 5 d'une voix glaciale. Je sais comment vous fonctionnez. Vous avez sûrement à Londres une dose d'antidote, au cas où il y aurait un accident avec un de vos assassins. Je veux cet antidote dans *une* heure ici, à l'hôpital Westminster. Je vous reparlerai plus tard.

– Je fais le nécessaire, fit l'Israélien d'une voix blanche.

C'était le pire jour de sa vie.

L'homme du MI 5 ajouta aussitôt :

– Nathan, si Malko Linge meurt, votre type passera le restant de ses jours dans un pénitencier de ce pays. Je vous le jure. Il n'y aura ni échange, ni arrangement.

Gwyneth Robertson contemplait Malko en réanimation, des larmes dans les yeux. Il était sous assistance respiratoire, entouré de tuyaux, d'écrans de contrôle, de perfusions. Deux médecins se relayaient à son chevet, en liaison avec le laboratoire des poisons.

On ignorait encore s'il s'agissait de sarin, de tabun ou de ricine.

Les trois étant mortels.

– Il va s'en sortir ? demanda l'Américaine au médecin le plus proche.

– Nous n'en savons encore rien ! avoua le praticien. Heureusement, il n'a pas reçu la dose totale, sinon, il n'y aurait plus qu'à prier pour le repos de son âme… Si nous avons l'antidote en temps utile, il a, disons, 70 % de chances.

» Apparemment, il a une bonne constitution.

– Quand l'aurez-vous ?

– Nous n'en savons rien, c'est le MI 5 qui s'en occupe. Je pense qu'ils remuent ciel et terre.

Gwyneth Robertson regarda Malko : les yeux fermés, pâle, il était rigoureusement immobile mais sa poitrine se soulevait régulièrement, grâce à l'appareil qui insufflait de l'oxygène dans son corps, à la place de ses muscles respiratoires paralysés par le poison.

– Vous pouvez installer un lit à côté ? demanda-t-elle.

– Sans problème, Miss. Mais vous risquez de mal dormir.

Gwyneth Robertson esquissa un sourire sans joie.

– Ce n'est pas important. Je veux être là quand il ouvrira les yeux.

**

– Notre Premier ministre a appelé Benyamin Netanyahu le menaçant de fermer à nouveau la boîte du Mossad à Londres. Je pense que ce dernier se souviendra de cette conversation. Il s'est confondu en excuses et a juré qu'il s'agissait d'une erreur.

– Quelle erreur ? jappa Richard Spicer.

Le chef du MI 5 l'avait reçu dans son bureau, à huit heures du matin. *Early morning tea…*

– Le Premier ministre israélien prétend qu'il y a eu erreur sur la personne. Il avoue avoir envoyé une équipe de tueurs à Londres pour liquider un homme impliqué dans la fourniture de matériel nucléaire à l'Iran.

– S'ils se mettent à tuer tous ceux qui aident l'Iran ils vont avoir besoin de monde, laissa tomber Richard Spicer.

– Il prétend que celui-là avait été averti à plusieurs reprises et qu'il refusait de cesser sa collaboration avec Téhéran.

– Son nom ?

– Il a refusé de le révéler.

L'Américain secoua la tête.

– *Bullshit* ! C'est Malko qu'ils visaient et personne d'autre. En plus, nous savons pourquoi.

– Pourquoi ?

– Il a démasqué la fausse Amanda Delmonico. Ou la vraie. C'est un témoin gênant. Et ils veulent nous faire comprendre que cette affaire est de toute première importance pour eux.

– L'attentat contre le Président ?

– Oui. Ils viennent de signer leur crime.

Il y eut un instant de silence.

– Vous avez des preuves de ce que vous avancez ? demanda le Britannique.

Richard Spicer secoua la tête.

– Non, bien sûr. Des déductions. Nous ignorons encore comment les Israéliens ont manipulé le Hezbollah, mais il n'y a pas d'autre hypothèse ; tant qu'on ne l'aura pas découvert, nous sommes pieds et poings liés…

C'est à cela que Malko travaillait…

Nouveau silence.

— Que dit ce *kidon* ?

— Rien. Il est muet comme une carpe. Dès que Nathan Livni a apporté l'antidote à l'hôpital, nous l'avons autorisé à le rencontrer. En tête à tête…

— Et les autres ? Il n'était pas seul.

— Bien sûr que non. Mais ils se sont évanouis dans la nature. Nous n'avons aucun élément d'identification. Il n'y a qu'une seule suspecte.

— Qui ?

— La femme avec qui Malko bavardait quand l'autre a essayé de le tuer. C'est une Égyptienne, selon son passeport. Une sorte de demi-mondaine, mais sa présence paraît bizarre. Quand elle se réveillera, on la questionnera. Elle a été atteinte accidentellement par le spray empoisonné et on lui a administré de l'antidote à elle aussi.

» D'ailleurs, je me demande si les Israéliens ne nous ont pas livré cet antidote aussi rapidement, pour la sauver, *elle*.

— Où en est Malko ?

Le Britannique esquissa un sourire.

— Mieux. On lui a administré l'antidote hier soir vers six heures PM. Depuis son état s'améliore. Les médecins disent qu'il sera définitivement tiré d'affaire dans trois ou quatre jours. Il l'a échappé belle. D'habitude, cela ne pardonne pas.

Richard Spicer secoua la tête et grommela entre ses dents.

– *Motherfuckers*[1]…

L'homme du MI 5 le regarda :

– En tout cas, pour qu'ils aient pris un tel risque c'est qu'il s'agit vraiment de leurs intérêts vitaux…

Richard Spicer faillit s'étrangler.

– Imaginez la réaction du président Obama s'il apprend que ce sont ses *alliés* israéliens qui ont tenté de l'assassiner…

– Votre président ne va pas bombarder Israël, quand même…

– Bien sûr que non, mais, il y a de nombreux moyens de rétorsion. Politiques, financiers et militaires.

» OK, je vais à l'hôpital. Tenez-moi au courant de la réaction de votre gouvernement.

» Le principal, c'est que Malko s'en sorte.

Depuis une heure, on lui avait enlevé le masque à oxygène et il respirait normalement. Bien sûr, il se sentait encore extrêmement faible, mais ses migraines avaient cessé, comme l'étrange impression d'être relié à une prise électrique.

Le médecin venait de sortir après un ultime examen, en lançant :

– Dans deux jours vous sortez. Mais il faudra vous reposer…

– J'y ferai attention, avait promis Gwyneth Robertson.

---

1. Les enculés.

Elle avait peu et mal dormi, mais rayonnait de voir le regard de Malko reprendre vie.

Elle se pencha sur lui et glissa une main aventureuse sous les draps, écartant la tunique blanche qui lui servait de pyjama.

– Tu vas mieux ? demanda-t-elle.

– Un peu.

Il se força à sourire et sursauta. Les doigts de Gwyneth venaient de se refermer sur son sexe endormi.

– Je vais t'aider à guérir, fit-elle avec un sourire entendu.

Assise sur une chaise, elle avait commencé à le caresser. Peu à peu, la chaleur de ses doigts, la vue du soutien-gorge noir par l'échancrure de son cachemire, le regard de la jeune femme, tout cela contribua à réveiller sa libido. Sous les doigts habiles de Gwyneth, son sexe grandissait.

Soulevant le drap, elle se pencha sur lui et le prit doucement dans sa bouche. Malko se dit que, même dans les meilleures *finishing schools*, on n'apprenait pas à administrer une fellation à un mourant.

La caresse de la bouche de Gwyneth était exquise, mais il avait beau se concentrer, il n'arrivait pas à s'éveiller… Gwyneth continuait courageusement, mais il sentit que ce serait en vain ; gentiment, il écarta sa tête et lui dit :

– Inutile ! Je ne suis pas encore assez bien. J'ai un crédit désormais…

Elle venait de rabattre le drap lorsque Richard Spicer pénétra dans la chambre. Bien sûr, il vit le chemisier déboutonné jusqu'à la taille, le regard brillant de Gwyneth, mais ne fit aucune remarque.

– *Feeling better* ? lança-t-il à Malko.

– Un peu, mais ce n'est pas encore cela.

– OK, vous restez ici encore deux jours et, ensuite, vous regagnez le Lanesborough jusqu'à ce que vous soyez sur pied. Le temps qu'il faudra. Et, je peux vous garantir que personne ne pourra vous approcher.

– Même pas moi ! demanda Gwyneth, mutine.

Malko se redressa un peu.

– Je pense que ma mission se termine ici... remarqua-t-il. En un sens, c'est un succès, nous avons forcé les Israéliens à se dévoiler.

– Encore plus que vous ne le pensez, renchérit Richard Spicer. Le « 5 », intrigué par l'absence prolongée de *notre* Amanda Delmonico, a effectué une visite à son domicile de Notting Hill Gate. Elle ne s'y trouvait pas et n'y avait pas été depuis un moment.

– Les Israéliens l'ont escamotée...

– Sûrement. On n'est pas près de la revoir. Elle a dû déjà quitter le pays, j'ignore comment. Sinon, elle se planque dans une « safe-house » du Mossad.

– Et le vieux Sam Wilkinson ?

– Il jure qu'il ne sait rien. Il pensait qu'elle était chez elle, mais n'a pas été voir.

Malko hocha la tête.

– Je pense que si le coup de Harrod's avait réussi, elle aurait réapparu.

– Pas sûr ! objecta l'Américain. *Anyway*, il faut penser à l'avenir. Même si nous sommes persuadés aujourd'hui que les Israéliens sont derrière l'attentat du 15 mars, nous ne savons toujours pas *comment* ils ont manipulé le Hezbollah. Or, c'est un point crucial. Tant qu'il n'est pas éclairci, nous sommes impuissants.

» J'ai parlé hier soir avec John Mulligan. Le président Obama est fou de rage. Il veut des résultats.

– Et les Israéliens ?

– Leur chef de base, Nathan Livni, jure sur la Torah que vous n'étiez pas visé. Que la « cible » était un trafiquant de matériel nucléaire travaillant avec l'Iran qui vous ressemble comme deux gouttes d'eau.

» Bien entendu, c'est un conte de fée, mais impossible de le prouver.

– En tout cas, conclut Malko, vous remercierez l'équipe de l'A 4. Sans eux, j'étais mort.

– Vous aviez eu le temps de voir que la femme avec qui vous parliez avait reçu du spray, elle aussi ?

– Non, pas vraiment. Pourquoi ?

– Elle est mal en point, mais grâce à l'antidote, elle va s'en sortir. Le « 5 » pense qu'elle faisait partie de l'équipe des *kidonim*, mais il n'y a aucune preuve contre elle. Je pense qu'elle était chargée de détourner votre attention.

– Qu'allez-vous en faire ?

– Les « cousins » vont l'interroger, mais ils pensent qu'ils ne trouveront rien. Elle a sûrement une « légende » en béton.

Malko se dit, qu'à la réflexion, la présence de cette belle inconnue chez Harrod's, juste au moment où on essayait de l'assassiner était une étrange coïncidence…

Il ferma les yeux.

Encore très fatigué.

La voix de Richard Spicer les lui fit rouvrir.

– À propos, j'ai reçu des nouvelles de Jérusalem. La Station a vérifié que la galerie appartenant à Sam Wilkinson existe toujours. Juste en face de l'hôtel King David, à Jérusalem…

Malko sursauta.

– Vous ne voulez quand même pas m'envoyer là-bas ! Ils m'ont raté ici, mais là-bas, ils sont chez eux.

Richard Spicer secoua la tête.

– Mon cher Malko, cette piste est la dernière qui nous reste. Retrouver l'Amanda Delmonico de Washington. *It worth a try* [1]. Et je vais vous dire une chose. *En ce moment*, Israël est l'endroit le plus safe du monde pour vous. Je suis sûr que le Shin Beth va vous donner une protection rapprochée. N'oubliez pas qu'ils ont prétendu que c'était une erreur, que vous n'étiez pas visé. *Deux* erreurs de suite, ce serait beaucoup ; difficile à expliquer.

Malko secoua la tête.

– Vous ne connaissez pas les Israéliens. Ils sont capables de m'inoculer le cancer.

– Le cancer n'est pas transmissible…

– Ils le rendront transmissible…

– OK, réfléchissez, conclut le chef de Station. Pour l'instant *take it easy* [2].

---

1. Cela vaut la peine.
2. Détendez-vous.

Malko le regarda sortir de la chambre. En dépit des affirmations de Richard Spicer, Israël était un endroit très dangereux pour lui. D'un danger mortel même.

– Tu ne vas quand même pas aller là-bas ! lança Gwyneth Robertson, indignée. Décidément, ils n'ont pas changé à l'Agence depuis mon départ. Ils vous pressent toujours comme un citron…

Malko sourit.

– Gwyneth, tu as fait fortune. Moi, j'ai un château et une fiancée exigeante à nourrir ; alors je crains d'être obligé de dire « oui ».

CHAPITRE VII

Deux ultra-orthodoxes, coiffés d'une petite kippa tricotée, s'invectivaient violemment, redingotes noires flottant au vent, barbes furieuses, sur les voies du futur tramway de Jérusalem longeant la Vieille Ville jusqu'à la porte de Damas. Cet audacieux projet n'avait jusqu'ici apporté aux habitants de la Ville Sainte qu'un surcroît d'embouteillages, classés déjà parmi les meilleurs du monde. Ainsi, la rue Jaffa défoncée sur toute sa longueur, n'était plus qu'un trou béant et les automobilistes devaient se faufiler dans le labyrinthe des petites rues voisines de ce quartier populaire.

Malko, assis à côté de Charles Jourdan, le *deputy* du chef de Station de la CIA à Tel Aviv, en poste au consulat américain de Jérusalem-Est, se tourna vers l'Américain.

— Pourquoi se disputent-ils ?

— Ils diffèrent probablement sur l'interprétation d'une phrase de la Torah. Ce sont des supers religieux.

Ils avançaient au pas derrière un gros taxi jaune comme sa plaque. Un des pires moments pour circuler, la fin de la journée. Tous les juifs vivant à Jérusalem-Est et travaillant à l'ouest, se hâtaient de regagner leur demeure. Et, en face, les Palestiniens vivant à l'Est se déplaçaient vers l'ouest...

Malko était arrivé la veille de Vienne, accueilli à l'aéroport Ben Gourion par un membre de la Station qui l'avait aussitôt pris en charge.

Après ce qui s'était passé à Londres, inutile de jouer au plus fin avec le Shin Beth.

Charles Jourdan baissa sa glace pour essayer de capter la dispute des deux hommes en noir. Parlant parfaitement hébreu, juif laïc, il était le meilleur *asset* de la « station », connaissant Israël comme sa poche et y ayant d'ailleurs de la famille.

Soudain, il se passa une chose étrange.

Le chauffeur de taxi pratiquement arrêté en face des deux hommes, en équilibre sur les rails enchevêtrés, leur cria quelque chose. Ils se calmèrent instantanément, se regardèrent, lancèrent en chœur « *Toda la lel* »[1] et se prenant par le bras se mirent à danser une gigue joyeuse, tournoyant sur les poutrelles d'acier.

– Qu'est-ce qu'il leur a dit ? demanda Malko.

– Que le Premier ministre vient d'autoriser la construction de quinze mille logements juifs à Jérusalem-Est... Pour les nationalistes religieux, la Judée-Samarie fait partie intégrante du Grand Israël – *Eretz Israël* – et toute avancée vers ce but est une source de joie.

– Et les Arabes ?

___

1. Dieu soit béni.

La Judée-Samarie, c'était les Territoires Occupés depuis la guerre de 1967, en dépit de la volonté des Nations unies et de la Communauté internationale. Les Israéliens se moquaient comme d'une guigne des couinements des diplomates et annexaient tranquillement la Cisjordanie, la divisant en des dizaines de petits « bantoustans » séparés par des routes réservées aux Israéliens, des « colonies » israéliennes et des postes militaires.

Charles Jourdan soupira.

– Les plus modérés conseillent de les envoyer sur la lune, les plus extrémistes en enfer… Lorsque Barack Obama, dans son discours du Caire, a demandé aux Israéliens d'arrêter la colonisation, certains médias israéliens l'ont traité d'antisémite primaire. Un rabbin a même prié publiquement pour que le feu du ciel le réduise en poussière…

La file de voitures avança de quelques mètres dans la rue Sultan Sulaiman et les danseurs en kippa tricotée disparurent de leur champ de vision.

Charles Jourdan put enfin tourner dans Bar Lev Road, la grande avenue à deux voies qui filait vers le nord. Avec sa voix profonde et calme, son lourd accent hébreu, il respirait le calme et inspirait le respect, détesté pourtant par de nombreux Israéliens qui le considéraient comme un traître : quiconque ne pensait pas qu'un bon arabe est un arabe mort, devait être lapidé.

Le retour au pouvoir de Benyamin Netanyahu, soutenu par les plus extrémistes des Israéliens, n'avait pas arrangé les choses.

Désormais, la voiture montait vers le quartier

d'*American Colony*, à Jérusalem-Est, enclavé dans une zone palestinienne.

Comme Londres semblait loin, au milieu des keffiehs, des barbes et des redingotes noires, des gens pressés, grognons, peu accueillants ! À force de vivre en état de siège, les Israéliens étaient devenus paranos, regardant tous les étrangers non juifs comme des ennemis. Et, particulièrement ceux qui osaient prétendre que les Palestiniens étaient des êtres humains comme les autres.

Malko avait encore passé cinq jours à Londres avant d'être totalement remis de sa tentative d'empoisonnement. Les deux derniers jours avaient été une merveille avec une Gwyneth Robertson allant au-devant de tous ses fantasmes sexuels avec une fougue d'amoureuse.

Le différend entre la Grande-Bretagne et Israël s'était réglé discrètement, sinon en douceur. Le *kidon* qui avait tenté de tuer Malko avait été mis dans un vol d'El Al pour Tel Aviv, ainsi que la femme qui était soupçonnée d'avoir détourné l'attention de Malko. Elle était retournée vers l'Égypte, sans qu'aucune charge ne soit retenue contre elle. Bien entendu, les Britanniques avaient relevé tout ce qu'on pouvait : empreintes digitales, iris, ADN, signes distinctif divers.

Si c'était une *kidon*, sa carrière était terminée.

Bien entendu, le Home Office avait fait parvenir à l'ambassade du Canada le faux passeport canadien utilisé par le *kidon*, et les Canadiens avaient immédiatement élevé une protestation officielle, ce dont les Israéliens se moquaient comme de leur première kippa.

En échange de leur magnanimité, les Britanniques avaient exigé que les Israéliens laissent entrer à Gaza une mission du MI 6, ce que le Shin Beth avait dû accepter en grinçant des dents. Bref, tout allait pour le mieux dans le meilleur des mondes.

Malko était retourné chez Harrod's, protégé comme un chef d'État pour acheter la broche qu'il avait repérée pour Alexandra.

Leurs retrouvailles, à Liezen, s'étaient fort bien passées et ils avaient amplement profité de « leur chambre d'amour » du premier étage du château.

Malko ne se lassait jamais de violer la croupe magnifique de son éternelle fiancée, aussi bien pour la volupté qu'il en éprouvait que pour son plaisir à elle… Hélas, il fallait reprendre le collier.

Il s'était juré que son séjour à Jérusalem ne serait pas long. Il y avait 99 chances sur 100 pour qu'il soit inutile. La mystérieuse Amanda Delmonico de Washington, certainement une *katsa* du Mossad, avait quelques semaines d'avance.

Charles Jourdan tourna dans la rue de la Mosquée du Cheikh Jarzag, illuminée de néons rouges, et s'engagea quelques mètres plus loin dans l'entrée de l'American Colony Hotel, un ancien palais otto-man du XIXe siècle. Le plus charmant de Jérusa-lem. Le bâtiment principal, bâti autour d'un patio où l'on pouvait prendre ses repas, avait comme vis-à-vis une grosse annexe en granit rose où on avait ins-tallé Malko. Chambre spacieuse, vue sur les collines pelées.

Charles Jourdan s'arrêta sous le porche.
– On se retrouve au bar.

*
* *

Les Israéliens fréquentaient peu cet hôtel situé
en zone palestinienne où ils étaient immédiatement repérés. Malko grimpa jusqu'à sa chambre du
second étage, se lava les mains et redescendit, passant devant la petite terrasse et le bar extérieur, où il
faisait déjà une température printanière.

Charles Jourdan l'attendait dans le «Cellar bar»
du sous-sol. Devant un scotch.
– Vodka?

Ils trinquèrent. Malko commençait à se détendre.
Charles Jourdan lui jeta un regard en biais.
– *Youre fucking lucky*! fit-il. *These bastards are
mighty good at killing people.*[1]

– Ce n'était pas mon jour, fit simplement Malko.

– Ils devaient avoir une sacrée raison de vous
taper, ajouta l'Américain… Surtout chez les Cousins.

Charles Jourdan ignorait le lien entre l'attentat
contre le président américain et la mission de Malko.
C'était encore un secret d'État.

– J'espère qu'ils ne recommenceront pas ici…
laissa tomber Malko.

L'Américain secoua la tête.

– *Nope*. Ils ne sont pas fous. Tout le monde sait
qu'ils demandent leurs papiers même aux chiens

---

1. Vous avez de la chance! Ces enfoirés sont de très bons
assassins.

errants. Ici, ils contrôlent tout. Au moins officiellement, parce qu'il y a une dizaine de milliers de
Palestiniens qui travaillent illégalement à Jérusalem-Ouest. Évidemment, ce ne sont pas des terroristes, mais de pauvres types qui cherchent juste à
nourrir leurs familles. Et ils acceptent même, comme
maçons, de construire des maisons destinées aux
Israéliens sur des terrains « confisqués » à leurs
« frères » palestiniens. Finalement, leur présence
arrange tout le monde.

» Ils passent à travers les trous de la clôture de
sécurité ou franchissent le Mur de la Honte.

» Pendant ce temps-là, peu à peu, les Israéliens
grignotent Jérusalem-Est.

Charles Jourdan commanda un second scotch,
trempa un bout de galette dans du houmous et
demanda :

— Pourquoi êtes-vous ici ?

— Pour ce que la Station de Londres vous a dit. Je
cherche une certaine Amanda Delmonico qui se
trouvait à Washington munie d'un faux passeport
argentin et dont j'ignore la véritable identité.

» Elle a peut-être travaillé ou travaillerait pour une
galerie d'art de Jérusalem.

— On a localisé la galerie, confirma Charles Jourdan. Elle s'appelle AVIDAN et se trouve juste
devant l'hôtel King David. Elle vend des trucs assez
moches et appartient bien à une société contrôlée par
un certain Sam Wilkinson. Il a la double nationalité,
britannique et israélienne, mais vit à Londres.

— Vous avez trouvé trace de la personne que je
cherche ?

– Je ne sais rien encore. J'ai envoyé ma meilleure « stringer » Deborah, une Loubavitch[1] qu'on a
retournée parce qu'elle a besoin de fric pour élever
ses enfants. Elle n'est pas conne, pas mal physiquement, mais j'espère qu'elle ne nous enfume pas.

– On va la voir ?

– Non. Elle doit m'appeler. Je lui ai donné un
Blackberry sécurisé. On la verra en ville.

» Venez, on va dîner.

La salle à manger était sinistre, presque vide, à
part quelques touristes hollandais rougeoyants, épui-
sés par le périple de la Vieille Ville. La cuisine était
orientale, à peine meilleure que la cuisine kasher.

Prudent, Malko s'en tint aux mézés.

Charles Jourdan s'attaquait à un poulet, probablement venu à pied du Néguev, étant donné sa mus-
culature, quand son portable couina. Un SMS.

– Debo nous attend dans le seul coin un peu vivant
de Jérusalem, annonça-t-il. Dans Nahlat Shiva. Une
disco où on n'y voit goutte, le Bonito.

» Dans une heure.

*
* *

Le dîner préparé par une bonne *falacha*[2] n'avait
pas de quoi faire rêver : une soupe, une salade, du
poisson, de la bière et de l'eau minérale.

Mais ce n'était pas la raison pour laquelle Meir
Dagan, le *memuneh*[3] du Mossad faisait la gueule.

1. Branche ultra orthodoxe.
2. Juif d'Éthiopie.
3. Premier parmi les égaux. •

D'abord, il était venu de son bureau de Tel Aviv, ce qui représentait une heure et demie de route sur une des autoroutes les plus encombrées du monde occidental, pour ce dîner en tête-à-tête avec le Premier ministre Benyamin Netanyahu, dans son modeste appartement de la rue Aza, à Jérusalem.

Un endroit où ils pouvaient discuter tranquillement.

– Tu as récupéré tes gens ? demanda paternellement « Bibi ».

– Tous, mais il y en a deux qui termineront leur carrière dans les bureaux. Ils ne sont plus opérationnels.

» Les Britishs les ont pratiquement démontés.

– Ce n'est pas de leur faute, remarqua le Premier ministre.

Meir Dagan leva un regard sombre sur lui et laissa tomber :

– Non, c'est de la tienne. Je n'aurais jamais dû obéir à tes ordres stupides.

« Bibi » se cabra.

– Il s'agit de la sécurité d'Israël, tu le sais.

– Il fallait y penser plus tôt…

Un ange à cotte de mailles traversa la pièce. L'ambiance était lourde. Pour faire baisser la pression, Netanyahu demanda :

– Et le *schmock* ?[1]

– Il est arrivé hier matin en provenance de Vienne et a déjeuné avec ce fils de pute de Charles Jourdan. Celui-là ne mérite pas d'être juif…

» Il l'a installé à l'American Colony.

---

1. Connard, en argot yiddish.

– Évidemment, chez les Arabes…

Meir Dagan ne releva pas, finissant de décortiquer son poisson. Bibi en profita pour demander d'une voix neutre.

– Qu'est-ce qu'on fait ?

Le patron du Mossad leva sur lui un regard à foudroyer un mammouth.

– Rien ! fit-il, d'une voix à briser une dalle de béton.

– Il n'est pas venu ici pour faire du tourisme, objecta Benyamin Netanyahu. Tu connais les risques.

– Va dire cela à ton fou furieux d'Isser.

Isser Serfaty, le plus proche conseiller du Premier ministre. Faucon parmi les faucons. Quand Benyamin Netanyahu avait pris le pouvoir, il lui avait conseillé d'attaquer l'Iran et la Syrie *en même temps*, tout en bombardant le Liban pour détourner l'attention…

Un dangereux extrémiste d'après la plupart des gens, mais ami intime de « Bibi » et surtout du père de ce dernier, qui venait d'avoir cent ans. Benyamin Netanyahu y tenait beaucoup, ce qui était tout à son honneur. Mais son père, sioniste viscéral, lui avait dit un jour : « mon fils, si tu abandonnes un centimètre carré de la Judée-Samarie, j'interdirai que tu viennes à mon enterrement et je te maudirai avant de rejoindre Dieu »…

C'était des mots qui ne laissaient pas indifférents… Et, qui, en plus, allaient dans le sens des convictions de Benyamin Netanyahu. Isser Serfaty était là pour veiller à ce que le vieux Netanyahu meure en paix.

Décidé à combattre à mort tous ceux qui voulaient arracher cette terre sacrée d'Israël pour la rendre aux Arabes.

Ceux-ci pouvaient brandir tous les titres de propriétés donnés par feu l'Empire Ottoman, Isser Serfaty considérait que Dieu avait donné cette terre aux juifs, deux mille ans plus tôt et que seul Dieu pouvait la reprendre.

Or, Dieu n'était pas arabe…

« Bibi » balaya la réticence de Meir Dagan d'un geste agacé.

– Quand le vin est tiré, il faut le boire.

– J'en ai bu une bonne coupe ! laissa tomber le patron du Mossad. Je t'ai obéi. J'ai risqué la vie de mes hommes.

» Ça suffit. D'ailleurs, je te rappelle que ce *schmock* se trouve désormais ici, en Israël, territoire qui n'est pas de ma compétence.

» Va donc te plaindre auprès de Yuval.

Yuval Diskin, le nouveau patron du Shin Beth, le service de sécurité intérieure d'Israël, nommé par Benyamin Netanyahu.

Mettant fin à la discussion, Meir Dagan se leva et posa sa serviette.

– *Sabbath shalom* ! Je dois retourner à Tel Aviv.

Benyamin Netanyahu le raccompagna et gagna son bureau. Prenant son annuaire électronique où il tapa le numéro de Yudin Diskin.

Ce dernier répondit aussitôt.

– Il faudrait que je te voie, demanda le Premier ministre. Tu peux passer au bureau demain matin. Neuf heures.

Finalement, Meir Dagan lui avait donné une excellente idée. Il ne fallait pas laisser le *schmock* aller flairer dans tous les coins, au risque de découvrir des choses gênantes.

CHAPITRE VIII

— On l'appelle la place des « chattes », annonça
Charles Jourdan, en sortant du parking souterrain.

— Pourquoi « des chattes » ? demanda Malko.

— Parce que toutes les filles de Jérusalem viennent traîner ici, pour trouver un mec… C'est le quartier de Nahlat Shiva, à peu près le seul endroit vivant
de Jérusalem.

Effectivement, la place traversée, on débouchait
sur Joseph Rivlin street, une rue étroite montant vers
Jaffa street, bordée de cafés, de discothèques, de
boutiques de fringues. Une foule bruyante occupait
la chaussée, verre en main. Des jeunes débraillés, les
filles en jeans et pulls informes, clope aux lèvres, baskets. Pas maquillées ; fumant comme des pompiers.

Charles Jourdan s'engagea dans la rue, désignant
l'entrée de la discothèque d'où s'échappait une
musique d'enfer.

— Debo doit nous rejoindre au Bonito. Là, on va
d'abord aller jusqu'à Jaffa street, au cas où…

Ils remontèrent la rue étroite, se faufilant entre des
groupes de jeunes. Il y avait autant d'animation dans

la rue que dans les boîtes. Au bout, des barrières interdisaient Jaffa street, défoncée par les travaux.

– OK, fit Charles Jourdan, on peut redescendre...

On glissait sur les pavés inégaux. Impossible de voir dans cette foule s'ils étaient suivis. Une fille tout en noir leur extorqua 40 shekels pour entrer dans le Bonito. À l'intérieur, à part les stroboscopes éblouissants et quelques guirlandes lumineuses, il n'y avait aucun éclairage. Des couples fumaient, buvaient et flirtaient dans tous les coins. Il y avait peu de pays où les femmes étaient aussi libérées qu'en Israël. Ici, tout le monde couchait avec tout le monde, sauf les religieux bien entendu.

Dans un coin d'ombre, un garçon et une fille étaient étroitement enlacés, et, au mouvement de leur bassin, Malko se demanda s'ils n'étaient pas en train de faire l'amour. D'autres flirtaient à pleine bouche, sans se soucier de leurs voisins.

Charles Jourdan atteignit le bar, une zone relativement éclairée. La musique était assourdissante et, à part eux, il n'y avait que des jeunes.

Le temps de commander, l'Américain hurla à l'oreille de Malko :

– La voilà.

Malko devina une silhouette dans la pénombre qui s'approchait d'eux. Le projecteur du bar éclaira une longue fille au visage un peu chevalin, les cheveux en vrac émergeant d'une sorte de chapeau rond en toile, vêtue d'une longue veste et d'une jupe descendant jusqu'aux chevilles, chaussée de ballerines.

Pas de maquillage, mais une belle bouche rose foncé et de grands yeux en amande un peu proéminents.

La nouvelle venue échangea quelques mots en hébreu avec Charles Jourdan et se tourna vers Malko, tendant une longue main diaphane :

– *Shalom* ! Je suis Déborah. Mais tout le monde m'appelle Debo.

Elle commanda un jus de quelque chose de rouge et commença à se balancer au rythme de la musique. Avec une certaine sensualité. La grande étoile de David accrochée à la chaîne de son cou oscillait au rythme du reggae. Elle semblait ailleurs. Elle interrompit sa danse solitaire pour dire quelques mots à Charles Jourdan.

– Elle a retrouvé la trace de quelqu'un qui pourrait être celle que vous cherchez, annonça l'Américain. Elle va vous expliquer.

Déborah prit Malko par la main, l'entraînant sur la piste de danse. Elle reprit son balancement, à quelques centimètres de Malko et lui lança :

– J'aime beaucoup cette musique !

– Moi aussi, assura Malko. Charles me dit que vous avez retrouvé la piste d'Amanda Delmonico.

– Ce n'est pas sûr. Je suis passée à la galerie du King David. Il y avait une vendeuse sympa, Neta. Je lui ai dit que j'avais rencontré une fille sympa, à Washington, mais que je ne me souvenais plus de son nom. Elle m'avait dit qu'elle travaillait à cette galerie.

– Et alors ?

Déborah se rapprocha encore un peu, presque à le toucher.

– Neta m'a dit qu'une fille qui avait travaillé à

Washington était restée une semaine à la galerie, avant de repartir vivre dans une colonie…

— Une colonie ?

— Oui. Elle s'appelle Rachel et c'est une juive orthodoxe, très religieuse. Comme elle a vu que j'étais, moi aussi, pratiquante, cela l'a mise en confiance.

— De quoi avait l'air cette Rachel ?

— Elle ne me l'a pas dit.

Malko était perplexe. Cela ne ressemblait pas à l'Amanda Delmonico de Washington, qui semblait très « libérée ». Mais il y avait quand même des points communs.

Tout contre lui, Deborah ondulait de plus en plus, le frôlant à chaque balancement.

La bouche entrouverte, le regard extatique, elle semblait s'imprégner de la musique jamaïcaine.

Malko était sur des charbons ardents.

Il passa le bras autour de la taille de la jeune Israélienne pour rapprocher sa tête de la sienne.

— Où puis-je la trouver ? cria-t-il à son oreille.

Déborah s'arrêta de danser, son bassin soudain soudé au sien. Comme s'ils se connaissaient depuis toujours.

— Ça ne va pas être facile, fit-elle. Cette Rachel est partie vivre dans une colonie ultra-orthodoxe, Khokav Yakov pas loin de Jérusalem. À une dizaine de kilomètres d'ici, mais c'est très difficile d'y pénétrer pour un étranger.

» Les colons sont méfiants.

Comme si elle en avait assez dit, elle se mit à onduler au rythme du reggae, sans sembler s'apercevoir que son bassin se frottait à Malko. Celui-ci sentait l'os dur de son pubis. Sous sa longue jupe, elle ne devait pas avoir grand-chose…

Cela dura quelques minutes, puis Déborah recula brusquement, le regard brutalement voilé. Elle mit quelques secondes à redescendre sur terre et, de nouveau, colla sa bouche à l'oreille de Malko.

– Elle s'appelle Rachel Sherut. Je ne sais pas pourquoi vous la cherchez, mais ne dites à personne que c'est moi qui vous l'ai dit. Ce serait dangereux pour moi. Le Shabak n'aime pas les gens qui parlent trop.

» Souvenez-vous de Vanunu.

Vanunu, c'était le scientifique israélien, pacifiste convaincu, qui avait révélé au monde qu'Israël avait amassé deux cents têtes nucléaires.

En fuite à Londres, kidnappé par une équipe du Mossad à Rome, il avait passé dix-huit ans de prison. Libéré depuis peu, il n'avait même pas le droit d'adresser la parole à un étranger, sous peine de retourner en prison.

Déjà, Déborah se fondait dans la foule de la piste de danse. Malko se demanda si elle n'avait pas profité de leur danse pour se procurer un petit orgasme discret.

Il regagna le bar et raconta à Charles Jourdan ce que venait de lui dire la « stringer » de la CIA. L'Américain hocha la tête, approbateur.

– Elle est bonne, Déborah ! J'espère qu'elle n'a pas été retournée par les autres.

– Ça vous dit quelque chose, la colonie Khokav Yakov ?

– Bien sûr, ce sont des colons religieux qui militent pour « Eretz Israël ». Cela fait partie de la mouvance du rabbin Naor Dov.

– Qui est-ce ?

Charles Jourdan se remit quelques cubes de glace dans son scotch et laissa tomber :

– Un personnage intéressant… C'est lui qui avait lancé un « *Psak Halakha* » contre Yitzhak Rabin. Juste avant qu'il ne soit assassiné, justement par un jeune juif ultra-orthodoxe, Ygal Amir.

– Qu'est ce que c'est, un « *Psak Halakha* » ?

– Une sorte de *fatwa*. Un ordre soi-disant communiqué par Dieu en personne. Naor Dov est un des rabbins les plus extrémistes du pays. Il officie à Hébron, en plein cœur des Territoires Occupés et reçoit dans sa synagogue les plus extrémistes des religieux.

» Chaque samedi, jour de Shabbat, il va prier au petit cimetière de Kyriat Arba, l'énorme colonie collée à Hébron. Sur la tombe du docteur Baroukh Kopel Goldstein. C'est lui qui a fait graver l'inscription au-dessus de cette tombe :

« Au saint Baroukh Goldstein, qui a donné sa vie au peuple juif, à la Torah, à Israël. »

» Baroukh Goldstein était médecin à Kyriat Arba. Depuis la poignée de mains du 13 septembre 1993, sur la pelouse de la Maison Blanche, entre le Premier ministre Yitzhak Rabin et Yasser Arafat, le chef de l'Organisation de Libération de la Palestine, Baroukh Goldstein estimait qu'Israël avait basculé dans le péché. Que les graines de la création d'un État palestinien sur la terre sacrée d'« Eretz Israël » étaient semées.

» Qu'il fallait donc un geste spectaculaire pour porter un coup d'arrêt au processus de paix.

» Ce geste, le docteur Baroukh Goldstein décida de l'accomplir. Le vendredi 25 février 1994, il sortit de chez lui avec un sac contenant un fusil d'assaut Galil, des chargeurs et une arme de poing. Pour aller prier au Caveau des Patriarches, lieu sacré aussi bien pour les juifs que pour les arabes. Goldstein pénétra dans la salle où seuls les musulmans sont autorisés à se recueillir. Il vida les trois chargeurs de son Galil, abattant vingt-neuf hommes et enfants, avant d'être tué à coups de barre de fer, par les survivants.

Malko demeura muet.

Au milieu de cette musique tonitruante, de cette ambiance festive, l'évocation de ce massacre était encore plus glaçante. Décidément les Fous de Dieu étaient bien répartis dans les deux camps.

Charles Jourdan tira la conclusion de son récit avec un sourire amer.

— Aux yeux des gens comme le rabbin Naor Dov, tuer un Arabe, c'est moins grave que d'écraser un chien.

— Vous avez parlé d'Yitzhak Rabin, remarqua Malko. Ce n'était pas un Arabe.

— Non, mais aux yeux de Naor Dov, il devait mourir, car il avait promis aux Américains de rendre les Territoires Occupés. La sacro-sainte Judée-Samarie.

» Tout Israël sait que ce rabbin a joué un rôle important dans le meurtre de Rabin. Il a reçu dans sa synagogue son assassin, Ygal Amir, et l'a laissé méditer devant une page ouverte de la Torah décrivant le châtiment que doivent recevoir ceux qui trahissent Eretz Israël. C'est un peu comme s'il l'avait béni.

» D'ailleurs Ygal Amir, qui est en prison depuis et s'est même marié, n'a jamais regretté son geste, persuadé d'avoir accompli la volonté de Dieu…

Malko se dit qu'en mariant un homme de cette trempe avec une kamikaze islamiste, les petits seraient intéressants…

— Personne ne le sait ?

— Bien sûr que si ! fit Charles Jourdan. C'est un secret de polichinelle. Seulement, Shimon Perez, le Premier ministre après l'assassinat de son prédécesseur Yitzhak, a fait clore l'enquête qui commençait. Pour ne pas semer la zizanie parmi les juifs, a-t-il prétendu. En réalité, parce qu'il ne fallait pas que l'on découvre les complicités que les extrémistes religieux avaient dans l'État, la police et les Services.

» Alors, officiellement, Ygal Amir a tué Rabin tout seul, sans être aidé. Ce qui est une fable…

Malko était stupéfait. Il en recommanda une vodka et demanda :

— Depuis ce coup d'éclat, ce rabbin a fait d'autres choses ?

— Oui, il a émis une « *Psak Halakhat* » contre Barack Obama, il y a quelques mois, lorsque ce dernier a demandé aux Israéliens d'évacuer les Territoires.

— Et personne n'a rien dit ?

– Certains ont applaudi. Ici, les religieux son
intouchables.

Malko n'entendait plus le brouhaha de la musique
techno. Depuis le début de son enquête, c'était la
première fois qu'il avait peut-être enfin un lien
concret entre l'attentat contre le président américain
et la femme soupçonnée d'y avoir participé.

Un lien ténu, certes.

– Est-ce qu'une extrémiste religieuse pourrait
travailler pour le Mossad ? demanda-t-il.

– Sûrement pas, trancha aussitôt Charles Jourdan.
Ce sont deux mondes différents.

La vérité s'éloignait…

– Ce rabbin Naor Dov est toujours actif ? enchaîna-
t-il.

– Plus que jamais. Il est en phase avec le gouvernement actuel. Il embrasse Avidgor Lieberman
sur la bouche et passe certaines soirées de Shabbat
avec le conseiller spécial de Netanyahu, Isser Serfaty, un autre fou furieux, qui a l'avantage d'avoir
son bureau à côté de celui du Premier ministre. Je
vous en ai parlé.

Avidgor Lieberman était le ministre des Affaires
étrangères de Netanyahu, *persona non grata* dans la
plupart des pays, en raison de ses opinions extrémistes. C'est lui qui avait suggéré de déporter tous
les Palestiniens des Territoires Occupés dans la Jordanie voisine, en y ajoutant les Palestiniens déten-
teurs de passeports israéliens afin de se retrouver
dans un État éthiquement pur, ne comportant que des
juifs.

Charles Jourdan bâilla.

– On va y aller ! Je dois aller à Tel Aviv demain matin. Ici on passe son temps sur les routes. La Station est coupée en trois.

» Moi, je suis basé au consulat de Jérusalem-Est, à côté de votre hôtel, mon collègue Dean se trouve à Jérusalem-Ouest et le gros des troupes à l'ambassade de Tel Aviv.

Dehors, dans la rue Joseph Revlin, il y avait toujours autant de gens, fumant et bavardant, bien imbibés de bière. Mais en dehors de ce coin de vie, Jérusalem était aussi morte qu'une ville abandonnée.

Tandis qu'ils roulaient le long des remparts de la vieille ville renforcés par les rails du tramway qui ne verrait jamais le jour, Malko remarqua :

– Votre amie Déborah est spéciale, non ?

Charles Jourdan eut un ricanement discret.

– Elle est typique de ces extrémistes religieux : déchirée entre une foi dévorante et des ovaires perpétuellement en fusion.

» Comme elle est mariée, et ne veut pas se faire répudier, elle se débrouille. Elle vous a fait le coup de la danse du ventre ?

– En quelque sorte, oui.

Ils émergeaient du vieux parking souterrain à côté de la place des chattes et Charles Jourdan eut une sorte de hennissement joyeux.

– Elle est restée très jeune d'esprit, et se contente de peu.

– En tout cas, elle a peut-être retrouvé la trace de cette Amanda, conclut Malko. Comment pourrais-je faire pour suivre cette piste ?

Charles Jourdan réfléchit jusqu'à l'American

Colony. Ce n'est qu'arrêté sous la voûte en face de l'entrée qu'il répondit à Malko.

– Il y a un type qui pourrait vous aider. Un autre de nos *stringers*. Avidgor Bilum. Un défenseur acharné des colons de Cisjordanie. Il a même écrit un livre sur eux, aussi, ils l'adorent.

– Et il travaille pour vous ?

– On le traite avec des pincettes, mais il est précieux, pour obtenir des informations sur les colons. Rien de vital, mais ça permet de muscler nos rapports.

– Il ne se méfie pas ?

– On ne lui demande rien d'extraordinaire et il a besoin d'argent. Cependant, il doit quand même baver un peu du côté du Shin Beth. Malheureusement, on n'a pas d'autre source. C'est le seul qui peut éventuellement vous aider à retrouver cette Rachel Sherut. Là où elle est, d'après Déborah, ils accueillent les étrangers à coups de fusil... Donc il faut trouver une légende.

– Dites-lui que c'est « privé ». Une fille que j'ai rencontrée à Washington et que je souhaiterais revoir.

– Si on le paie bien, il ne posera pas trop de questions, conclut Charles Jourdan. Je le contacte demain matin et lui donne le numéro de la chambre de votre hôtel.

Il repartit comme Malko traversait le parking pour gagner l'annexe en surplomb du vieux palais ottoman. Les boutiques étaient fermées, il n'y avait pas un chat en vue et il se dit que c'était l'endroit idéal pour se faire attaquer. Heureusement, les deux portes, rez-de-chaussée et au premier, donnant accès à l'annexe, étaient fermées à clef.

Malko se coucha, souhaitant que les prévisions optimistes sur sa sécurité énoncées par Richard Spicer, se vérifient. Il se sentait un peu tout nu, dans ce pays hostile, sans autre arme qu'une lime à ongle. Même si, selon le chef de station de Londres, le Mossad veillait sur lui comme sur un bébé…

La lumière du jour avait depuis longtemps réveillé Malko lorsque son téléphone grelotta. La ligne était si mauvaise qu'il eut du mal à comprendre qui l'appelait. En plus, l'homme parlait anglais avec un accent hébreu à couper au couteau. Malko comprit quand même « *Bilum* », et « *noon at hôtel* » [1].

C'était l'homme qui devait le mener à Amanda Delmonico.

---

1. Midi à l'hôtel.

CHAPITRE IX

Avidgor Bilum ressemblait à un rat qui aurait été atteint d'une grave maladie de peau provoquant des pustules réparties inégalement sur ce qui lui servait de visage.

Petit, mal habillé, le menton fuyant, une vieille kippa de travers sur ses cheveux frisés, il attendait Malko dans le hall de l'American Colony en lisant un livre en hébreu. Dans un fauteuil qui ressemblait, avec son dossier droit, à une chaise électrique.

Malko serra une main molle et moite et se présenta. Aussitôt, Avidgor Bilum lui tendit un livre.

– Monsieur Jourdan m'a conseillé de vous apporter mon livre « Pourquoi les colons ? »…

Il prit l'ouvrage. Le monde entier savait qui étaient les colons, mais, apparemment, Avidgor Bilum se posait encore la question.

– C'est vingt shekels, annonça-t-il.

– Si on allait déjeuner, suggéra Malko. Ici, ce n'est pas mauvais.

L'Israélien secoua la tête.

– Je ne mange que kasher. Je connais un restaurant à Nahlat Shiva, le Gabriel. C'est très bon.

– On y va, accepta Malko.

Ils prirent un taxi : circuler dans le centre de Jérusalem relevait du miracle. Aussi, Malko laissa à l'American Colony sa voiture de location.

Le restaurant se trouvait rue Shimon ben Shatach, à côté de la « Place des chattes ».

Malko évita la viande, toujours sans goût. Le « cacherout » exigeait de tuer les animaux en les égorgeant, de façon à ce que tout le sang s'évacue. Dans la tradition juive, le sang étant censé représenter l'âme de l'animal.

Il choisit un poisson.

Les hors-d'œuvre étaient déjà là ; des fallafels, du hommouz, de la salade qui semblait poussiéreuse. Le vin *aussi* était kasher…

Ce n'est qu'à la salade de fruits, que Avidgor Bilum leva un regard embué derrière ses lunettes.

– Monsieur Jourdan m'a dit que vous vouliez rencontrer quelqu'un qui vive dans une colonie. C'est facile, je connais beaucoup de gens dans ce milieu.

Malko corrigea en souriant.

– Je ne veux pas rencontrer n'importe qui. Je suis à la recherche d'une jeune femme que j'ai croisée à Washington. Rachel Sherut. D'après une de ses amies, elle vit dans une nouvelle colonie en face de Sederot, Kokhav Yakov.

– Je connais, confirma l'Israélien. C'est sur la route n° 1. Pas très loin. Ce sont des gens très religieux.

– Vous les connaissez ?

– Ils me connaissent… Mais ils sont très méfiants. Que voulez-vous à cette femme ?

– Simplement lui dire que je suis à Jérusalem et la revoir.

– Elle est mariée ?

Malko resta muet, il n'avait pas pensé à cet obstacle.

– Lorsque je l'ai rencontrée à Washington, elle vivait seule, affirma-t-il.

Avidgor Bilum lui jeta un regard intrigué.

– Vous avez fait tout ce chemin pour la revoir. Ou vous êtes à Jérusalem pour une autre raison ?

Malko sentit que c'était le moment de le motiver.

– Bien entendu, je vous paierai pour le temps passé.

– Avec les journalistes, je prends 300 shekels par jour, avança l'Israélien.

– Pas de problème, fit aussitôt Malko.

Malko posa aussitôt trois billets de cent shekels sur la table et régla l'addition.

– On y va ?

– Vous avez une voiture ?

– Oui, bien sûr. Il faut repasser par l'hôtel.

Il avait déjà l'estomac lourd avec ce qu'il avait mangé. Par contre, son vis-à-vis avait nettoyé son assiette. Comme partout en Israël, les prix étaient élevés.

Il se dit qu'il allait peut-être enfin remettre la main sur la femme mystérieuse qui avait « tamponné » Ronald Taylor. La fausse Amanda Delmonico. Le fait qu'il s'agisse d'une religieuse ultra-orthodoxe l'intriguait : cela ne collait pas avec l'allure de la jeune femme qu'il avait vue à la galerie « *Cherub Antiques* » à Washington.

* *
*

Yuval Diskin, le patron du Shin Beth, le service de sécurité intérieure israélien, avait vu son rendez-vous décommandé au dernier moment pour des raisons mystérieuses par Benyamin Netanyahu et remis au début de l'après-midi. Venu spécialement à Jérusalem pour cette rencontre, il enrageait de cette perte de temps, ayant heureusement réussi de son portable à régler quelques problème urgents.

Dans l'antichambre du bureau du Premier ministre, il lisait dans *Maariv*, le grand quotidien israélien, un article écrit par un ancien du Mossad devenu journaliste, Gad Shimron, dont les analyses étaient souvent pertinentes.

En contact permanent avec les Palestiniens, Yuval Diskin était plus au courant de la réalité que beaucoup de politiciens.

La porte du bureau de « Bibi » Netanyahu s'ouvrit enfin et le Premier ministre l'accueillit chaleureusement. Ils s'installèrent dans son bureau devant une table basse et du thé. Le Premier ministre semblait nerveux.

Il écouta à peine Yuval Diskin lui parler d'une nouveauté en Cisjordanie : des centaines de micro-crédits montés par le nouveau Premier ministre, Salam Fayyad, qui devenait de plus en plus populaire.

Beaucoup plus que Mahmoud Abbas, discrédité par sa faiblesse et la corruption de l'autorité palestinienne ; ou Marwan Bargouthi, populaire, mais purgeant plusieurs peines à perpétuité dans une prison israélienne…

Visiblement, le sujet ne passionnait pas le Premier ministre. Il n'avait jamais eu l'intention de négocier vraiment avec les Palestiniens et se moquait de leurs nouvelles stars politiques.

– Je t'ai convoqué pour un problème important, annonça-t-il. Il y a en ce moment à Jérusalem un individu qui représente une menace potentielle grave pour notre sécurité.

– Un humanitaire ?

– Non, un Autrichien travaillant pour la CIA.

Le chef du Shin Beth demeura impassible : il entretenait d'excellentes relations avec la CIA qui, obéissant aux ordres du gouvernement américain, ne lui posait aucun problème. Ses agents allaient où on les laissait aller et jamais ne cherchaient à forcer les barrages. En plus, leur collaboration était précieuse pour la lutte antiterroriste.

– Tu veux que j'agisse sur le chef de Station, c'est un ami, proposa-t-il. Qu'est-ce qu'il fait ?

– Je ne peux pas te le dire. C'est quelqu'un de dangereux qui mène une enquête qui pourrait, si elle débouche, nous embarrasser considérablement.

Yuval Diskin regardait le Premier ministre, méfiant. Benyamin Netanyahu était connu pour ses coups tordus et ses initiatives parfois brouillonnes. Il avait l'impression qu'une fois encore, il s'était mis tout seul dans la merde.

– Comment s'appelle-t-il ?

– Malko Linge, il habite l'American Colony. Chambre 27. Nouveau bâtiment. Il conduit une

Honda de location Avis garée sur le parking de l'hôtel.

Le chef du Shin Beth notait. Il releva la tête.

— Qu'attends-tu de moi ?

— Je veux savoir ce qu'il fait.

— C'est facile. Je vais faire mettre une puce dans sa voiture. On saura en temps réel où il va. Je peux aussi lui coller une ou deux équipes au cul. Il parle hébreu ?

— Non, je ne crois pas.

Il était soulagé qu'on ne lui demande rien de plus. Il se levait pour prendre congé lorsque Benyamin Netanyahu lâcha tout à trac :

— Ce n'est pas n'importe qui. Il y a déjà eu un problème avec lui à Londres…

Le Premier ministre venait de réaliser qu'avec l'osmose entre le Shin Beth et le Mossad, Yuval Diskin allait vite savoir à qui il avait affaire.

— Londres, ce n'est pas mon territoire, répliqua Yuval Diskin. C'était quoi ?

— Des *kidonim* l'ont raté…

Yuval Diskin se raidit. Comme tout le monde, il avait entendu parler de la débâcle londonienne. Il leva les yeux sur Benyamin Netanyahu. Les *kidonim* n'agissaient jamais sans son accord. Ce n'était pas une mission de routine qu'on lui demandait.

— Il faudrait que tu m'en dises plus, réclama-t-il.

Benyamin Netanyahu secoua la tête.

— Je ne peux pas. C'est « top secret ». Mais tu comprends qu'il est important que l'on sache où va cet homme, qui il rencontre, et plus…

— Tu le sauras, affirma Yuval Diskin. Si tu veux,

je t'envoie un rapport tous les matins. Mais ne me demande rien de plus ; s'il ne fait rien d'illégal, nous resterons dans les « mesures passives ».

– C'est tout ce que je souhaite, affirma « Bibi » Netanyahu, en pensant juste le contraire…

Hélas, il fallait parer au plus pressé. Il raccompagna son visiteur dans le couloir, conscient d'avoir fait le maximum. Pour l'instant le danger était circonscrit… Comme il aurait voulu pouvoir refuser un visa à Malko Linge ! Hélas, après Londres, c'était carrément impossible.

En sortant de l'American Colony, Malko, au volant de sa Honda avait suivi la route n° 1 sur trois kilomètres, bordée à gauche de vieilles maisons palestiniennes et, à droite, par des buildings flambant neufs israéliens.

Tournant ensuite à gauche pour longer sur un kilomètre le Mur de la Honte jusqu'au check point de Kalandiya, séparant Jérusalem des Territoires Occupés, sur la route menant à Ramallah, la ville palestinienne la plus importante où siégeait l'Autorité palestinienne.

Le paysage faisait froid dans le dos en dépit du soleil brillant : à perte de vue, des collines sans la moindre végétation, moutonnant jusqu'à l'horizon. Drôle de Terre Promise…

Pratiquement au sommet de chaque colline se trouvait une « colonie » israélienne, arborant un immense drapeau israélien de plusieurs mètres carrés. Des

blocs d'habitations toutes semblables, neuves, propres. L'ensemble était entouré de murailles de
pierre, de barbelés renforcés de miradors et de projecteurs. Le moindre sentier menant à la colonie
était défendu par d'énormes rouleaux de fils de fer
barbelés.

Bien entendu, tous les habitants de ces colonies
étaient armés. En Israël, les Israéliens achetaient des
armes de guerre aussi facilement qu'une baguette de
pain. Chaque colonie était un ghetto sévèrement
défendu, isolé totalement du monde extérieur.

Au pied des collines, les villages palestiniens
étaient eux aussi cernés de « check-points », de barbelés et de miradors, mais c'étaient ceux de l'armée
israélienne qui contrôlaient leurs déplacements.

Le tout formait un patchwork de mini-ghettos, les
uns juifs, les autres arabes, avec deux populations
s'ignorant totalement, et, généralement, se haïssant.

Les différents ghettos étaient reliés par un réseau
de routes, certaines réservées aux Israéliens, d'autres
mixtes, coupées par d'innombrables barrages, « check-
points » ou contrôles. Seuls, les juifs munis de voitures à plaques d'immatriculation jaunes pouvaient
circuler facilement. Pour les Palestiniens, chaque
déplacement était un cauchemar, avec l'abominable
mur serpentant à perte de vue – huit mètres de haut –
des graffitis haineux des deux côtés – séparant souvent les villages palestiniens de leurs terres. Au nom
de la sécurité, l'État hébreu « bouclait » les habitants
arabes de la Cisjordanie dans leurs bantoustans.
Seuls ceux qui possédaient une carte d'identité de

Jérusalem-Est pouvaient circuler à peu près normalement.

Et tout cela ne servait pas à grand-chose… Chaque
matin, des milliers de Palestiniens se ruaient à l'assaut du Mur. Non pour aller commettre des attentats,
mais pour travailler clandestinement à Jérusalem. Ils
profitaient des brèches dans le mur, des endroits où
il n'était pas terminé, ou de ceux où seule une clôture de barbelés servait de mur, pour se faufiler, dans
le territoire israélien. Revenant ensuite le soir chez
eux.

Un parcours épuisant pour gagner quelques dizaines
de shekels…

– Nous approchons ! annonça Avidgor Bilum. Il
va falloir tourner à gauche.

C'était toujours le même paysage : les collines
pelées à perte de vue et les blocs blancs d'habitations nouvellement construites par les Israéliens.

Devant cet enchevêtrement, Malko se dit que
jamais la Cisjordanie ne serait à nouveau indépendante. C'était impossible de « démailler » ce
puzzle israélo-palestinien, les colonies étant pourtant
construites dans l'illégalité la plus totale aux yeux
de la Loi internationale. Les Résolutions de l'ONU
s'entassaient dans le bureau des Premiers ministres
successifs israéliens qui les considéraient comme
des chiffons de papier sans importance.

Tant que les États-Unis opposeraient leur véto au
Conseil de Sécurité, pour bloquer toute résolution
contre la colonisation, Israël pouvait dormir sur ses
deux oreilles.

À droite, une grande colonie s'étalait en contre-

bas de la route. Pimpante, nickel, presque élégante :
Sderot.

Malko, suivant les indications de Avidgor Bilum
s'engagea à gauche, dans un sentier poussiéreux
zigzaguant au flanc d'une colline rocailleuse.

Le sentier se terminait un kilomètre plus loin, en
impasse. Barré par une barrière blanche défendue
par un poste de garde sur lequel flottait un énorme
drapeau israélien.

– Voilà la colonie de Kokhav Yakov, annonça
Avidgor Bilum. Il faut demander l'autorisation
d'entrer.

– Mais nous ne sommes pas arabes, protesta
Malko. Et *vous* êtes israélien.

– Garez-vous là ! ordonna Avidgor Bilum désignant le bas-côté. Ils sont très méfiants. Je vais aller
voir.

Malko obéit et le regarda partir à pied vers la barrière blanche. Un peu plus, il aurait mis les mains
sur sa tête. Cette colonie-là, bien que plus petite que
Sderot, était tout aussi coquette.

C'est là que se cachait peut-être celle qui s'appelait à Washington Amanda Delmonico.

CHAPITRE X

Resté au volant, Malko observait Avidgor Bilum en grande conversation avec un homme sorti du poste de garde. Après quelques minutes, l'Israélien revint, le visage fermé.

— Rachel Sherut n'est pas là ! annonça-t-il.

— Elle n'habite pas dans cette colonie ?

— Si, mais elle est à Jérusalem aujourd'hui.

— Elle revient quand ?

— Plus tard dans la journée.

— On va revenir…

— Si vous voulez, mais ce n'est pas sûr qu'ils nous laissent entrer.

Malko eut soudain une idée.

— Vous connaissez le rabbin Naor Dov ?

Avidgor Bilum lui jeta un regard inquisiteur.

— Celui de Kyriat Arba ?

— Oui. Je voudrais le rencontrer.

Sa question sembla plonger Avidgor Bilum dans un abîme de perplexité.

— C'est un saint homme dit-il, mais il ne voit pas beaucoup d'étrangers. Surtout des « goys ». [1]

1. Non-juifs.

– Nous n'avons rien à faire, rétorqua Malko, autant aller à Hébron. Et, si nous arrivons à le voir, je vous promets un « bonus » important.

Dieu merci, le pays était minuscule, ce qui facilitait les déplacements.

– Bon, on va essayer, accepta l'Israélien. Il faut revenir sur nos pas pour rejoindre « Tunnel road ». Hébron est au sud.

Ils se trouvaient au nord de Jérusalem alors qu'Hébron se trouvait au sud, ainsi que l'implantation de Kyriat Arba où officiait le rabbin Naor Dov.

Le paysage était toujours le même, monotone, avec une maigre végétation, des villages de pierres presque invisibles, à cause de leur couleur, se confondant avec le sol : ce qui restait des Palestiniens.

Tunnel road était « mixte », c'est-à-dire que Palestiniens et Israéliens s'y côtoyaient sous la surveillance de nombreuses patrouilles de l'armée israélienne. Ils contournèrent Bethleem, complètement coupée du monde par un réseau de checkpoints de l'armée israélienne. Des petits marchands ambulants offraient au bord de la route des oranges poussiéreuses, des fruits, des légumes ou des poulets. Beaucoup d'Israéliens s'arrêtaient pour faire leurs emplettes, car les prix étaient moins élevés qu'à Jérusalem.

Ils approchaient d'Hébron, la ville « sanglante ». Là où vivaient cinq cents colons « religieux » ultra-nationalistes au milieu de 35 000 Arabes, dans un océan de haine. Collés les uns aux autres, imbriqués inextricablement. Sans l'armée israélienne, il y a longtemps que les cinq cents colons auraient été exterminés.

Comme en 1929, où soixante-sept membres d'une ancienne et pieuse colonie juive avaient été massacrés par les Arabes d'Hébron.

Ce n'est qu'en 1980 que le Premier ministre d'alors, Menahem Begin, avait donné l'autorisation à des juifs de se réinstaller en plein cœur d'Hébron. La colonie voisine de Kyriat Arba existait, elle, depuis les années 70.

Depuis trente ans, la haine avait recommencé à couler dans les ruelles d'Hébron, bercée par les attentats palestiniens et les représailles des colons.

Une énorme agglomération occupant toute une colline dominant la vieille ville d'Hébron, apparut sur leur droite. Kyriat Arba, la colonie israélienne. Ils quittèrent la route principale pour un chemin descendant jusqu'à l'entrée de la colonie.

Une grille impressionnante défendue par une vingtaine de caméras.

– Restez dans la voiture, conseilla Avidgor Bilum. Je vais me renseigner.

Il franchit l'entrée piétonnière, après s'être identifié dans un interphone, et disparut dans le bâtiment de l'entrée de Kyriat Arba.

N'en ressortant que vingt minutes plus tard.

Lorsqu'il se glissa dans la Honda, il arborait une expression piteuse.

– Le saint rabbin ne veut recevoir personne, annonça-t-il. Pourtant, il me connaît. Il prie en ce moment. Son secrétaire m'a conseillé de lui téléphoner.

Malko s'y attendait un peu, et se résigna facilement.

– Parfait, dit-il, revenons à Kokhav Yakov.

Il avait l'impression de se trouver dans un monde étrange et commençait sérieusement à douter du résultat de son enquête. Les quelques femmes qui étaient passées près de la voiture pendant qu'il attendait, avec leur bonnet de laine multicolore enfoncé sur la tête jusqu'aux yeux, leur absence de maquillage, leurs amples jupes jusqu'aux chevilles et leurs pieds chaussés de croquenots, modèle infanterie 1914, n'avaient vraiment rien à voir avec la vendeuse sexy en escarpins de Washington.

* * *

Un long jeune homme coiffé d'une kippa, un fusil d'assaut M.16 accroché à l'épaule, crosse en haut, la barbe blonde, le regard clair, passa devant eux sans les voir, traînant un gamin par la main.

Même à l'intérieur de la colonie Kokhav Yakov, les Israéliens ne quittaient pas leurs armes.

Par une faveur exceptionnelle, le gardien les avait autorisés à attendre devant son baraquement le retour de Rachel. Séduit par la piété de Avidgor Bilum, en qui il reconnaissait un alter ego. Les deux hommes bavardaient en hébreu, à voix basse, tandis que Malko resté dans la voiture écoutait «Nostalgie», lien inattendu avec le monde extérieur.

Des gosses sortirent avec des cris joyeux d'une petite *yeshiva*[1], cornaqués par un jeune rabbin en noir.

1. École religieuse.

Une voiture montait le sentier menant à la colonie. Le gardien la regarda et dit quelques mots à Avidgor Bilum.

– Il pense que c'est Rachel Sherut, annonça celui-ci.

Malko sentit son pouls flamber. La route avait été longue de Washington à ce caillou désertique de Palestine.

La barrière se leva automatiquement, la voiture étant pourvue d'un badge électronique. Le gardien fit signe au chauffeur de s'arrêter.

Penché à la glace ouverte, il lui adressa quelques mots. Malko aperçut une demi-douzaine de passagers, hommes et femmes tassés dans le break. La portière arrière s'ouvrit et il en émergea une femme, coiffée d'un « bob » de laine enfoncé jusqu'aux oreilles, pas maquillée, une longue robe aux chevilles et chaussée de baskets.

Malko se raidit, ne quittant pas des yeux le visage de l'inconnue. Le comparant mentalement avec celui d'Amanda Delmonico.

Elle était de trois quarts et il distinguait nettement ses narines très découpées.

Après avoir échangé quelques mots avec Avidgor Bilum, Rachel Sherut s'avança vers Malko et lui lança quelques mots en hébreu.

– Elle demande qui vous êtes ? traduisit Avidgor Bilum.

– Je l'ai rencontrée à Washington, fit Malko. Elle travaillait dans une galerie d'art, « *Cherub Antiques* ».

Avidgor Bilum traduisit. Comme si elle ne parlait qu'hébreu. Rachel Sherut enveloppa Malko d'un long regard hostile et lâcha quelques mots d'un ton méprisant, avant de remonter dans le break.

– Elle dit qu'elle ne vous connaît pas, traduisit l'Israélien.

Le break filait déjà vers le fond de la colonie. Malko regarda la poussière qui entourait sa plaque jaune.

Certain que Rachel Sherut était bien l'Amanda Delmonico aperçue à la galerie « Cherub Antiques ».

La femme qui avait séduit Ronald Taylor. Pour son plus grand malheur.

*
**

Avidgor Bilum le tira par la manche.

– Venez, le gardien n'est pas content, il dit qu'il va appeler la police militaire. Que vous êtes sûrement un humanitaire d'un de ces mouvements pro-palestiniens qui détestent les colons.

– Non, c'était simplement une erreur, assura Malko. Je suis désolé.

Ils battirent en retraite sous le regard furieux du gardien. N'échangeant plus un mot jusqu'à Jérusalem. À peine descendu de voiture, Avidgor Bilum s'enfuit comme s'il avait un kamikaze aux trousses.

La fin d'une belle amitié.

Malko gara sa Honda et partit à pied jusqu'au consulat américain, faire le point avec Charles Jourdan.

*
**

Isser Serfaty était arrivé à Jérusalem vers sept heures du matin, comme tous les jours, sauf le shabbat où il restait enfermé dans sa villa de Hertzliya, au nord de Tel Aviv.

Se rattrapant le reste de la semaine par une activité débordante.

La secrétaire de Benyamin Netanyahu, après avoir frappé, ouvrit la porte de son bureau et lui tendit une chemise bleue.

– De la part de « Bibi » ! annonça-t-elle.

L'Israélien l'ouvrit, découvrant les comptes rendus de filature de l'agent de la CIA, Malko Linge. Grâce au Shin Beth, il était désormais étroitement surveillé. Une puce avait été posée sous sa voiture de location, munie d'un GPS, ce qui permettait de le suivre à la trace en temps réel. En plus, les équipes du Shin Beth se relayaient pour connaître ses activités.

Isser Serfaty sentit les battements de son cœur s'accélérer en lisant le compte rendu de la visite de Malko Linge à la colonie Kokhav Yakov. Bien entendu, après la visite de l'agent de la CIA, les gens du Shin Beth étaient venus se renseigner et le gardien leur avait tout balancé.

Le conseiller du Premier ministre posa les papiers, la gorge étreinte par l'angoisse. Comment ce petit salaud avait-il retrouvé la trace de Rachel Sherut ?

Certes, il ne pourrait pas l'interroger et il était totalement sûr d'elle. Mais la présence de Malko Linge à Kokhav Yakov était *très* inquiétante. Il était en plein dans la zone rouge.

Que savait-il *exactement* ?

Ex-chef du Mossad, Président du conseil national de Sécurité israélien, le conseiller politique de «Bibi» savait qu'il suffit d'une toute petite faille dans un barrage pour que tout cède.

Si Malko Linge était arrivé jusque-là, il savait peut-être d'autres choses encore plus embarrassantes.

Des éléments qui pourraient l'orienter sur *la* piste. Il avait déjà été *trop* loin.

Il se versa du thé et se mit à réfléchir. Impossible de compter sur le Shin Beth pour une opération «borderline». L'armée pouvait s'en charger, mais demanderait des explications.

Il était hors de question de faire appel à Meir Dagan qui s'était déjà «grillé» et détestait Isser Serfaty. Il ne restait plus que les circuits de ce dernier, dans lesquels il avait déjà puisé pour monter sa manip.

La lecture du rapport du Shin Beth venait de lui donner une idée.

Au lieu de déjeuner, il irait à Hébron rencontrer ceux sur qui il pouvait compter. Pour tenter de résoudre le problème une bonne fois pour toutes.

Charles Jourdan semblait perplexe, et même, soucieux.

— Vous avez eu de la chance de pouvoir parler à cette femme, mais où cela va-t-il vous mener ?

— Nulle part ! reconnut Malko, sinon que nous sommes certains désormais qu'Israël a quelque chose à voir avec l'attentat contre le président

Obama. Sans qu'on puisse encore comprendre par quel biais.

– On ne peut rien reprocher à cette femme, remarqua l'Américain. Elle n'a commis aucun délit. Le FBI la soupçonne seulement d'avoir donné un coup de téléphone, mais on n'en a aucune preuve. C'est une impasse.

– Vous qui connaissez le pays, demanda Malko, qu'est-ce que cela vous évoque ?

– La nébuleuse des groupes extrémistes religieux, liés aux colons et à l'extrême droite. Ceux qui ont fait assassiner Itzhak Rabin. Ils ont des ramifications dans le Mossad, la police, le Shin Beth, l'armée. On ignore le nombre de jeunes officiers qui, au fond d'eux-mêmes, n'obéissent qu'à leur rabbin.

» Ce sont des gens dangereux, mais ils n'ont jamais frappé hors d'Israël. Ils se contentent d'assassiner des Palestiniens ou même un leader israélien qu'ils considèrent comme un traître à « Eretz Israël », mais ils n'ont pas de relais à l'étranger.

– Ils ont un chef ?

– Plusieurs rabbins, des « hommes en noir », qui vomissent souvent l'État d'Israël, mais deviennent fous furieux lorsqu'on prétend qu'Israël ne doit pas s'étendre de la Méditerranée au Jourdain.

» Leur guide, s'ils en ont un, ce serait Isser Serfaty, le conseiller politique de « Bibi », extrémiste lui-même, qui pousse au crime en permanence.

» Comme son bureau est en face de celui du Premier ministre, il a une grande capacité de nuisance. Nous le soupçonnons d'avoir été mêlé au meurtre de Rabin. Hélas, il est intouchable…

» Mais, au Shin Beth, il y a une section chargée d'infiltrer les mouvements extrémistes pour éviter que « des juifs tuent des juifs » ou provoquent de graves incidents avec les Palestiniens… Certains de ces fous voulaient faire sauter le dôme du Rocher et la mosquée Al Aqsa…

– Et c'est Isser Serfaty qui protège ces gens-là ? demanda Malko.

– C'est un secret de polichinelle. D'ailleurs, nous le surveillons avec nos équipes de « stringers ». Il ne se cache pas, circule dans une Cadillac noire, de son domicile à Hertzliya à Jérusalem. C'est un vrai travailleur, il arrive à sept heures à son bureau, parle à Benyamin Netanyahu et va ensuite faire son lobbying.

– Vous l'avez surveillé récemment ?

– Cela dépend des gens disponibles. Pourquoi ?

– Vous pourriez lancer une « campagne » sur lui, pendant que je suis là. On ne sait jamais.

– OK ! promit Charles Jourdan, je vais essayer. Et vous ?

– Je ne sais plus où aller ! avoua Malko. Avidgor Bilum m'a claqué entre les mains. Et je ne vois aucune façon de recontacter Rachel Sherut.

» De toute façon, cela ne servirait à rien.

– Que cherchez-vous exactement ? demanda Charles Jourdan.

Malko hésita puis se dit que s'il voulait être aidé, il fallait éclairer la lanterne de Charles Jourdan. Après tout, ce dernier était un chef de Station de la CIA complètement fiable.

– Nous soupçonnons les Israéliens d'être derrière l'attentat contre Barack Obama, le 15 mars.

Charles Jourdan le fixa, abasourdi.

– Mais c'est le Hezbollah qui l'a revendiqué ! J'ai parlé avec mes homologues du Mossad : pour eux, cela ne fait aucun doute et ils s'étonnent même du manque de réaction du président américain.

– Barack Obama n'a pas réagi parce qu'il n'est pas certain que ce soient les Iraniens ou le Hezbollah, expliqua Malko. J'ai fait une longue enquête à Beyrouth et j'ai fini moi aussi par avoir des doutes.

» Depuis que j'ai retrouvé Rachel Sherut et que je suis certain de l'avoir vue à Washington sous l'identité d'Amanda Delmonico, je suis certain que les Israéliens ont trempé dans cette affaire. Le FBI est pratiquement sûr que c'est Amanda Delmonico qui a donné le « top » aux kamikazes du Hezbollah.

Charles Jourdan semblait de plus en plus abasourdi.

– Ils savaient à qui ils parlaient ?

– Évidemment non ! Mais, elle doit sûrement parler arabe, comme beaucoup d'Israéliens. Il y a encore énormément de choses que nous ignorons dans cette affaire et j'espérais que mon voyage ici m'éclairerait…

L'Américain secoua la tête, avec incrédulité.

– C'est impossible que le Mossad se soit lancé dans une affaire pareille, même si on arrive à expliquer la revendication de l'attentat par le Hezbollah. Meir Dagan a des défauts mais ce n'est pas un fou furieux.

» Après huit ans au Mossad il est retors et prudent.

Je crois que vous faites fausse route. Avez-vous une preuve *absolue* de la participation de cette Amanda Delmonico au complot ?

– Non, dut reconnaître Malko, mais son amant Ronald Taylor a été assassiné, vraisemblablement par le Mossad.

L'Américain secoua la tête.

– Vraisemblablement, souligna-t-il. Je n'y crois pas. Même « Bibi », qui est un peu fou, ne se lancerait pas dans une affaire pareille. Il a une peur bleue des Américains…

– OK, conclut Malko, déçu. Dans ce cas je ne vais pas faire de vieux os à Jérusalem.

– Je dois rencontrer des gens de CNN basés en Afghanistan ce soir, annonça Charles Jourdan. De vieux copains. Vous voulez dîner avec nous ?

– Oui, mais pas kasher…

***

Le dîner dans une gargote de Nahlat Shiva n'avait pas été désagréable : poisson grillé et légumes, bière. Un des deux garçons de CNN était un personnage étonnant : ancien « marine », il était basé au Quatar où il était tombé amoureux fou d'une ravissante Algérienne, travaillant aussi à CNN.

Qui avait mis une seule condition à leur mariage : qu'il se convertisse à l'Islam.

Il avait cédé. Discrètement, mais ne buvait plus d'alcool et faisait ses prières régulièrement.

Malko avait envie de se frotter les yeux : ce grand gaillard de 1,90 m, blond, tatoué, 150 % Américain, était passé en quelque sorte, de l'Autre Côté. Il revenait d'un reportage en Afghanistan dans une unité de « marine » à qui il s'était bien gardé de parler de sa nouvelle religion…

Extérieurement, personne ne pouvait se douter de sa conversion. Mais cela faisait froid dans le dos… Malko pendant le repas, s'était dit, qu'un jour, ce grand jeune homme blond déboulerait dans un endroit facile d'accès pour lui, avec une ceinture d'explosifs, et se ferait sauter en criant : « Allah ou Akbar ».

Son portable sonna. Il eut du mal à reconnaître la voix de Avidgor Bilum. L'Israélien semblait toujours téléphoner du fond d'une caverne.

– Le rabbin Naor Dov accepte finalement de vous recevoir pour vous exposer son point de vue, annonça-t-il triomphalement. Il nous recevra à trois heures aujourd'hui.

Malko faillit décliner l'invitation. Qu'allait-il dire à ce rabbin extrémiste qui ne lui révélerait sûrement pas ses secrets ?

– Je viendrai vous prendre à deux heures, enchaîna Avidgor Bilum. On ne sait jamais : s'il y a des barrages, on peut perdre du temps.

Après tout, se dit Malko, ce rabbin devait être un personnage hors du commun. En le rencontrant, il ne serait pas venu à Jérusalem pour rien.

CHAPITRE XI

La route « des tunnels » filait à travers les collines pelées du sud de la Cisjordanie, encombrée de vieilles voitures palestiniennes à plaques vertes, de 4 4 flambant neufs des colons en plaques jaunes, de véhicules militaires et de camions. La seule artère pour parcourir les 36 kilomètres séparant Hébron de Jérusalem.

Malko venait de contourner Bethlehem coupée du monde par les check-points de l'armée israélienne, filtrant avec une lenteur exaspérante les rares touristes étrangers et, même, les habitants de la petite bourgade palestinienne. Soudain il écrasa le frein, au milieu d'un virage.

Une vieille Mercedes était retournée sur la chaussée, les roues en l'air, une famille résignée de Palestiniens accroupie autour, en attendant une improbable dépanneuse.

Plusieurs soldats israéliens, descendus d'un véhicule de patrouille veillaient sur le site de l'accident, régulant la circulation.

Israéliens et Palestiniens s'ignoraient. Les militaires de Tsahal, le visage fermé, caparaçonnés de

gilets pare-balles, d'étuis de munitions, casqués,
surarmés, semblaient évoluer sur la lune.

Le canon de leurs fusils d'assaut Galil tourné vers
le sol, mais prêts à réagir à la moindre provocation.
Ici, on ne leur jetait plus de pierres : les Palestiniens
avaient enfin réalisé que cela ne servait à rien.

Avidgor Bilum se tourna vers Malko et remarqua :

– Vous avez eu beaucoup de chance ! Le rabbin
Dov ne reçoit que très peu d'étrangers. Quelqu'un a
dû intervenir pour vous.

Malko ne voyait vraiment pas qui. Vingt minutes
plus tard, ils étaient en vue de Kyriat Arba. Il s'engagea dans la voie en pente menant à l'entrée principale de l'énorme implantation de colons et stoppa
devant la grille.

Aussitôt, un haut-parleur les interpella en hébreu,
puis en anglais, leur intimant l'ordre de déguerpir.

– Je vais prévenir le poste de garde, annonça
Avidgor Bilum.

Il partit à pied vers l'impressionnante muraille de
fils de fer barbelés, de miradors, de projecteurs et de
caméras. À moins de se présenter avec un char, on
ne voyait pas ce que les habitants pouvaient risquer.
Les flancs de la colline voisine avaient été transfor-
més en glacis, la végétation coupée, pour dégager les
champs de tirs éventuels.

Les Israéliens, ici, étaient en milieu hostile, uniquement protégé par Tsahal.

Avidgor Bilum ressortit du bâtiment et fit signe à
Malko qui avança jusqu'à la grille désormais entrouverte. Un colon barbu, lunetteux, le Galil à l'épaule,

prit place à l'arrière de la Honda pour les guider à travers l'immense implantation…

La synagogue et la yeshiva du rabbin Naor Dov se trouvaient tout au bout. Un petit bâtiment surmonté du drapeau israélien, un seul étage aux murs couverts d'inscriptions en hébreu.

Leur « guide » frappa à la porte et un jeune rabbin leur ouvrit. Sans un mot, il les conduisit dans une sorte de salon mal éclairé par des chandeliers à sept branches, aux murs de pierre. Au milieu de la pièce, installée sur un grand pupitre, siégeait une Torah luxueusement illustrée.

Aucun bruit de l'extérieur ne parvenait jusque-là.

Le rabbin Naor Dov surgit silencieusement, tout en noir, la barbe bien taillée, le regard perçant, et leur fit signe de s'asseoir.

Le jeune rabbin apporta du thé et du pain azyme, ainsi que des oranges. Le rabbin Naor Dov lâcha quelques mots.

– Il y a deux mille ans que les juifs cultivent les vignes à Hébron, traduisit Avidgor Bilum. Elles sont de plus en plus belles.

Malko voulut faire un peu de provoc.

– Les Palestiniens, aussi, cultivent les vignes, remarqua-t-il.

Sa remarque traduite, le rabbin Naor Dov balaya les Palestiniens d'un geste définitif, et Avidgor Bilum traduisit sa réponse.

– Les Palestiniens ne connaissent rien à l'agriculture ! Lorsque, grâce à Dieu, nous sommes revenus ici, cette terre n'était qu'un désert. Nous en avons fait le paradis du lait et du miel. Quelles questions avez-vous à me poser ?

Malko n'hésita pas.

– Que pensez-vous du président Barack Obama ?

Le rabbin lui jeta un regard noir et demanda soudain en anglais :

– Vous êtes Américain ?

– Non, Autrichien.

Le religieux médita quelques instants puis se lança dans une grande diatribe en hébreu, traduite au fur et à mesure par Avidgor Bilum.

« La Judée et la Samarie nous ont été données par Dieu, il y a plus de deux mille ans, lança-t-il d'une voix nasillarde. Nous y sommes toujours demeurés, mélangés aux Arabes. Désormais Dieu a exaucé nos prières et nous a rendu la terre qui nous appartient à tout jamais. »

Il se tut et Malko, par l'intermédiaire de Avidgor Bilum, réitéra sa question.

Le regard du rabbin Dov flamboya et il lâcha une phrase aussi sèche qu'une rafale de Kalachnikov.

– Pour faire plaisir aux Arabes, le président américain a prétendu que nous devions évacuer la terre sacrée de Judée-Samarie. Pour cela, il mérite la punition de Dieu.

Il se leva brusquement et s'approcha de la grande Torah ouverte installée sur le chevalet. Avidgor Bilum et Malko le rejoignirent. Le rabbin Naor Dov posa alors l'index sur le texte en hébreu.

– Il est écrit dans cette Sainte Torah que Dieu punira sévèrement ceux qui prennent le parti de ses ennemis, des mécréants, qui veulent nous arracher la

Terre du Lait et du Miel. Dieu merci, il y a autour de ce président américain des gens qui sont bons croyants et qui l'empêchent d'aller trop loin.

Il se tourna vers Malko, le foudroyant de son regard noir.

– Désirez-vous me poser d'autres questions ?

Avidgor Bilum commençait visiblement à être nerveux. Malko décida d'écourter sa visite. Il ne sortirait rien de plus de ce rabbin fanatique. Il voulut quand même aller jusqu'au bout de ses questions.

– Vous qui êtes un homme de paix, avez-vous pleuré sur les 29 Palestiniens assassinés par le docteur Goldstein ?

Avidgor Bilum traduisit d'une voix mal assurée.

– J'ai pleuré sur les Arabes et aussi sur les mouches, lâcha le rabbin. Nous respectons tous les êtres vivants.

Malko posa sa dernière question. Celle qui avait motivé son voyage à Hébron.

– Certains prétendent que vous avez été impliqué, il y a quelques années dans le meurtre du Premier ministre Itzhak Rabin, avança-t-il. Est-ce exact ?

Cette fois, la voix d'Avidgor Bilum tremblait carrément...

Le rabbin ne se troubla pas.

– Je ne me mêle pas de politique. Puis il laissa tomber : je suis un religieux.

– Connaissiez-vous le jeune Ygal Amir, son assassin ? Il vous a, paraît-il, rendu visite.

– Je reçois beaucoup de gens, fit évasivement le rabbin Dov avant de prendre la direction de la porte, signifiant la fin de l'entretien.

Juste avant de l'ouvrir il se tourna vers Avidgor Bilum et posa une seule question en hébreu. Malko saisit le nom de Barack Obama.

— Il demande si le président Obama est vraiment musulman, traduisit Avidgor Bilum. Cela explique-rait son attitude.

— À ma connaissance non, répondit Malko.

— Pourquoi ? insista le rabbin, a-t-il un prénom arabe : il s'appelle Hussein...

Le rabbin avait prononcé ce dernier prénom avec un dégoût manifeste.

— Je crois que son père était musulman, expliqua Malko, mais tout cela a été dans les journaux.

Le rabbin Naor Dov n'insista pas et lança simplement :

— *Shalom*.

Leur « guide » les attendait à l'extérieur et les reconduisit à la grille d'entrée de Kyriat Arba. Lors-qu'ils furent de nouveau sur la route, Avidgor Bilum demanda :

— Vous êtes satisfait ?

— Absolument ! reconnut Malko. Cela me paraît être un homme dangereux.

Avidgor Bilum parut choqué de cette remarque mécréante.

— Le rabbin Naor Dov est un très saint homme ! rétorqua-t-il. Il est révéré par tous les colons, et contrairement à d'autres rabbins, il reconnaît l'exis-tence d'Israël.

— Ah bon, il y a des rabbins qui ne reconnaissent pas Israël, demanda Malko, stupéfait.

— Oui ! Certains extrémistes considèrent que c'est

un péché d'avoir créé un État regroupant tous les
juifs du monde. Cela ne devrait se produire qu'au
retour du messie.

De mieux en mieux.

– On peut aller à Hébron ? demanda Malko.

Avidgor Bilum manifesta un enthousiasme modéré.

– Nous n'avons pas d'autorisation. En plus, les
citoyens israéliens n'ont pas le droit de s'y rendre,
c'est trop dangereux. On va rentrer à Jérusalem.

Juste avant le village de Beit Oumma, niché dans
un repli de colline, à gauche de la « tunnels road »,
la route faisait une courbe assez aiguë, vers la droite.

Malko dut ralentir, d'autant qu'un bus bondé en
plaques vertes était arrêté dans le virage, en train de
décharger des passagers.

Ce qui arriva fut si soudain, qu'il ne réalisa pas
tout de suite ce qui se passait : une grêle de coups
secs sur la carrosserie. Le pare-brise de la Nissan
s'étoila, et, soudain, la direction devint très dure.
Instinctivement, Malko se baissa, ce qui lui sauva
probablement la vie.

À côté de lui, Avidgor Bilum poussa un cri de sou-
ris et s'effondra en avant, le visage en sang.

La Nissan zigzaguait sur la route. Malko, incapable de la contrôler, vint s'encastrer dans l'arrière
du bus. Il y eut encore quelques coups de feu, qui
firent exploser la glace arrière et celles des portières
arrière, puis le silence retomba.

Groggy, Malko vit du sang sur son poignet et

ressentit une sensation bizarre à la hauteur de son cou. Il envoya la main et la ramena, pleine de sang. Il avait été vraisemblablement atteint par une balle en séton qui avait frôlé la carotide gauche. Il n'avait même pas eu le temps d'avoir peur.

Le chauffeur du bus palestinien vint voir les dégâts, et constatant que son véhicule n'avait rien, jeta un regard hostile à Malko avant de regagner son volant et de redémarrer dans un nuage de fumée noire.

Malko se pencha vers Avidgor Bilum, effondré sur son siège.

– Ça va ?

L'Israélien ne répondit pas : la tête sur sa poitrine, il semblait dormir.

Malko descendit sur la chaussée. Plusieurs véhicules palestiniens passèrent sans s'arrêter. Puis arriva un 4 4 à plaques jaunes qui, lui, s'arrêta. Un grand barbu maigrelet en sortit, fusil d'assaut au poing et l'interpella en hébreu, visiblement très excité.

Malko lui montra Avidgor Bilum, et répondit en anglais.

– *Call an ambulance, he looks seriosly wounded. We have been shot at.*[1]

Une femme, coiffée du bonnet de laine, en longue robe, émergea à son tour du 4 4 et s'approcha d'Avidgor Bilum, essayant en vain de le faire réagir.

Le barbu, lui, brandissait son arme en direction des collines pelées en criant des injures.

Soudain trois véhicules militaires kaki surgirent

---

1. Appelez une ambulance. Il semble sérieusement blessé. On nous a tiré dessus.

du virage et s'immobilisèrent en travers de la route, bloquant la circulation et déversant un flot de soldats israéliens coiffés de curieux bérets [1] qui les faisaient ressembler à des chasseurs alpins.

Certains partirent en courant en direction du village de Beit Oumma, déployés en éventail. Un autre, accroupi sur la chaussée, parlait fiévreusement dans sa radio. D'autres encore sortirent avec précaution le corps d'Avidgor Bilum de la Nissan et l'étendirent sur le bas-côté de la route.

Un jeune militaire barbu, avec des lunettes cerclées d'acier, s'approcha de Malko, et l'interpella en hébreu, puis en anglais.

– Qu'est-ce qui s'est passé ?

– On nous a tiré dessus, expliqua Malko, cela venait de là-bas.

Il montrait les replis de terrain autour du village.

L'officier israélien secoua la tête.

– Salauds d'Arabes ! Ils se faufilent jusqu'à la route et tirent sur les voitures. Ou sur des gens isolés. Vous êtes étranger ?

– Oui, autrichien.

– D'où veniez-vous ?

– J'avais été rendre visite au rabbin Naor Dov, à Kyriat Arba. Avec mon interprète.

L'officier hocha la tête, compréhensif.

– C'est un saint homme, mais vous avez failli y laisser votre peau. Il y a souvent des attaques sur cette route. Venez, on va vous soigner.

---

1. En réalité, des filets de camouflage destinés à briser la silhouette.

– Et mon interprète ?

– On a appelé un hélico. Il sera là dans dix minutes.

Malko se trouva à l'arrière d'une jeep, aux mains d'une infirmière boudinée dans son uniforme, qui avait dû abuser des fallafels. Elle lui colla deux énormes pansements, l'un sur le cou, l'autre au poignet et tint absolument à lui faire une piqure antitétanique.

Il se sentait KO. La tête lui tournait. Un soldat s'approcha de l'officier et lança quelques mots.

– Il y a dix-sept impacts dans la carrosserie de votre voiture. Ils voulaient vraiment vous tuer... De la Kalach ou du Galil.

– Les Palestiniens ont des Galils ?

– Ils ont tout, à cause de la contrebande, grommela l'officier. Vous habitez Jérusalem ?

– Oui.

– Il faudra vous présenter au poste de police pour remplir une déclaration.

Le « vroum-vroum » d'un hélico se rapprochait. Un Blackhawk camouflé vint se poser sur la route, crachant des brancardiers. Avidgor Bilum, toujours inconscient, fut placé sur une civière. Il était blanc comme un linge. L'officier eut une grimace inquiète.

– On l'emmène à l'hôpital Hadassa, à Jérusalem, mais il a une balle dans la tête. Si elle est mal placée...

– Est-ce que je peux venir avec lui ? demanda Malko. Ma voiture est incapable de rouler.

– Si vous la laissez là, les Arabes vont tout voler...

– C'est une voiture de location…

Les soldats lancés à la recherche des tueurs revenaient. Bredouilles. L'un d'eux montra à l'officier une poignée de douilles.

– C'est du Galil, conclut ce dernier. Ils ont vidé tout le chargeur. Ils doivent être planqués dans le village. Je vais faire un rapport pour le Shabak, qu'on aille secouer ces salopards.

Peu à peu, la circulation reprenait. Malko se courba pour monter dans le Blackhawk qui s'arracha aussitôt.

À peine en l'air, il appela Charles Jourdan.

*
* *

– Ça arrive régulièrement ! conclut désabusé Charles Jourdan. Plus les Palestiniens sont maltraités, plus ils ont envie de se venger. Évidemment, ils ne peuvent pas affronter Tsahal directement, alors ils tendent des embuscades à des colons isolés, ou ils tirent sur des voitures. Certaines routes leur sont interdites pour éviter ce genre d'incident.

Malko avait du mal à se remettre à réfléchir, encore choqué. Le chef de Station de la CIA était venu le récupérer à sa descente de l'hélicoptère et l'avait emmené directement au consulat américain de Jérusalem-Est.

– Comment va Avidgor Bilum ? demanda Malko.

– Ce n'est pas brillant. Il est dans le coma et, pour le moment, on ne peut pas extraire la balle.

– Si je ne m'étais pas baissé, c'est moi qui la prenais à sa place, remarqua Malko. J'éprouve quand même une impression bizarre. Depuis longtemps je ne crois plus aux coïncidences.

– Que voulez-vous dire ?

– Je suis peut-être parano, avoua Malko, mais plusieurs choses me semblent étranges. D'abord, pourquoi ce rabbin qui ne rencontre pas d'étrangers a-t-il accepté de me voir ? Il ne m'a fait aucune déclaration fracassante, juste les propos habituels d'un extrémiste. J'ai repensé à une phrase d'Avidgor Bilum étonné que le rabbin me reçoive : «on a dû lui demander de vous recevoir.»

– Qui ?

– Je n'en sais rien, avoua Malko. Je ne connais personne dans ce milieu de fous. Vous n'êtes pas intervenu ?

Charles Jourdan sourit.

– Cela n'aurait eu aucun poids ! Je suis un mécréant aux yeux du rabbin Naor Dov, même si je suis juif. Dans quel intérêt serait-on intervenu ?

– Pour me faire revenir à Hébron, conclut Malko, et pouvoir ainsi me tendre un guet-apens, qui ne soit pas attribué aux Israéliens. Ceux-ci savent qu'après ce qui s'est passé à Londres, ils ne peuvent pas officiellement toucher un cheveu de ma tête sous peine de graves problèmes.

» Par contre, si les Palestiniens essaient de me tuer, ils ne sont pas concernés.

– C'est tiré par les cheveux ! objecta l'Américain.

– Peut-être, reconnut Malko, mais n'oubliez pas que j'enquête sur une affaire hypersensible : l'attentat contre le président Obama. Il est évident que si on arrivait à démontrer que les Israéliens y sont pour

quelque chose, cela aurait pour eux des conséquences dévastatrices…

— *Right,* objecta Charles Jourdan, mais vous n'avez
encore rien trouvé.

— Si. J'ai retrouvé Rachel Sherut, l'Amanda Delmonico qui a séduit Ronald Taylor et qui est certainement impliquée dans cet attentat. Dans une
colonie de religieux.

— Vous êtes certain que c'est elle ?

— Totalement. Même si elle a nié.

— De toute façon, cela ne mène nulle part, objecta
Charles Jourdan.

— Pour l'instant. Mais je me suis peut-être trop
rapproché d'une zone sensible. Et « on » a eu peur.

— Qui « on » ?

— Je l'ignore. Mais j'ai beaucoup réfléchi depuis
le début de cette enquête. Comme vous me l'avez
fait remarquer, il y a très peu de chances pour qu'un
service *officiel*, comme le Mossad, se soit lancé dans
une aventure pareille. Même, si les Israéliens assas-
sinent facilement, ils n'ont encore jamais touché à
un chef d'État.

» Par contre, s'il s'agit d'une structure parallèle,
c'est différent.

— Mais c'est le Mossad qui a tenté de vous assassiner à Londres, objecta l'Américain.

Malko hocha la tête.

— Le Mossad est un Service de Renseignement
qui obéit au pouvoir politique. Ce dernier, dans l'intérêt supérieur d'Israël, peut lui avoir confié une
mission, sans que *l'Institut* soit mêlé à quoi que ce
soit, au départ.

– C'est une théorie séduisante, reconnut Charles Jourdan. Mais *uniquement* une théorie. Le seul homme qui pourrait, éventuellement, être le sponsor d'une opération aussi folle, c'est Isser Serfaty. Il y a dans ce pays une bande d'extrémistes prêts à tout pour défendre «Eretz Israël». S'ils ont fait assassiner Yitzhak Rabin, un Premier ministre *juif, c*ela ne devrait pas les gêner de faire tuer un président américain, qui plus est peut-être un peu musulman…

– Vu comme ça, évidemment, reconnut le Chef de Station. Mais c'est difficile à prouver. Et puis il y a cette revendication du Hezbollah…

– Je sais, reconnut Malko. Mais, je pense que vous pourriez essayer d'en savoir plus grâce à vos relations avec le Shin Beth et le Mossad.

– Peut-être, mais c'est délicat, fit sans enthousiasme Charles Jourdan.

– Est-ce que le Shin Beth surveille les gens comme Isser Serfaty ?

– Non. Cela m'étonnerait. Mais le rabbin Dov, très probablement.

Malko se leva avec une grimace de douleur. Son coù le brûlait, en dépit de la pommade noirâtre qu'avait appliquée la soldate de Tsahal.

– Je vais me reposer, dit-il. On se revoit demain. Essayez de creuser.

– Je vous fais raccompagner, proposa aussitôt l'Américain. Si vous ne vous sentez pas bien, appelez-moi.

***

Allongé sur le grand lit face à la télé, son coupé, Malko flirtait au téléphone avec Alexandra. Le danger déclenchait toujours les mêmes réactions chez lui : une furieuse envie de combattre la mort en faisant l'amour.

La revanche de l'adrénaline.

Heureusement, Alexandra était disponible. Elle aussi, dans sa chambre, au château de Liezen. Malko ne lui avait pas dit ce qui lui était arrivé dans la journée. À quoi bon ? S'il avait un vrai pépin, elle l'apprendrait toujours assez tôt.

— Je voudrai que tu t'habilles comme si j'étais là, demanda-t-il.

D'abord, Alexandra se cabra.

— Tu n'as trouvé aucune pute pour te satisfaire ! Il paraît pourtant que les Israéliennes sont très faciles. De vrais garages à bites.

Par moment, elle avait la verdeur d'un charretier… Malko ne releva pas.

— C'est avec toi, que j'ai envie de flirter, répéta-t-il.

— Bien ! accepta-t-elle avec un soupir. Je vais me préparer. Rappelle dans dix minutes.

Malko essaya de se concentrer sur CNN avant de refaire le numéro du château de Liezen. Cette fois, Alexandra avait sa voix douce de salope docile.

— J'ai mis les bas avec le revers bleu que tu aimes tellement, dit-elle. Et une guêpière pour ne pas me rhabiller entièrement. Et toi ?

— Moi, je suis nu.

— Qu'est-ce que tu veux ?

— Caresse-toi. Avec la cravache.

Une très belle cravache à pommeau d'argent de chez Hermès. Qui ne servait pas qu'à l'équitation.

– C'est froid, fit Alexandra quelques instants plus tard.

– Tu vas la réchauffer…

Pendant un moment, on n'entendit que le bruit de leurs respirations. Celle d'Alexandra se faisait plus rapide. D'une voix changée, elle dit soudain :

– Tu as raison, ce n'est plus froid. Tu veux que je l'enfonce loin ?

– Le plus loin possible, ordonna Malko.

Il imaginait le gros pommeau d'argent enfoncé dans le sexe d'Alexandra jusqu'à la matrice.

– Je crois que je vais jouir, lâcha-t-elle soudain.

Bien sûr, elle se caressait sûrement en même temps.

– Jouis ! intima Malko, qui lui aussi se manuelisait furieusement.

Ils y arrivèrent ensemble.

Malko était en train d'examiner l'emplâtre noirâtre de son cou, lorsque son portable sonna. Au moins, il ne souffrait plus, même si ce n'était pas très gracieux.

C'était Charles Jourdan.

– Je vais finir par croire que vous avez le don de double vue ! lança l'Américain avec son lourd accent hébreu. Je vous envoie une voiture.

CHAPITRE XII

Une série de photos étaient étalées sur le bureau de Charles Jourdan, au second étage du consulat américain. Malko s'approcha et ne distingua au premier abord, rien d'excitant.

Des véhicules qui passaient sur une route, dans les deux sens. Un bus arrêté, en train de charger des passagers. D'après le paysage, cela semblait être en Cisjordanie.

– Qu'est-ce que c'est ? demanda-t-il à l'Américain.

– Des photos prises par un de nos « stringers », expliqua-t-il, un Palestinien qui a sa famille aux États-Unis. Il possède une petite ferme à côté de Hébron et vend ses fruits, ses légumes et ses poulets au bord de la route.

» Comme il a envie de nous faire plaisir, je lui ai confié une petite caméra numérique pour photographier les véhicules qui lui paraissent intéressants. Ceux qui ne devraient *pas* passer par là… Il est placé à un point stratégique : tous ceux qui vont à Hébron ou à Kyriat Arba passent devant lui. Il me donne les cassettes tous les deux jours, en me livrant des oranges.

» Regardez ce que j'ai découvert.

Il avait posé son index sur trois photos montrant le même véhicule, d'abord de l'arrière, puis de face. Impossible de distinguer l'intérieur, car les glaces étaient fumées. Cela ressemblait à une voiture américaine, peu courante en Israël, où on préférait, de loin, les japonaises.

– Qu'est-ce que c'est ? demanda Malko, intrigué.

– Une Cadillac. Il y en a très peu en Israël. Et celle-ci appartient à un homme dont nous avons parlé : Isser Serfaty.

Le pouls de Malko s'accéléra.

– Vous en êtes certain ?

– Oui, regardez.

C'était la photo d'une plaque d'immatriculation, très lisible.

– C'est le numéro de sa voiture.

La photo était datée dans la marge. 03.04.10 5 :17 PM.

– Où allait-il ?

– À Kyriat Arba. Il y est resté une heure environ. J'ai vérifié. Avant-hier, il n'y avait aucune cérémonie qui justifie sa présence. J'ai aussi vérifié officieusement son emploi du temps *officiel* à travers son secrétariat. Il n'est pas fait mention d'un déplacement là-bas. Officiellement il a quitté son bureau de Jérusalem vers 4 heures de l'après-midi pour aller voir son médecin à Hertzliya. Pour son dos, dont il souffre beaucoup.

– C'est juste l'heure à laquelle il se trouvait là-bas… remarqua Malko. Il n'avait pas de voiture d'escorte ?

– Il n'en a que rarement. Sa Cadillac est blindée, offerte par le Congrès Juif américain et personne ne pouvait prévoir ce déplacement.

Malko alla prendre un café tiède sur la table basse. À la fois excité et perplexe. Comme un homme qui ramasse une pépite d'or là où elle ne devrait pas être…

– Qu'en concluez-vous ? demanda-t-il prudemment.

– Qu'Isser Serfaty a été voir son ami le rabbin Naor Dov, fit l'Américain. En soi, ce n'est pas un scoop : ils sont très liés et se voient régulièrement. Par contre, la coïncidence est troublante. Le lendemain, on vous attaquait sur cette même route et vous avez failli y rester. Avidgor Bilum est toujours dans le coma…

Malko s'assit, les jambes coupées. Comme quelqu'un à qui on annonce que son cancer a guéri dans la nuit. Il avait l'impression de « brûler » comme on dit au jeu de cache-cache, mais il n'osait pas encore y croire.

– Cela peut être une coïncidence, hasarda-t-il, se faisant l'avocat du Diable.

Charles Jourdan, qui souriait rarement, s'extirpa un sourire timide.

– *Right*. Mais j'ai aussi recueilli une autre information. Hier soir, j'ai dîné comme chaque semaine avec mon « contact » au Shabak. Celui qui s'occupe des colons et de leurs conneries. Nous coopérons souvent.

– Il vous a parlé de Isser Serfaty ?

– Non. C'est moi qui lui ai parlé de l'attaque dont

vous avez été victime. Bien entendu, il était déjà au courant et avait même fait une enquête. D'après les bruits qui courent dans le milieu des colons, l'attaque ne serait pas le fait de Palestiniens, mais de juifs extrémistes. Juste derrière le village de Beit Oumma, il y a une petite colonie sauvage – quelques containers au sommet d'une colline – qui a déjà causé des problèmes. Eux se déplacent dans la zone beaucoup plus facilement que les Palestiniens.

– Ils ont visé une voiture en plaques jaunes, s'étonna Malko, qui commençait à connaître les «codes» de cet étrange pays.

– D'après ma «source», corrigea Charles Jourdan, ils se seraient trompés. Ils auraient visé le bus qui débarquait des passagers palestiniens...

Une erreur de tir.

– Ils font vraiment des trucs comme ça ?

Nouveau sourire amer de Charles Jourdan.

– Vous vous souvenez de Baroukh Goldstein, ce colon juif qui a ouvert le feu sur des musulmans en train de prier dans le caveau des Patriarches à Hébron, en tuant 29. Ils révèrent sa mémoire et le considèrent comme un saint et fleurissent régulièrement sa tombe.

Un ange passa, brandissant des kalachnikovs qui crachaient des flammes.

Posément, il se tourna vers Charles Jourdan.

– Charles, ce que vous êtes en train de me dire c'est que Isser Serfaty, conseiller politique de Benyamin Netanyahu, ancien patron du Mossad, aurait été trouver le rabbin Dov pour qu'il lâche ses fous furieux sur moi.

L'Américain inclina la tête.

– Cela se tient ! confirma-t-il. Isser Serfaty n'avait aucune raison avant-hier de rendre visite à Naor Dov. Il n'y a aucun problème brûlant en ce moment dans le coin. Ma « source » au Shabak est sûre. L'histoire de l'erreur de tir ne tient pas debout. Le bus n'a eu aucun impact. Or, ces types *savent* tirer.

– Et les militaires israéliens qui m'ont secouru ?

– Ils ont vraiment cru qu'il s'agissait de Palestiniens. Cela arrive *aussi*.

Il y eut un long silence. Malko essayait de faire coller les pièces de son puzzle. Il laissa tomber :

– Si Isser Serfaty s'est lancé dans une telle opération, c'est pour une raison grave, observa-t-il.

– Bien sûr, confirma Charles Jourdan. Il a peur. Pourtant, ce n'est pas un craintif.

– Peur de quoi ?

L'Américain pointa son index sur lui.

– C'est vous qui devriez le savoir… Pourquoi êtes-vous si étonné ? Le Mossad a essayé de vous assassiner à Londres.

» Ils avaient reçu des ordres. Ici, il ne peut ou ne veut pas agir. Cette embuscade sur la route des tunnels était bien montée. Si elle avait réussi, on ne pouvait rien reprocher aux Israéliens qui ne contrôlent pas totalement la Cisjordanie.

Malko avait beau se creuser la tête, il ne voyait pas de quoi Isser Serfaty pouvait avoir peur. Sa piste à lui s'arrêtait à la mystérieuse Amanda Delmonico qui, partie de Washington pour Londres, s'était retrouvée en Israël. Dans une colonie d'ultra-orthodoxes. Même si la logique faisait soupçonner Isser Serfaty pour l'attentat de la route d'Hébron, il ne disposait d'aucune preuve contre lui. Et enquêter sur ce conseiller politique était carrément impossible. Il se trouvait devant une muraille de cristal.

– Charles, continua-t-il. Admettons qu'Isser Serfaty ait trempé dans l'attentat du 15 mars contre Barack Obama. Il ne le porte sûrement pas dans son cœur. Mais *comment* a-t-il pu manipuler des gens du Hezbollah ?

– C'est la vraie question, reconnut l'Américain.

Le silence retomba et Charles Jourdan regarda sa montre.

– Il faut que je descende à Tel Aviv. Réfléchissez. On se revoit ce soir ou demain.

**

Le personnel de l'hôpital Hadassa parlait parfaitement anglais et Malko n'eut aucun mal à se faire comprendre, lorsqu'il demanda nouvelles de Avidgor Bilum.

– Il est en ICU[1], annonça la réceptionniste. Son pronostic vital est engagé. Vous êtes de la famille ?

– Non, expliqua Malko, je me trouvais avec lui lorsque notre voiture a été mitraillée sur la route d'Hébron. J'ai moi-même été blessé au cou et au poignet.

Le pansement de son cou était parfaitement visible. L'attitude de la réceptionniste se modifia immédiatement.

– Ces salauds d'Arabes ! grommela-t-elle. S'ils

1. Intensive Care Unit – réanimation.

pouvaient, ils nous tueraient tous. Voulez-vous le voir ?

– Oui.

– Il ne peut pas communiquer, hélas. Je vais vous annoncer au 2ᵉ étage.

Lorsqu'il sortit de l'ascenseur, une infirmière qui ressemblait à un « marine », l'accueillit avec le même sourire et le conduisit à la chambre 223.

– Ne restez pas trop longtemps ! demanda-t-elle, il y a déjà un autre visiteur. Et, de toute façon, vous ne pouvez pas communiquer avec lui. À tout à l'heure.

Malko aperçut d'abord Avidgor Bilum allongé sur le lit étroit, rigoureusement immobile. Sa tête était entourée de pansements et on ne voyait que le bout de son nez, la bouche et sa barbe en éventail. Des tuyaux partaient dans tous les sens et il avait un goutte-à-goutte dans chaque bras.

Il tourna la tête et aperçut alors quelqu'un assis sur la chaise au pied du lit.

Une brune aux cheveux courts qui leva la tête en le voyant. Ravissante, les traits tirés par la douleur, en pantalon et pull jaune canari. Elle lui adressa la parole en hébreu et il répondit en anglais.

– Vous êtes un ami d'Avidgor ? demanda-t-elle.

– J'étais avec lui, lorsque notre voiture a été mitraillée ! expliqua Malko.

Le regard de l'inconnue s'éclaira. Spontanément elle se leva et étreignit Malko.

– Vous allez me raconter ! Grâce à Dieu, il est vivant. Je suis Yona, sa demi-sœur.

Malko avait presque tout dit, expliquant comme

Avidgor Bilum lui servait de « fixer », quand l'infirmière passa la tête à la porte.

— Le médecin va venir, annonça-t-elle. Vous devez partir. Vous pouvez revenir demain.

Ils obtempérèrent et se retrouvèrent dans le parking de l'hôpital.

— Je dois aller travailler, dit Yona, mais j'aimerais vous revoir.

— Avec plaisir, accepta Malko. Je peux vous déposer ?

Avis lui avait donné une nouvelle Honda, semblable à la première.

— Oui. Je travaille dans une agence de voyage à Hillel street. Je vais vous guider.

Dix minutes plus tard, il la déposait devant une petite agence, au début de Hillel street, dans le centre. C'est elle qui demanda :

— On pourrait se revoir, prendre un verre ce soir ?

— Bien sûr. Dîner, même, si vous êtes libre.

Elle hésita.

— J'habite à Tel Aviv, il faut que je retourne là-bas après.

— Vous venez tous les jours ?

— Oui, soupira-t-elle. Je n'ai pas trouvé de job là-bas. Je peux aussi m'arranger pour coucher chez mes parents ici. Vous pouvez venir me prendre à sept heures ?

— Avec joie.

Cela allait lui changer les idées…

En repartant, il se retrouva dans l'avenue Hayyim Azaz, là où se trouvaient tous les bâtiments officiels : la Knesset, la Cour suprême et les bureaux du

Premier ministre. C'était très difficile de se diriger dans cette ville où on montait et descendait sans cesse, avec des dizaines de sens interdits escaladant des collines, plongeant dans des vallons. Construite n'importe comment. Des parcs, pas de centre, sauf la vieille ville.

Dans la rue Kaplan où se trouvaient les bureaux du Premier ministre, gardés comme Fort-Knox, il était impossible de stationner autrement que dans les parkings. Il ne put que ralentir légèrement en passant devant la bâtisse jaune.

Se demandant comment il pouvait faire peur à un des hommes les plus puissants d'Israël.

Il aurait donné une aile de son château pour le savoir. Car dans ce cas, il aurait compris la manip derrière l'attentat de Washington.

Il n'avait plus qu'à attendre le soir pour retrouver la jolie Yona.

**

Isser Serfaty, allongé à même le tapis de son bureau, respirait profondément et lentement pour soulager la douleur atroce qui lui transperçait le dos. C'était la seule position où il se sentait à peu près bien. Lorsqu'il allait à l'hôtel à Jérusalem, n'ayant pas le temps de redescendre chez lui à Hertzliya, il ne se couchait jamais dans le lit, mais à même le sol.

Tous les rabbins d'Israël avaient prié pour son dos, mais sans le moindre résultat.

On frappa à la porte et il cria d'entrer.

Sarah, sa secrétaire, ne sembla pas le moindrement

étonnée de le voir dans cette position, fréquente pour lui.

– Votre chauffeur demande quand vous avez besoin de lui.

– Dès que je serai arrivé à me mettre debout, fit Isser Serfaty avec une grimace de douleur.

Elle l'aida à se relever, puis à mettre sa veste et il clopina jusqu'à l'ascenseur. Ce n'est que dans sa voiture, aux sièges spécialement modelés pour lui, qu'il se sentit un peu mieux.

– On va à Netanyah, dit-il, je te dirai où.

Ils en avaient pour deux heures, même en conduisant vite. Netanyah se trouvait au nord de Tel Aviv, au bord de la mer. Le chauffeur se lança à fond la caisse dans les longs virages à la sortie de Jérusalem, au milieu des camions et des innombrables voitures.

Ensuite, le freeway était plus rectiligne. Isser Serfaty essayait de somnoler. Il se réveilla en sursaut, peu avant Tel Aviv et lança à Uri, son chauffeur :

– Tu prends Ayalon, on va gagner du temps.

Le grand freeway allant vers le nord. Isser Serfaty alluma une cigarette, essayant de se détendre. Il était furieux contre lui-même, mais savait que, lorsqu'on commet une toute petite erreur, on peut parfois la payer très cher…

Une demi-heure plus tard, il lança à son chauffeur :

– Prends l'embranchement sur Netanyah.

Celui-ci obéit. C'était beaucoup plus riant que Tel Aviv, avec de coquettes avenues bordées de végétation et, au fond, la Méditerranée. En été, tout Israël se ruait là. La route était bordée de petits groupes d'immeubles modernes, et de quelques centres commerciaux.

Au bout de trois kilomètres, Isser Serfaty lança au chauffeur :

– Tourne à droite, et, ensuite gare-toi dans le parking en face du centre commercial.

C'était un quartier résidentiel avec un modeste *shopping center* qui faisait le coin de deux avenues.

Isser Serfaty le contourna à pied et ressortit de l'autre côté, pour gagner la terrasse d'un petit café, invisible de l'endroit où il était arrivé. Une seule table était occupée par un homme d'une quarantaine d'années, très brun, aux traits épais. Sans cravate, en jean, veste de toile.

Tenue très israélienne…

On ne mettait de cravates que pour les cérémonies officielles. Israël se souvenait, qu'au départ, c'était un État socialiste anti-bourgeois.

L'homme se leva et étreignit Isser Serfaty.

– *Shalom* !

– *Shalom*, Dan ! répondit avec chaleur le conseiller politique du Premier ministre. Commande-moi un verre de lait.

Il ne buvait jamais d'alcool. L'homme qu'il avait appelé Dan alla à l'intérieur qui faisait restaurant et ramena un verre de Coca et un de lait. Il semblait intrigué par la visite surprise d'Isser Serfaty.

Ils burent un peu puis Uri demanda :

– Il y a quelque chose de nouveau ?

– Peut-être, fit énigmatique Isser Serfaty.

Devant l'expression inquiète qui passa dans les yeux de son interlocuteur, il se hâta d'ajouter :

– Ne t'inquiète pas. On va arranger les choses.

Cela ne rassura pas le jeune homme brun. Pour qu'un homme aussi occupé qu'Isser Serfaty prenne le temps de venir jusqu'à Netanyah en pleine journée, il fallait une raison grave.

Très grave, même.

CHAPITRE XIII

Ils avaient dîné au japonais de Joseph Rivlin street, ce qu'il y avait de plus mangeable à un kilomètre à la ronde. Dieu merci, Yona ne mangeait pas kasher. Elle s'était changée, arborant une mini et des bottes, ce qui était le comble de l'élégance pour le pays. Les femmes ne se maquillaient pas, s'habillaient comme des animaux et portaient généralement des baskets.

S'efforçant de faire oublier leur condition féminine. Souvenir de deux ans de service militaire.

La jeune Israélienne avait écouté avidement Malko qui s'était fait passer pour un enquêteur des Nations-Unies, ce qui lui permettait de parler un peu de ses voyages. Yona avait soupiré.

– Nous, les Israéliens, on peut très peu voyager. Beaucoup de pays ne sont pas sûrs. Avant, j'allais au Kenya, mais désormais, les Arabes d'Al Qaida nous traquent aussi là-bas. Il reste l'Europe, l'Inde, l'Asie ou le Maroc.

Malko regarda discrètement sa Breitling.

– Vous voulez prendre un verre ?

– Oui, allons au Gent.

Une immense terrasse pleine à craquer, très gaie,

arrosée de la musique sortant de la discothèque en
face, avec, planté devant, le stand d'un marchand de
kippas et de narguilés. Malko avait sondé Yona sur
ses convictions religieuses et découvert qu'elle était
à l'opposé de son demi-frère.

– Je ne pourrais pas vivre à Jérusalem, soupira-t-
elle, avec tous ces « hommes en noir ». L'autre jour,
j'étais à Mea Sharim [1], et j'ai croisé un religieux. Il
a mis sa main devant ses yeux pour ne pas me voir !
Pourtant, j'avais une tenue « modeste » et la tête couverte. Tel Aviv, c'est tellement plus gai ! On peut
faire n'importe quoi.

En une heure, elle en était à son troisième Mojito
et ses joues avaient rosi. Finalement, elle était assez
sexy avec sa petite poitrine, sa croupe cambrée et
son nez retroussé.

Yona regarda soudain sa montre et sursauta.

– Il est tard ! Il faut que je rentre à Tel Aviv.

– C'est horriblement loin ! s'exclama Malko.

– Oh, à cette heure-ci, ça va. Une heure, pas plus.
C'est demain matin. Il va falloir que je me lève à six
heures…

– Pourquoi ne restez-vous pas à Jérusalem ?

Elle tourna la tête vers lui, sincèrement étonnée.

– Et je vais dormir où ?

– Je peux vous prendre une chambre à l'American
Colony, suggéra-t-il.

Yona ouvrit des yeux comme des soucoupes.

– Vous êtes fou ! C'est hors de prix. Au moins
six cents shekels. Avec une somme pareille, je

---

1. Quartier des juifs orthodoxes.

peux m'habiller pendant un an… Vous n'avez pas de chambre ?

– Si, bien sûr.

– Eh bien, alors, si cela ne vous dérange pas, je peux dormir avec vous. À l'armée, j'ai souvent dormi avec des copains. Mais je ne voudrais pas vous déranger.

C'était le monde à l'envers…

– Pas du tout, assura Malko, partagé entre le fou rire et une pointe d'excitation.

– Alors, allons-y, sinon, je vais trop boire.

Déjà, elle semblait excessivement gaie. Chantonnant dans la voiture. En découvrant la chambre, elle ouvrit de grands yeux.

– C'est magnifique !

– Vous voulez prendre une douche, proposa Malko.

– Oh oui.

Pendant qu'elle s'enfermait dans la salle de bains, il s'allongea et mit CNN. Yona réapparut, drapée dans un peignoir de l'hôtel et s'exclama :

– J'ai l'impression d'être en voyage de noces ! Quand je vais dire ça à mon copain…

Malko fila à son tour dans la salle de bains et lorsqu'il en ressortit, Yona regardait la télé, mais elle n'avait plus son peignoir. Ses petits seins aux pointes roses émergeaient du drap et elle ne semblait pas s'en apercevoir.

Malko avait gardé son slip et elle lui jeta un regard en coin.

– Vous êtes bien foutu pour votre âge…

Ça fait toujours plaisir… Mais c'était dit de bon

cœur. Quand elle se poussa pour lui faire de la place il aperçut brièvement le triangle d'une culotte noire, très sage.

Même pas un string...

Leurs regards se croisèrent et demeurèrent accrochés l'un à l'autre et Yona demanda d'une voix presque timide :

– Vous avez envie de faire l'amour ?

Avant que Malko ait répondu, elle s'exclama, presque dans un souffle :

– Moi aussi. Mais il y a quelque chose qui me gêne.

– On ne se connaît pas assez ? avança Malko.

Yona éclata de rire.

– Oh non, j'ai déjà fait l'amour avec des gens que je connaissais encore moins... Mais vous n'êtes pas juif...

C'était si inattendu, qu'il éclata de rire.

– C'est un crime ?

– Non, bien sûr. J'ai des tas de copines qui ont fait l'amour avec des *goys*. Mais j'ai un peu peur. Ça doit être différent...

Cette fois, Malko décida de défendre la réputation des goys.

– C'est encore mieux ! affirma-t-il.

Cinq minutes plus tard, la petite culotte noire était au fond du lit et Yona se laissait caresser en ronronnant. Elle repoussa brusquement le drap, découvrant le sexe dressé de Malko.

– Vous n'êtes pas circoncis ! fit-elle. Ça ne doit pas avoir le même goût...

Pour ne pas la laisser dans le doute, il la prit

gentiment par la nuque et abaissa la tête de Yona vers son ventre. Montrant très vite qu'elle n'appréciait pas uniquement les sexes circoncis, il dut l'arracher à lui pour de ne pas se répandre dans sa bouche. Déjà, elle l'attendait, les cuisses largement ouvertes. Ils se démenèrent avec enthousiasme. Yona donnait de furieux coups de reins, venant au-devant de lui. Comme elle avait repris l'hébreu pour commenter leur étreinte, il passait à côté de beaucoup de choses.

Soudain, Yona noua ses bras autour de ses reins, le pressant contre elle. Ce qui eut pour effet de déclencher instantanément son plaisir.

Aussitôt, Yona sauta du lit et fila dans la salle de bains ; nue, elle était très agréable à regarder, et Malko regretta de ne pas avoir rendu hommage à sa croupe ronde. Ce serait pour une autre fois…

Il éteignit la télé et Yona, quand elle revint, se mit à l'autre bout du lit, roulée en boule.

Il avait l'impression d'avoir dormi longtemps lorsqu'il se réveilla et réalisa que le lit était vide. Croyant que la jeune Israélienne avait été satisfaire un besoin naturel, il ne s'étonna pas. Pourtant, il n'y avait pas de lumière dans la salle de bains.

Soudain, il perçut une sorte de ronflement. Cela venait du fond de la chambre. Il se dressa sur le lit, et, à la lueur de l'éclairage extérieur, aperçut une forme allongée sur le divan.

Il découvrit alors la source du ronflement lorsque ce dernier s'arrêta brusquement, en même temps que jaillissait un petit cri.

Après quelques minutes de silence, la jeune femme

regagna le lit. Serrée gentiment contre Malko, elle dit
à voix basse :

– Je ne me sépare jamais de mon « sex-toy ». La
première fois que je fais l'amour avec un homme, je
jouis rarement. En plus, le fait que tu ne sois pas juif,
cela m'a un peu perturbée. Bonne nuit.

*
** *

Le major Dan Yahel n'arrivait pas à trouver le
sommeil. Il avait quitté Isser Serfaty presque dix
heures plus tôt et, pourtant, ses paroles continuaient
à résonner dans sa tête. De sa voix douce et posée,
le conseiller de Benyamin Netanyahu lui avait
annoncé une chose horrible.

Il lui avait menti !

Menti, sur quelque chose d'essentiel, aux yeux de
l'officier de Aman.

Ce dernier avait connu Isser Serfaty des années
plus tôt, lorsque celui-ci dirigeait le Mossad, et cherchait à recruter des officiers « sûrs » au point de vue
psychologique, qui accepteraient d'aller travailler à
l'étranger, dans une des « bases » de l'*Institut*.

Dan Yahel avait décliné son offre, car il n'avait
pas envie de vivre à l'étranger. Il s'y sentait mal.

À vrai dire, il ne se sentait bien qu'en Israël.

Sabra[1], c'était un convaincu, religieux nationa-
liste. Lors de l'évacuation des colons de la bande
de Gaza, ordonnée par Ariel Sharon, il avait refusé
de prendre part, en tant qu'officier de renseigne-

---

1. Né en Israël.

ment de Tsahal, à une évaluation psychologique destinée à « cibler » les colons juifs susceptibles de s'opposer par la force à l'action de l'armée israélienne.

Resté en contact avec Isser Serfaty qui appréciait sa foi en Israël, il lui avait fait part de cette décision et Isser Serfaty l'en avait chaudement félicité.

Les deux hommes étaient toujours restés en contact depuis l'époque où Dan Yahel avait décliné l'offre de travailler au Mossad.

Liés par leurs affinités religieuses.

C'est Isser Serfaty qui, un jour, avait emmené l'officier de Aman à Kyriat Arba, pour le présenter au rabbin Naor Dov. Dan Yahel en avait été immensément flatté et lui rendait désormais visite régulièrement pour des sessions de prières et d'explications de la Torah. Il était impressionné par les convictions nationalistes du rabbin Dov, qui, à ses yeux, ne paraissaient absolument pas extrémistes.

Au cours de ses rencontres avec Isser Serfaty, ce dernier le questionnait souvent sur ses activités au Aman. Bien entendu, Dan Yahel ne lui cachait rien. C'est ainsi qu'il lui avait expliqué que, depuis 2005, il gérait des « sources » libanaises, des membres du Hezbollah, faisant partie d'un réseau créé en 1982, durant l'occupation israélienne du sud Liban.

Le Mossad, en effet, ne travaillait pas au Liban, zone abandonnée à l'Aman.

Le major Yahel « traitait » ses sources libanaises à partir de capitales européennes où il pouvait les rencontrer discrètement. Obtenant des informations précieuses, organisant des meurtres ciblés de dirigeants de la branche militaire du Hezbollah.

Il utilisait également, pour ses communications, des téléphones portables cryptés et Internet, comme les autres officiers travaillant au département Liban de Aman.

Grâce à ses SMS cryptés, il était possible d'envoyer de nombreuses informations, en un temps très court, sans grand risque d'interception.

Bien entendu, Isser Serfaty savait tout cela, car Dan Yahel n'avait pas de secrets pour lui.

La vie professionnelle de ce dernier avait basculé un an plus tôt. Après une visite au rabbin Dov, Isser Serfaty avait emmené le major dîner dans un restaurant kasher de Jérusalem. Et là, il lui avait confié un secret d'État.

Un plan destiné à sauver Israël d'un holocauste nucléaire. Comme la plupart des Israéliens, le major Yahel considérait l'Iran comme l'ennemi n° 1 de l'État juif, rêvant de vitrifier Israël et ses habitants.

Or, il n'ignorait pas que le gouvernement israélien, pourtant toujours prêt à réagir à la moindre attaque, était pieds et poings liés vis-à-vis de l'Iran, à cause du veto américain, auquel Israël ne pouvait se permettre de passer outre. En effet, toutes les simulations effectuées par le Pentagone, concernant une attaque de l'Iran par Israël, se terminaient invariablement par une catastrophe, politique et militaire.

Isser Serfaty avait alors confié au major Yahel un plan machiavélique pour écarter ce danger, puisqu'il permettait d'inverser les termes du problème, en déclenchant la foudre américaine contre l'Iran, laissant Israël en dehors du problème.

Cerise sur le gâteau, si ce plan réussissait, les États-Unis seraient à l'avenir forcément alignés sur les positions les plus dures d'Israël.

Dan Yahel avait bu les paroles d'Isser Serfaty et compris immédiatement pourquoi il lui parlait de ce projet. C'est lui, qui, spontanément, avait proposé :

– Je peux, peut-être, trouver la personne adéquate, mais cela va prendre quelque temps.

– Peu importe, avait répliqué Isser Serfaty. Tu es le seul en qui j'ai confiance pour nous aider à sauver Israël.

Lorsqu'ils s'étaient séparés, après que le conseiller de Benyamin Netanyahu lui eut fait jurer de garder le silence le plus absolu sur leur conversation, Dan Yahel avait compris qu'il était le point de passage obligé pour la manipulation imaginée par Isser Serfaty.

Il lui avait fallu plusieurs mois pour convaincre sa « source » au sein du Hezbollah. Et aussi, beaucoup d'argent. L'acteur libanais de la manip avait exigé cinq cent mille dollars, en deux fois.

Bien entendu, il n'était pas question de prendre cet argent sur le budget de Aman, géré au shekel près. Mais, prévenu, Isser Serfaty avait donné au major Yahel les codes permettant de tirer jusqu'à un million de dollars sur un compte d'une banque singapourienne.

Le Libanais avait aussi exigé du major Yahel la promesse absolue d'éliminer physiquement le seul homme, au sein du Hezbollah, susceptible de le démasquer.

Pendant toute cette période, Isser Serfaty et Dan Yahel s'étaient vus souvent. En tête à tête, ou avec le rabbin Naor Dov.

Ce dernier semblait dans la confidence, car, à mots couverts, il avait félicité Dan Yahel de son engagement pour Israël. Ce qui avait encore renforcé le major dans sa conviction qu'il participait à une opération décidée au plus haut niveau de l'État.

Connaissant la proximité entre Benyamin Netanyahu et Isser Serfaty, cela n'avait rien d'étonnant.

La mise à disposition de l'argent avait encore renforcé Dan Yahel dans sa conviction.

Le fait qu'une telle opération soit entourée du secret le plus absolu lui semblait également normal.

Lorsque l'attentat contre Barack Obama avait eu lieu, Dan Yahel avait débordé de fierté. Il s'était réuni avec Isser Serfaty et le rabbin Dov pour une longue prière de remerciement à Dieu, qui était, définitivement, du côté d'Israël.

Bien entendu, ses supérieurs n'étaient au courant de rien et l'avaient même chargé d'enquêter, grâce à ses sources libanaises, sur les dessous de cette affaire.

Conformément à sa promesse, il avait organisé la liquidation réclamée par sa « source » et lui avait fait virer la deuxième partie de la somme convenue.

Il n'y avait plus qu'à attendre le « jackpot » : la réaction américaine qui souderait définitivement les deux alliés. Lorsqu'Isser Serfaty l'avait appelé, il était persuadé que c'était pour lui annoncer une bonne nouvelle : une intervention américaine imminente.

Hélas, la rencontre avait vite tourné au cauchemar.

D'abord, Isser Serfaty lui avait appris que la partie qu'il avait gérée de son côté, c'est-à-dire le recrutement d'une source d'information à la Maison Blanche, avait connu un «bug». Un sérieux «bug» même, puisque le FBI, puis la CIA, s'étaient lancés aux trousses de la personne qui avait transmis, à la demande d'Isser Serfaty, des informations vitales aux kamikazes, chargés de s'écraser sur la pelouse de la Maison Blanche.

Le major Yahel ignorait son nom, sachant seulement qu'il s'agissait d'une juive ultra-pratiquante, appartenant au «réseau» du rabbin Naor Dov.

C'est Dan Yahel qui avait transmis, par l'intermédiaire de sa «source» Hezbollah, le numéro du portable américain de Nasser Moussawi, le responsable du Hezbollah américain, afin que la «recrue» d'Isser Serfaty puisse lui transmettre l'information dont il avait besoin pour frapper la Maison Blanche au bon moment.

Tout avait, de ce côté, fonctionné parfaitement.

Ensuite, lorsqu'Isser Serfaty lui avait annoncé que la CIA enquêtait désormais en Israël sur l'attentat du 15 mars il avait été abasourdi.

Et effrayé, car le conseiller de Benyamin Netanyahu avait dit que si la situation s'envenimait, Dan Yahel pourrait éventuellement être interrogé par le Shin Beth.

Certes, il lui suffisait de se réfugier derrière le

secret-défense pour ne pas répondre, mais c'était déplaisant.

Le coup de massue était venu à la fin de la conversation, lorsqu'il avait remarqué, sûr de lui :

– Le Premier ministre peut bloquer cette enquête, puisque nous avons agi sur ses ordres.

Il y avait eu un long silence. Un très long silence. Et, avant même qu'il ouvre la bouche Dan Yahel savait ce qu'Isser Serfaty allait lui dire.

– Non, avait reconnu ce dernier, nous n'avons pas agi sur ses ordres, même si c'était pour la protection d'Israël. C'est lui qui me demande des comptes. Il ne faut sous aucun prétexte que cette affaire sorte au grand jour. Le dommage causé à notre pays serait irrémédiable.

» Donc, si jamais l'enquête arrive jusqu'à toi, il faut nier tout. Absolument tout.

Les mots cognaient dans le crâne du major d'Aman, comme si c'étaient des projectiles. Nier était relativement facile. Bien entendu, il n'avait fait aucun compte rendu écrit des ordres qu'il avait transmis au traître du Hezbollah.

À la fin de sa conversation avec Isser Serfaty, le major Dan Yahel avait sous les yeux une évidence aveuglante : sans le vouloir, il avait trahi les intérêts de son pays. L'affolement d'Isser Serfaty montrait à quel point la situation était grave.

Il avait alors tenté désespérément de se souvenir si ce dernier lui avait dit explicitement qu'il agissait sur les ordres de Benyamin Netanyahu. Impossible : leurs conversations étaient toujours sinueuses, faites de sous-entendus et d'allusions.

La veille, au petit café discret du rendez-vous, il n'avait encore même pas trempé les lèvres dans son Coca, lorsqu'Isser Serfaty l'avait quitté, lui promettant de le tenir au courant des développements de l'affaire sur une note optimiste : il y avait 99 chances sur 100 que Dan Yahel n'ait à répondre de rien.

Seulement le major d'Aman savait qu'Isser Serfaty était un fieffé menteur, tout comme Benyamin Netanyahu. Il les voyait très bien se mettre d'accord sur son dos pour lui faire porter le chapeau.

Une histoire plausible.

Un officier un peu exalté qui monte une opération, un peu comme Ygal Amir avait décidé « tout seul » d'assassiner Yitzhak Rabin…

La prison ne lui faisait pas peur, le déshonneur, si. Le major Yahel se leva doucement et regarda longuement sa femme endormie. Elle avait l'habitude de le voir travailler jusqu'à point d'heure et ne l'attendait plus pour s'endormir depuis longtemps.

Il sortit de leur chambre et referma doucement la porte, puis regagna son bureau où il prit, dans le premier tiroir de gauche, son pistolet de service, un « Desert Eagle 357 Magnum ». Les mains à plat sur le bureau, il adressa une longue prière à Dieu, lui confiant son sort.

Puis, presque sans réfléchir, il plaça l'extrémité du canon triangulaire sous son menton et appuya d'un doigt ferme sur la queue de détente.

CHAPITRE XIV

– Quoi de neuf ? demanda Malko, après avoir serré la main de Charles Jourdan.

L'Américain eut un geste évasif.

– Pas grand chose depuis hier. La radio militaire vient d'annoncer le suicide d'un officier, un major. Dépression nerveuse. Cela arrive parfois. Certains idéalistes du sionisme n'en peuvent plus de se comporter en armée d'occupation.

» Et vous ?

– Rien, avoua Malko.

Il avait galamment accompagné Yona à son bureau, et pris son numéro de portable. Mais cela risquait de rester une aventure sans lendemain. L'Israélienne avait un copain et Malko n'était qu'un homme de passage.

Sur le plan opérationnel, il n'avait rien appris d'elle qu'il ne sache déjà. Partout, il était dans une impasse. Avidgor Bilum risquait de ne jamais se réveiller, et, sans lui, impossible de plonger dans l'univers des colons.

Il ne voyait pas comment continuer son enquête. Tout en sachant qu'il était à un doigt de trouver quelque chose. Mais l'huître s'était refermée. Il avait effleuré la vérité sans arriver à l'attraper.

Charles Jourdan rompit sa méditation.

– Je vais passer au Aman leur présenter mes condoléances, dit-il. Je suis en bons termes avec leur n° 2. Nous échangeons souvent des informations sur le Liban. Ils travaillent assez bien là-bas et ils ont un bon réservoir de « sources » : tous les anciens de l'armée du sud Liban, leur milice. Plus les Druzes et les Libanais toujours avides de se faire un peu d'argent… Vous voulez qu'on déjeune ?

– Où ?

– Il fait beau. Au patio de l'American Colony.

*
* *

Isser Serfaty avait marqué le coup. C'est sa secrétaire qui lui avait annoncé le décès du major Dan Yahel, avant même qu'il ne soit public. Le conseiller du Premier ministre avait immédiatement compris.

Avec une seule crainte : le major Dan Yahel avait-il laissé un mot d'explication à son suicide ?

Cinq minutes plus tard, il avait au téléphone le chef des Renseignements militaires qui connaissait sa proximité avec Dan Yahel. Lui aussi était choqué.

– On ne comprend pas ! avoua-t-il à Isser Serfaty. Il était à son bureau hier, il a quitté assez tard, vers sept heures. Il semblait normal. C'est sa femme qui nous a prévenus aujourd'hui vers six heures du matin. Elle venait de le trouver dans son bureau. Il s'était tiré une balle dans la tête, il y avait des morceaux de cervelle jusqu'au plafond. Elle n'avait rien entendu. Elle est sonnée.

– Pas d'explications ? Il n'a pas laissé de mot ? arriva à demander d'une voix posée Isser Serfaty.

– On n'a rien trouvé. Même pour sa femme. À moins qu'il n'ait posté une lettre hier soir, mais ça m'étonnerait. Ce n'est pas le genre de s'adresser à la presse.

– Vous n'avez aucune idée…

– Aucune, avoua le général Eytan. J'ai fait monter son dossier. Un officier sans reproches, consciencieux, patriote, travailleur. Certes, il était classé comme ultra-religieux et avait demandé à ne jamais être impliqué dans les histoires de colonies. Mais, de toute façon, ce n'était pas son boulot.

» On ne comprend pas, il ne semble pas y avoir eu de préméditation. Nous avons regardé son dossier médical, il ne prenait aucune drogue.

» C'est un mystère.

– Que Dieu lui pardonne ! soupira Isser Serfaty.

Soulagé quand même.

– On l'enterre demain matin à Hertzliya, annonça le général Eytan.

– J'essaierai de venir, promit Isser Serfaty.

Sachant qu'il n'en ferait rien. Sa présence risquerait de soulever certaines questions. Par contre il décida de rendre visite au rabbin Dov. Il *devait* savoir ce qui s'était passé. En son for intérieur, il admirait Dan Yahel. L'officier n'avait pas voulu risquer de nuire à son pays. Il méritait le respect.

En même temps, sa mort coupait court à toute enquête possible. Comme il n'avait laissé aucune trace écrite de sa manip, il avait emporté son secret dans sa tombe.

Pour le bien d'Israël.

À la table à la droite de celle de Malko, le manager italien de l'hôtel faisait des frais à deux femmes, visiblement italiennes, elles aussi. La mère et la fille. Celle-ci était l'archétype de la Romaine épanouie, quelques kilos de trop, mais très appétissante. Un très fin pull de soie noire soulignait une lourde poitrine. Elle portait des bas très noirs, comme une religieuse et son rire éclatant faisait trembler le patio ! Malko avait accroché son regard deux ou trois fois et elle avait croisé les jambes d'une façon trop naturelle pour être honnête.

— Je ne suis pas trop en retard ?

Charles Jourdan était toujours d'une politesse exquise. Il s'assit en face de Malko et alluma une cigarette. Toujours impassible. Malko abandonna à regret sa conquête en pointillés.

— Votre visite a été fructueuse ?

— Pas trop ! reconnut le chef de Station de la CIA. Certes, Ben m'a reçu agréablement, mais il ne m'a pas dit grand-chose. Sinon, que cet officier, Dan Yahel, appartenait au Aman et travaillait sur le Liban.

— Sur le Hezbollah ? s'enquit aussitôt Malko, dressant l'oreille.

— Probablement, mais il est resté évasif ; ils sont très prudents.

– Et sur la cause de son suicide ?

– Rien. Pas d'explication. Surmenage. Il n'avait pas de problème de couple, ni d'argent. Ils ne comprennent pas et ont l'air sincère.

Malko sentait quand même l'adrénaline monter.

– Il n'y a pas moyen d'en savoir plus sur ce que faisait cet officier ?

Charles Jourdan hocha la tête.

– Pas par eux. Ils sont muets comme des carpes. Vous croyez qu'il pourrait y avoir un lien avec votre affaire ?

– Je suis obligé de tout vérifier, reconnut Malko. Il y a souvent des suicides dans l'armée ?

– Non, c'est très rare. Les officiers préfèrent donner leur démission quand ils ne sont pas d'accord avec ce qu'on leur demande.

– Je voudrais en savoir plus sur ce major. Vous n'avez pas de source ?

Charles Jourdan hésita.

– Si, peut-être. Un ancien militaire qui est journaliste à *Haaretz*, le grand quotidien de gauche. Yossi Milton. C'est lui qui traite les questions de Renseignement dans son journal. Je lui ai souvent demandé des analyses, de « l'ouvert », bien entendu. Il sait beaucoup de choses. Hélas, je ne peux pas aller le voir et il ne parlera pas au téléphone. Je dois cornaquer des sénateurs de la Commission de Défense qui veulent voir la Cisjordanie.

– Je peux aller le voir de votre part ?

– Pourquoi pas ?

Il appela le journaliste et se lança dans une conversation en hébreu.

– Yossi vous attend à trois heures devant le théâtre Habima, à Tel Aviv. Voilà son portable, si vous vous perdez.

***

Malko s'était perdu.

Se retrouvant tout au nord de Tel Aviv, sur l'ancien port turc, peuplé désormais de Palestiniens-Israéliens, avec de petites échoppes, des ruelles étroites. Il demanda son chemin à un chauffeur de taxi qui ne parlait qu'hébreu et se résigna à appeler Yossi Milton.

Le journaliste israélien tenta de lui expliquer et, finalement, lui donna un nouveau rendez-vous : Beit Hacafé, 17 rue Brosdski. Avec son plan de Tel Aviv, Malko ne pouvait pas se perdre.

Effectivement, il trouva facilement la rue Brosdski, une artère calme plus au nord et se gara. Le Beit Hacafé était un bar-restaurant, en retrait, à côté de la Discount Bank. À peine Malko y avait-il pénétré qu'un homme de haute taille, assis à une table près de l'entrée, lui adressa un signe amical. Grand, les cheveux gris en brosse, le visage buriné, un regard vif, vêtu comme la plupart des Israéliens, c'est-à-dire comme un clochard.

– Malko ? demanda-t-il.

– Comment m'avez-vous reconnu ?

L'Israélien pointa l'index sur son cou.

– Vous avez une cravate. À Tel Aviv, personne de normal ne met de cravate, sauf pour se déguiser…

Il était en train de siroter un whisky et son regard perçant ne lâchait pas Malko.

– Charles m'a dit que vous travailliez dans la même maison.

– Oui.

– Qu'est-ce que vous cherchez en Israël ?

– Oh, c'est une mission de routine, prétendit Malko. Le Pentagone essaie de savoir le pourcentage de militaires proches ou très proches des extrémistes religieux. Comme Charles est débordé, cela me vaut un voyage dans votre beau pays.

Yossi Milton esquissa un sourire.

– Eh bien, vous pourrez écrire qu'il y en a un de moins depuis hier.

– Ah bon ! Qui ?

– Le type qui s'est suicidé. Le major Dan Yahel. Ce n'était pas un fou furieux, mais pas loin. Il avait refusé, quand il était à Gaza, de coopérer à l'évacuation des colons. Il fréquentait régulièrement ce fou de Naor Dov, vous savez le rabbin de Kyriat Arba.

Malko avait l'impression qu'on lui versait du miel dans le cœur ! C'était inespéré.

– Ce major était un extrémiste religieux ? Et sa hiérarchie ne lui disait rien ?

Yossi Milton éclata de rire.

– S'il fallait vider de l'armée tous les types qui pensent comme lui, il faudrait engager des Druzes. Personne ne sait exactement combien il y a d'orthodoxes dans Tsahal, ou même au Mossad, mais ils sont nombreux. De toute façon, dans son job, cela ne le gênait pas.

– Quel job ?

– Il « traitait » un certain nombre de « sources du Hezbollah ».

Malko l'aurait embrassé sur la bouche.

– Comment le savez-vous ? demanda-t-il.

Yossi Milton sourit modestement.

– C'est mon boulot : j'essaie de suivre les officiers à partir du grade de major. Pour commenter leur carrière, faire des papiers sur les mutations, les petites histoires, comme ça.

– Vous l'aviez rencontré ?

– Une ou deux fois, dans des cocktails. C'était un type taciturne qui ne vous aurait pas donné l'heure, tellement il était méfiant. Tout ce que je sais, c'est qu'au Aman, on le considérait comme un des meilleurs connaisseurs du Hezbollah où il avait plusieurs sources.

Malko buvait littéralement ses paroles. Ce suicide banal risquait de devenir une pièce maîtresse de son enquête.

– On sait pourquoi il s'est suicidé ? demanda-t-il.

Yossi Milton secoua la tête.

– Absolument pas. C'est le blackout complet. On m'a dit que c'était une raison personnelle, que cela n'avait rien à voir avec sa vie professionnelle. Visiblement, l'armée n'a pas envie de communiquer là-dessus.

– Mais vous avez bien vos sources ? insista Malko.

– Oui, mais elles sont muettes. Soit, ils ne savent pas, soit ils ont des ordres pour ne pas parler. On saura peut-être la vérité un jour…

– Votre opinion personnelle ?

– Je n'en ai pas, avoua Yossi Milton. Je ne le connaissais pas assez. C'est peut-être une histoire de femme. Pas d'argent, il avait une vie sans histoire. Un petit appart à Hertzliya, une petite voiture, ne voyageant à l'étranger que pour les besoins de sa tâche.

Malko comprit qu'il ne sortirait rien de plus du journaliste israélien. Les « sources » ouvertes ont leurs limites. Ce suicide l'intriguait : cela faisait trop de coïncidences.

– Vous connaissez le rabbin Naor Dov ? demanda-t-il.

L'Israélien sourit.

– Qui ne le connaît pas !

– Qu'en pensez-vous ?

– C'est un extrémiste religieux comme beaucoup de rabbins. Ils sont persuadés que Dieu a donné la Palestine aux juifs et que les Arabes n'ont rien à y faire. Un homme dangereux, car il est capable d'influencer des gens fragiles. Comme le jeune homme qui a assassiné Rabin, Ygal Amir. Le rabbin avait lancé une véritable *fatwa* contre Rabin.

– Il paraît qu'il en a lancé une contre Barack Obama, après son discours du Caire…

– On l'a dit ! reconnut Yossi Milton en souriant, mais cela n'a pas beaucoup d'importance : il ne peut rien contre l'Amérique. Et, sans les Américains, il aurait été coupé en morceaux depuis longtemps par les Palestiniens.

» OK, il faut que je retourne au journal. Dites à Charles que je viens à Jérusalem la semaine prochaine. On pourra bouffer ensemble si vous êtes encore là…

– À propos, demanda encore Malko, quand est-ce qu'on l'enterre, ce major ?

– Demain, je crois, au cimetière d'Hertzliya. Une cérémonie discrète, je ne sais même pas si on va envoyer quelqu'un. Si vous voulez y aller, c'est à dix heures.

***

– Pourquoi voulez-vous aller à cet enterrement ? s'étonna Charles Jourdan, il n'y aura que la famille et des militaires. Il n'y a aucune chance d'obtenir la moindre information.

– Par acquit de conscience, répliqua Malko. Après ce que m'a dit votre ami Yossi, je suis persuadé que le major Dan Yahel est lié à mon histoire. C'est le chaînon manquant entre les Israéliens et le Hezbollah. Si ce dernier a pu être manipulé, c'est peut-être par son intermédiaire.

» C'était justement son boulot.

L'Américain approuva de la tête.

– Je vous suis, mais vous n'avancerez pas d'un millimètre, en allant à cet enterrement. En plus, vous ne parlez pas hébreu. Vous allez vous faire remarquer comme une mouche dans un bol de lait. Et, pour tout ce qui concerne Tsahal, les Israéliens sont vite prêts à crier à l'espionnage.

– Charles, fit Malko, j'avais pensé que vous pourriez m'accompagner. En tant que membre de la CIA, vous pouvez venir présenter vos condoléances à un homologue.

Charles Jourdan fit la grimace.

– C'est tiré par les cheveux. Ce n'était pas un ami. Mais, si vous pensez que cela peut être utile, OK, allons-y. Je vous aurai prévenu.

» Enfin, vous connaîtrez Hertzliya. Je vais me renseigner sur l'heure de l'enterrement. Mais on va être mal vus.

**

Un vent léger soufflant de la mer Méditerranée balayait le petit cimetière d'Hertzliya, amenant quelques nuages. Il n'y avait qu'un petit groupe rassemblé autour du rabbin en train de dire le «*kaddish*», la prière des morts.

Dans un silence minéral.

Charles Jourdan et Malko étaient arrivés quelques minutes avant le début de la cérémonie, ce qui leur avait évité de parler aux assistants.

La veuve, bien entendu, était au premier rang, les yeux dissimulés derrière des lunettes noires, entourée de quelques parents et d'une autre femme. Derrière elle, une douzaine d'officiers en tenue et en civil. L'enterrement du major Dan Yahel n'était pas un événement important.

Pas un journaliste.

Le rabbin avait terminé. Dans un silence de mort, on descendit le cercueil recouvert du drapeau israélien dans la tombe. Il y eut encore quelques prières, puis les gens allèrent serrer la main de la veuve. Parmi les assistants, Malko repéra plusieurs hommes en noir, rabbins, ou simplement juifs orthodoxes, chapeau noir, barbe noire, *payos*, longue redingote qui les faisait ressembler à des corbeaux...

Avec Charles Jourdan, ils s'étaient placés un peu en retrait. Les adieux ne furent pas longs. En moins de cinq minutes tous les assistants étaient passés présenter leurs condoléances à la veuve du major.

Filant ensuite vers la sortie du cimetière.

Tous jetaient des coups d'œil intrigués à ces deux étrangers, sans oser leur adresser la parole.

Bientôt, la veuve demeura seule avec une autre femme. Charles Jourdan se tourna vers Malko.

– On y va ?

– Attendez !

La veuve et son amie se dirigeaient vers eux, pour emprunter le sentier menant à la sortie du cimetière.

– Qu'est-ce qu'on fait ? souffla Charles Jourdan.

– Dites-lui qui vous êtes, que vous connaissiez bien son mari. Essayez de savoir ce qui s'est passé. J'ai peur qu'elle ne parle pas anglais.

La veuve arrivait. Elle leva les yeux vers eux et ralentit. Surprise, elle aussi, par leur présence. Malko se retourna : deux hommes s'étaient arrêtés avant la sortie du cimetière et les observaient.

Ils n'étaient visiblement pas les bienvenus...

Charles Jourdan fit un pas en avant et, avec une mine de circonstance, s'adressa à la veuve.

Malko vit son expression changer. Elle était visiblement touchée de ce qu'il lui disait.

Elle répondit quelques mots en hébreu. Puis, s'adressant à Malko, dit en anglais :

– Je vous remercie d'être venus.

Malko sentit qu'elle était prête à parler. Il allait

peut-être enfin apprendre quelque chose. Du coin de
l'œil, il aperçut les deux hommes qui les observaient
revenir sur leurs pas.

Apparemment, cela ne leur plaisait pas qu'ils
soient là. Il avait peu de temps pour confesser la
veuve du major Yahel.

CHAPITRE XV

Charles Jourdan parlait doucement en hébreu à la veuve de Dan Yahel qui, visiblement, appréciait ses paroles. Malko écoutait sans comprendre, ne sachant pas trop où il voulait en venir. Comme s'il avait lu dans ses pensées, l'Américain se retourna vers lui.

– Je lui dis que je suis venu rendre un dernier hommage à son mari parce que j'avais travaillé avec lui. Je lui ai dit qui j'étais.

– Demandez-lui si elle sait pourquoi il a mis fin à ses jours.

Il posa la question, et aussitôt le visage de la veuve de Dan Yahel se ferma. Elle répondit d'une phrase sèche à Charles Jourdan, qui traduisit pour Malko.

– Elle n'en a pas la moindre idée. Ils s'entendaient très bien. La veille au soir, ils ont dîné à la maison, il ne lui a rien dit. Il n'était pas déprimé.

La voix se brisa et elle se tut.

Malko se retourna : les deux hommes qui les avaient observés de loin, s'étaient rapprochés et les guettaient, le visage fermé. Sans pourtant interrompre leur conversation. La veuve de Dan Yahel

ajouta encore quelques mots, traduits aussitôt par
Charles Jourdan.

– Elle me dit que son mari était toujours très
amoureux d'elle. Exactement une semaine avant sa
mort, il lui avait rapporté de Rome une très belle
robe qu'elle n'a même pas encore eu le temps de
mettre.

Avec un sourire contraint, la veuve de Dan Yahel
avait mis fin à la conversation et s'éloignait vers la
sortie, escortée de son amie qui n'avait pas desserré
les lèvres.

Charles Jourdan et Malko allaient en faire autant
lorsque les deux hommes leur barrèrent la route.
L'un d'eux les interpella en hébreu, visiblement
furieux, et brandit brièvement une carte sous le nez
de Charles Jourdan.

Celui-ci, de sa belle voix grave, répliqua posément, et, à son tour, sortit sa carte de diplomate
américain.

Ce qui calma un peu leurs deux interlocuteurs.

– Ils prétendent que nous n'avons pas le droit de
parler à cette femme dont le mari travaillait à la sécurité d'Israël, expliqua Charles Jourdan. Ce sont des
membres d'Aman. Ils menacent d'appeler le Shin
Beth et de nous faire arrêter.

– Vous êtes diplomate.

L'Américain esquissa un sourire.

– Ils n'en sont pas à ça près. Lorsqu'il s'agit d'espionnage, ici, il n'y a plus de règles. Bon, allons-y.
On est venus pour rien.

Les deux Israéliens ne s'opposèrent pas à leur
départ, mais les suivirent jusqu'à leur voiture, en

notant soigneusement le numéro. Comme il s'agissait d'une Ford en plaques CD, ils en étaient pour leurs frais.

– C'était un coup d'épée dans l'eau ! On n'a rien appris. C'était prévisible.

– Si, remarqua Malko : le major Dan Yahel ne semblait pas atteint de dépression nerveuse…

– Cela ne nous dit pas pourquoi il s'est foutu une balle de 357 Magnum dans le citron, fit l'Américain. Sans rien dire à personne, pas même à sa femme.

Malko ne répondit pas, se disant qu'il pouvait y avoir une raison à ce suicide : l'officier israélien avait voulu mourir pour échapper à quelque chose.

Mais, quoi ?

En arrivant sur *l'Ayalon Freeway*, Charles Jourdan étouffa un juron : les véhicules y avançaient à une allure d'escargot, pare-chocs contre pare-chocs.

– Si on arrive à Jérusalem pour le déjeuner, on aura de la chance, soupira-t-il.

Malko sentait qu'il lui en voulait un peu de lui avoir fait perdre sa matinée pour rien. Lui aussi était déçu : cette fois, il ne voyait plus à quelle porte frapper.

***

Ils venaient tout juste de rejoindre l'autoroute n° 1 et longeaient Ben Gourion Airport, lorsque le portable de Charles Jourdan sonna. La conversation fut brève et l'Américain se tourna vers Malko.

– Ils n'ont pas perdu de temps ! Je suis convoqué

demain matin par le COS [1] à Tel Aviv. Aman a élevé une protestation officielle pour notre « interroga- toire » de la veuve du major Dan Yahel et ils veulent m'entendre avant de répondre…

– Je vais venir avec vous, proposa aussitôt Malko. C'est moi qui vous ai entraîné là-bas et le Chef de Station sait très bien pourquoi je suis ici. De toute façon, je n'ai plus rien à faire à Jérusalem.

***

Isser Serfaty était littéralement ivre de rage et les douleurs de son dos en étaient amplifiées. Calé sur les coussins durs de son canapé, il réfléchissait à ce qu'on venait de lui apprendre.

Certes, le dialogue entre les deux agents de la CIA et la veuve du major Yahel ne l'inquiétait pas : ne sachant rien, elle ne pouvait rien révéler.

Mais une question l'obsédait : comment les deux hommes avaient-ils eu l'idée de se rendre à cet enter- rement ? La presse n'avait pas mentionné l'apparte- nance du major à Aman et, même si Charles Jourdan pouvait l'avoir appris par ses contacts, il n'avait aucune raison de s'intéresser à la mort d'un officier subalterne.

Il y en avait des dizaines comme lui à Aman.

Donc, les Américains avaient eu un tuyau. Mais lequel ? Il attendait d'avoir le rapport du Shin Beth qui était en train de questionner la veuve afin de savoir exactement les questions qu'on lui

1. Chief of Station.

avait posées. Ensuite, il déciderait de la marche à suivre.

S'il avait pu étrangler de ses propres mains ce Malko Linge, il l'aurait fait avec la même joie que pour un Arabe. Et Charles Jourdan aussi. En plus, il était juif ! Il trahissait sa communauté.

Hélas, Isser Serfaty avait les main liées : Charles Jourdan était couvert par l'immunité diplomatique et membre de la CIA, une Agence amie d'un pays plus qu'ami. Et, depuis l'affaire de Londres, Malko Linge était intouchable. Ou alors par des moyens tellement détournés que cela devenait très difficile.

Il se releva avec une grimace de douleur. Il n'allait pas vivre jusqu'au lendemain.

***

Une ambiance tendue régnait dans la salle à manger de l'ambassade américaine de Tel Aviv, en dépit du soleil brillant qui arrivait à traverser les épaisses vitres blindées de la pièce, qui donnait sur une des plages les plus fréquentées de Tel Aviv.

Heureusement, une cascade de terrasses séparait le bâtiment principal de la promenade Herbert Samuel qui longeait la plage avec ses baraques et ses restaurants bon marché.

De l'autre côté, où se trouvait l'entrée principale de l'ambassade, la rue Hayarkon était tout aussi bruyante, étroite et encombrée. Bizarrement, les deux bâtiments ultramodernes de l'ambassade avaient été érigés dans le quartier le plus touristique de Tel Aviv, entre l'opéra et une brochette d'hôtels de luxe, le Dan, le Hilton, le Sheraton.

Blindée sur toutes ses faces, insonorisée, protégée par une profusion de capteurs électroniques, l'ambassade était une bulle sécurisée au milieu d'un monde hostile. Son toit plat hérissé d'antennes de toutes les formes servait aussi d'héliport, ce qui facilitait bien la vie de certains agents de la CIA, infiltrés discrètement en Israël. Et aussi, à certaines exfiltrations de Palestiniens bien-pensants recherchés par le Shin Beth.

Olivier Snow, le chef de Station, un brun longiligne et plutôt austère, avec des lunettes carrées sans montures, un crâne dolichocéphale et un costume à fines rayures, leva son verre de Chablis.

— Bienvenue à Tel Aviv, Mister Linge ! Même si vous me posez certains problèmes…

— Je n'y ai aucune raison *personnelle*, répliqua aussitôt Malko un peu sèchement. J'accomplis seulement une mission dans un cadre très strict. Demandée par John Mulligan.

— Je sais, je sais, coupa le chef de Station, un peu gêné. La Station est entièrement à votre disposition. J'ai seulement besoin de quelques éléments pour répondre à la note *officielle* que j'ai reçue du Shin Beth.

» Mais nous verrons cela plus tard. *Bon appétit*, ajouta-t-il en français.

Ils se levèrent pour aller se servir au buffet : une grande table couverte de poissons grillés, frits ou cuits à la vapeur, avec un assortiment complet de mezzés à l'orientale et de salades, à l'américaine.

Par mesure de discrétion, le chef de Station avait préféré cette formule au déjeuner servi par deux « marines ».

Tout le temps de la dégustation des poissons, ils évoquèrent les différents problèmes de la région, le blocage des pourparlers de paix israélo-palestiniens.

– Georges Mitchell vient à chaque voyage pleurer dans mon giron, avoua le chef de Station, comme si je pouvais l'aider. Les Israéliens, c'est comme du béton. Il faut les attaquer au marteau-piqueur. Le président Obama imagine les séduire. C'est du temps perdu.

» De toute façon, la situation est bloquée et tout le monde est enchanté.

– Tout le monde ? s'étonna Malko.

Olivier Snow lui jeta un regard malicieux et énuméra :

– Oui : les Israéliens, bien sûr, qui tiennent avant tout au statu quo leur permettant de coloniser la Cisjordanie à tour de bras, afin de rendre la situation irréversible. Le Hamas, qui ne veut surtout pas de négociations où ils perdraient de leur influence. Et, même les Palestiniens de Cisjordanie. Grâce aux tombereaux de dollars déversés par l'Union européenne, et d'autres donateurs, dont nous, ils vivent un peu mieux. Les Israéliens ont ôté certains barrages et, à Ramallah, l'argent coule à flots.

» Abu Mazen [1] n'a plus d'illusions. Il sait qu'il ne parviendra jamais à rien. Il est déconsidéré, mais il rassure.

---

1. Nom de guerre de Mahmoud Abbas, président de l'autorité palestinienne.

– Donc, c'est bloqué, conclut Malko.

Le chef de Station eut un geste évasif.

– Nous sommes en Orient. Rien n'est jamais certain. En ce moment, il y a un homme qui monte, en Cisjordanie : Salam Fayyad, le nouveau Premier ministre. Il a lancé des centaines de microcrédits, va lui-même inaugurer les nouvelles rues, les petits dispensaires, les crèches… Il commence à *être* très populaire. Si cela continue, il peut très bien gagner les prochaines élections palestiniennes dont la date n'est pas encore fixée, et, dans la foulée, proclamer la création unilatérale de l'État palestinien…

» Et là personne ne sait ce qui se passera. Les Israéliens seront dans la merde, car ils ne veulent surtout pas annexer officiellement la Cisjordanie, car ils seraient obligés de prendre en charge la population.

» Déjà que la situation financière n'est pas brillante ici. Je connais des familles qui vivent avec 3 000 shekels par mois.

» Bon, revenons à nos moutons.

» Que vais-je dire à mes amis du Shin Beth. Pourquoi étiez-vous là-bas ?

Malko se tourna vers lui avec un sourire plein d'innocence.

– Rien. Je ne suis pas autorisé à vous le dire.

Il crut que Olivier Snow allait s'étrangler et il ajouta aussitôt :

– Dans cette affaire, je prends mes instructions chez John Mulligan. Révéler pourquoi nous nous trouvions au cimetière d'Hertzliya mettrait la sécurité des États-Unis en danger.

L'Américain demeura coi. Malko enchaîna.

— Avez-vous eu des échos de ce suicide ?

— Non, aucun, reconnut le chef de Station. Les Israéliens sont très discrets. Je ne peux vraiment pas vous aider.

— À votre connaissance, il y a de nombreux « traitants » israéliens sur le Hezbollah ?

— Sûrement, mais c'est Aman qui s'en occupe et nous avons peu de contacts avec les militaires.

Ils en étaient au café. Charles Jourdan regarda discrètement sa montre.

— On va y aller, dit-il, sinon on dort ici.

Olivier Snow se tourna vers Malko et soupira.

— Je vais donc dire à nos amis que vous n'avez rien voulu me confier...

— Exact ! confirma Malko.

Dix minutes plus tard, ils débouchaient dans Hayarkon street, bouchée. Dizengorf, la grande artère commerçante, était en travaux et ils durent faire un détour énorme pour retrouver l'*Ayalon freeway*.

— Je crois que vous n'avez plus grand-chose à faire en Israël, conclut Charles Jourdan. Moi aussi, je me demande si le suicide de cet officier d'Aman n'est pas lié à notre affaire, mais comment aller plus loin ?

— Je vais quand même revoir vos sources, suggéra Malko. Yossi Milton semblait bien informé.

Il avait une idée derrière la tête : donner un coup de pied dans la fourmilière. La réaction des Israéliens après leur visite au cimetière prouvait qu'ils avaient touché un point sensible. Logiquement, tout se tenait. Pour manipuler le Hezbollah, il fallait un

vecteur. Quoi de mieux qu'un officier traitant israélien ?

Il en était à se demander si le jeune major Yahel
n'avait pas été assassiné...

Comment découvrir ses « sources » libanaises ?

C'est de ce côté-là qu'il fallait chercher. Malko
avait de nouveau l'impression de « brûler », mais il
lui manquait l'essentiel.

Isser Serfaty avait reçu une heure plus tôt le
compte-rendu du Shin Beth sur la conversation entre
la veuve de Dan Yahel et les deux agents de la
CIA. À première vue, il n'avait rien trouvé d'inquiétant. Le fait que le suicide soit inexpliqué n'était
pas vraiment gênant.

Puis, en le relisant, il venait de tomber sur quelque
chose qui l'avait glacé d'horreur.

Une information qui, *potentiellement*, pouvait
se révéler dévastatrice. À condition que ceux qui
l'avaient recueillie s'en rendent compte.

Ce qui n'était pas certain.

Seulement, sur un sujet aussi sensible, il ne
pouvait se permettre de prendre des risques.

Donc, il était impératif de supprimer le danger.
Avant que ceux qui avaient recueilli les confidences
de la veuve du major réalisent qu'ils avaient entre
leurs mains un fil à tirer.

Ce qui allait impliquer une opération délicate, et
risquée.

CHAPITRE XVI

Depuis son déplacement au cimetière d'Hertzliya, Malko éprouvait une sensation bizarre. L'impression, à la fois, d'être cerné par une menace invisible et d'être tout près du but. Pourtant, sauf imprévu, son voyage en Israël se terminait en queue-de-poisson. Il n'avait rien de concret à rapporter à la Maison Blanche, même si sa conviction était que la piste Amanda Delmonico l'avait mené aux véritables sponsors de l'attentat contre Barack Obama. Hélas, il lui manquait le lien avec les auteurs de l'attentat.

Plus il réfléchissait, plus il était persuadé que le major Dan Yahel avait joué un rôle dans cette manip.

Lequel ?

Probablement en manipulant certains des membres du Hezbollah qu'il traitait. Mais sur l'ordre de qui ?

Comment le découvrir ? L'Aman n'allait sûrement pas ouvrir ses dossiers...

En plus, il n'y avait aucun lien avoué entre le major Dan Yahel et Isser Serfaty.

Il restait à Malko une dernière possibilité : d'en apprendre plus sur le major d'Aman par sa veuve.

L'entrevue au cimetière lui avait laissé un goût

d'insatisfaction. Seulement, il ne parlait pas hébreu
et ne voulait pas mettre à contribution Charles Jourdan, empêtré dans sa hiérarchie. Il ne restait donc
qu'une possibilité un peu acrobatique : faire appel à
Yona, la demi-sœur de Avidgor Bilum. Quitte à
trouver un conte de fée à lui raconter pour expliquer
sa démarche.

Isser Serfaty sortit du bureau du Premier ministre,
la chemise collée à son dos par la transpiration. Il
avait été soumis à un interrogatoire serré et vexant.
Sans l'avouer ouvertement, son interlocuteur le soupçonnait d'avoir provoqué la mort du jeune major
d'Aman.

— Le Shin Beth a ouvert une enquête, avait-il
averti et je ne peux pas m'y opposer. J'espère qu'ils
ne trouveront rien.

C'était sa carrière politique qui était en jeu.

— Ils ne trouveront rien, avait juré Isser Serfaty,
parce qu'il n'y a rien. Il s'est vraiment suicidé.

— Pourquoi ?

C'était le moment difficile.

— Parce que je lui ai dit que je lui avais menti. Je
lui avais laissé entendre que vous étiez au courant
du projet.

Benyamin Netanyahu secoua la tête, sans répondre.
Il avait assez menti dans sa vie pour ne pas être en
mesure de donner des leçons.

En même temps, il était secrètement soulagé. Le

suicide du major Yahel faisait disparaître le dernier risque lié à cette opération de folie.

Égoïstement, il se dit qu'il allait en tirer partie au maximum auprès des Américains. Maintenant qu'il était sûr que la grenade ne lui exploserait pas à la figure.

– Très bien ! conclut-il. Enfouissons tout cela au fond de notre mémoire. Je ne veux plus jamais en entendre parler.

– Tu n'en entendras plus jamais parler, assura Isser Serfaty.

Sans dire qu'il était en train de mettre la dernière main à une ultime mesure de sécurité. Quand on ne pouvait pas lire dans un cerveau, il valait mieux le détruire. Il lui était impossible de savoir si l'agent de la CIA qui s'était entretenu avec la veuve de Dan Yahel avait réalisé qu'elle lui avait donné une information exploitable. Il était donc indispensable de supprimer ce risque. Or, cela pressait : cet homme n'allait pas s'éterniser en Israël. Hors du pays, Isser Serfaty n'avait pas le bras assez long pour le frapper. Tant pis, si c'était une élimination inutile.

Ce ne serait pas la première.

Il se traîna jusqu'à l'ascenseur où son chauffeur l'attendait.

– On va à Sderot ! annonça-t-il. Prends une voiture banalisée.

Il n'avait pas envie de laisser trop de traces dans ce déplacement.

***

Le conte de fée avait fonctionné.

D'abord, Yona avait paru enchantée que Malko l'appelle à son agence de voyage pour l'inviter à déjeuner. Ensuite, ce jour-là, elle avait une pause jusqu'à quatre heures. Enfin, pendant qu'ils étaient attablés au « Dauphin », elle avait parfaitement accepté l'idée que Malko veuille prendre contact avec la veuve d'un officier israélien connu lors d'un de ses précédents séjours en Israël pour le compte des Nations-Unies.

Avant d'aborder le sujet, Malko avait récupéré auprès de Charles Jourdan l'adresse du major de l'Aman, donc celle de sa veuve.

Malko reprit sa voiture au parking de la « place des chattes » et Yona le guida jusqu'à la sortie ouest de Jérusalem. Ravie d'aller au bord de la mer.

– Comment va Avidgor ? demanda Malko.

Le visage de Yona s'assombrit.

– Les médecins disent qu'il peut rester dans le coma des années, comme Ariel Sharon. Mais, si on le débranche il mourra immédiatement. Ma famille a demandé conseil à un rabbin ; ils discutent…

Sur l'Ayalon freeway, cela roulait à peu près. Quarante minutes plus tard, ils étaient à Hertzliya.

Yona, en s'informant auprès de passants, les guida jusqu'à un petit immeuble coquet de trois étages, faisant partie d'une résidence avec une piscine commune et une vue magnifique sur la Méditerranée lointaine.

Malko se gara sur le parking.

Pendant qu'ils se dirigeaient vers l'entrée de l'immeuble, deux hommes émergèrent d'une Toyota blanche garée à quelques mètres, les rejoignirent et leur barrèrent le passage.

L'un d'eux les interpella en hébreu.

Yona se tourna vers Malko, surprise et gênée.

– Ils veulent savoir chez qui nous allons.

– Qui sont-ils ?

– Ils appartiennent au Shin Beth.

Yona semblait complètement décontenancée. Malko bouillait intérieurement. Décidément, les Israéliens étaient des professionnels.

– Dites-leur que nous allons chez la veuve du major Dan Yahel.

La réponse fut très brève.

– Elle n'habite plus ici et, de toute façon, elle n'a pas le droit de rencontrer des étrangers.

Les deux agents du Shin Beth bloquaient la porte de l'immeuble. Malko comprit que cela ne servirait à rien d'insister. Il battit en retraite et les deux agents du Shin Beth ne les lâchèrent pas des yeux tant qu'ils ne furent pas sortis du parking. L'un d'eux avait son portable collé à l'oreille.

– Qu'est-ce que c'est que cette histoire ? demanda Yona un peu plus tard. Pourquoi le Shin Beth était-il là ?

– Je ne comprends pas, prétendit Malko. Apparemment Dan Yahel avait un poste important. Tant pis !

Yona lui jeta un regard en coin et ne répondit pas. Laissant tomber un peu plus tard, comme ils rejoignaient le Ayalon freeway :

– Ils m'ont demandé mon nom et où je travaillais.

Je suis sûre qu'ils vont me convoquer. Ils sont obsédés par les problèmes de sécurité.

– Je suis désolé, s'excusa Malko. Je ne pensais pas que cette visite poserait un problème.

Ils n'échangèrent plus un mot jusqu'à Jérusalem. Yona descendit de la voiture devant son agence de voyage, avec un sourire un peu crispé et sans l'embrasser.

Il était grillé.

Hani Al Mabrouk fumait en regardant ses pieds, écoutant la proposition que lui faisait d'une voix douce, en excellent arabe, l'homme qui l'avait rejoint dans sa petite maison de Sderot, gardée jour et nuit par des soldats de Tsahal. Son interlocuteur, après avoir précisé le dernier point, demanda de la même voix douce :

– Cela vous intéresse ?

Ou c'était de l'humour juif ou son interlocuteur ne connaissait pas vraiment sa situation. Hani Al Mabrouk faisait le même cauchemar toutes les nuits : les tueurs de l'unité de Sécurité intérieure du Hamas l'avaient rattrapé et, après l'avoir pendu à un crochet de boucher, ils le dépeçaient vivant, jetant ensuite les morceaux de sa chair à des chiens errants.

Cinq ans plus tôt, Hani Al Mabrouk était un militant du Hamas respecté de ses chefs. Un bon « chebab »[1], qui avait fait le coup de feu contre les

---

1. Garçon.

membres de l'Autorité palestinienne. En récompense de ses services, il avait été nommé à la tête du service de protection des responsables du Hamas. Ce qui donne accès à tous leurs petits secrets. Certains lui demandaient de le conduire chez leur maîtresse, d'autres trafiquaient avec l'Égypte.

Lui fermait les yeux et roulait sur l'or...

Et puis, sa sœur était tombée malade. Une grande fatigue, d'abord, puis un amaigrissement inquiétant. À Gaza, on avait découvert un cancer des glandes lymphatiques et les médecins avaient prévenu Hani qu'elle n'avait que pour six mois à vivre, car ils ne possédaient pas les médicaments extrêmement coûteux qui auraient pu ralentir le cours de la maladie.

Pendant des mois, dès qu'il avait fini son travail, il allait passer deux heures avec elle, mais cela ne la guérissait pas. Et puis, un jour, il avait reçu un message en provenance d'Égypte. Un médecin prétendait pouvoir guérir sa sœur et lui donnait rendez-vous à Rafah, côté égyptien.

Hani Al Mabrouk s'y était rendu par un des tunnels de la contrebande. L'homme l'attendait dans une petite station service et l'avait emmené déjeuner. En fait de médecin, il avait très vite avoué qu'il travaillait pour le Shin Beth. Et fait sa proposition : en Israël, la sœur d'Hani Al Mabrouk pourrait être soignée, prolongée indéfiniment grâce à des traitements modernes.

Évidemment, cette aide avait une contrepartie.

Désormais, Hani Al Mabrouk devait travailler pour Israël, espionner les dirigeants du Hamas.

Ce dernier avait accepté. Pour sauver sa sœur.

Celle-ci avait été transportée officiellement en Israël, pour des examens, et n'était jamais revenue. La version d'Hani était que sa sœur était morte là-bas. En réalité, elle était soignée et vivait dans d'assez bonnes conditions.

Pendant quelques mois, Hani Al Mabrouk n'avait pas eu grand-chose à faire pour ses nouveaux « employeurs ». Rencontrant en Égypte une émissaire du Shin Beth qui recueillait ses informations… Ensuite, ce dernier lui avait remis une « puce » électronique à coller sous la carrosserie d'un des chefs du Hamas.

Huit jours plus tard, la Mercedes de ce dernier avait été désintégrée par un missile tiré d'un hélicoptère israélien avec une grande précision. Aidé grandement par le guidage électronique de la « puce » posée par Hani Al Mabrouk. L'opération s'était renouvelée trois fois en un an. La sœur d'Hani allait de mieux en mieux et le noyau du Hamas était décimé.

Seulement, les meilleures choses ont une fin : le Service de Sécurité du Hamas avait sérieusement enquêté et découvert que la sœur d'Hani était toujours vivante et en Israël. La conclusion était facile à tirer…

Hani Al Mabrouk avait échappé de justesse aux liquidateurs du Hamas. Fonçant jusqu'à Eretz, le point de contrôle au nord de la bande de Gaza, interdit aux Palestiniens, mais grâce à un numéro de téléphone confidentiel donné par son contact du Shin Beth, Hani Al Mabrouk avait pu établir un contact lui permettant de quitter la bande de Gaza. On était venu le chercher pour l'installer dans le bourg de

Sderot, à une dizaine de kilomètres de la bande de Gaza, régulièrement bombardée par les roquettes du Hamas.

Dans une villa, avec d'autres traîtres.

Par bonté d'âme, les Israéliens continuaient à soigner sa sœur, mais il savait que cela ne durerait pas éternellement.

Il n'osait même pas aller travailler clandestinement avec d'autres Palestiniens, de peur d'être reconnu.

Débriefé à plusieurs reprises, il n'avait plus rien à apprendre à ses interrogateurs. Un traître inutile n'a pas un grand avenir.

S'il mettait les pieds hors d'Israël, il était mort. Et d'ailleurs, sans passeport, où aller ?

Il s'entendit répondre à la question de son interlocuteur sans même qu'il en ait donné l'ordre à son cerveau.

– *Aiwa*[1].

– Vous avez raison approuva son interlocuteur. Une fois que vous aurez rempli ce contrat, vous serez installé à Tel Aviv, non loin de l'hôpital où votre sœur est soignée et vous recevrez une carte de séjour qui vous permettra de trouver du travail. Évidemment, vous devez garder le secret le plus absolu.

– Évidemment, fit en écho Hani Al Mabrouk.

– Très bien, prenez vos affaires, conclut l'homme qui s'était présenté sous le nom de « Benjamin », je vous expliquerai le reste pendant le trajet. Nous partons pour Jérusalem.

1. Oui.

*_**

Malko avait dîné avec Charles Jourdan dans le patio de l'American Colony, pour faire le point. Il avait dû avouer son escapade au chef de Station de la CIA et ce dernier avait conclu :

– C'est difficile de savoir si le Shin Beth a réellement quelque chose à cacher, ou si c'est simplement une mesure de routine. Ils ont horreur que des officiers occupant des postes « sensibles » aient des contact avec des étrangers, même alliés.

» Notre insistance à vouloir parler à la veuve de Dan Yahel a dû leur mettre la puce à l'oreille.

» Ou alors, il y a autre chose…

– Je ne vois, hélas, aucun moyen de le savoir, soupira Malko. Je pense que je ne vais pas faire de vieux os ici. Demain matin, je viendrai envoyer un message à John Mulligan de votre ligne sécurisée.

– Effectivement, je ne vois pas ce que vous pouvez faire de plus, conclut le chef de Station.

Ils se quittèrent sur l'aire des taxis. Charles Jourdan reprit sa voiture et Malko grimpa les marches menant au bâtiment où il habitait. Au moment d'entrer, il étouffa un juron. Réalisant qu'il avait oublié dans sa chambre la clef ouvrant la porte extérieure du bâtiment. Il y en avait aussi une au premier étage, à laquelle on accédait par un escalier extérieur, mais elle était aussi fermée à clef.

Il allait retourner à la réception lorsque, par acquit de conscience, il pesa sur la poignée.

Surprise : la porte s'ouvrit sans difficulté, elle n'était pas fermée à clef. Or, pour des raisons de sécurité, cette porte comme celle du haut, était toujours fermée, impossible à ouvrir sans la clef distribuée à chacun des clients, avec celle de leur chambre.

Après chaque passage, elle se refermait automatiquement. Intrigué, Malko alluma la minuterie du couloir et regarda autour de lui, puis à ses pieds. Distinguant un objet sur le sol, à l'aplomb de la porte. Il se baissa et le ramassa : c'était un éclat de bois assez gros.

Son pouls grimpa instantanément au ciel : quelqu'un avait coincé le pêne de la serrure avec, de façon à ce que la porte ne se verrouille pas. Il regarda le couloir menant au petit ascenseur. Vide. Mais quelqu'un pouvait très bien le guetter dans celui du haut.

Sans entrer, il appela aussitôt Charles Jourdan. L'Américain n'était pas encore arrivé chez lui. Après avoir écouté Malko, il n'hésita pas.

– Retournez dans le lobby, j'arrive.

Hani Al Mabrouk était tapi dans l'ombre d'un recoin du premier étage, invisible du palier. Seuls, les occupants des deux chambres derrière lui pouvaient y venir. Or, l'une des deux était vide et l'autre occupée par l'homme qu'on lui avait demandé de tuer. À cette heure, il ne risquait pas d'être dérangé par le personnel, qui ne travaillait pas la nuit.

Il n'avait plus qu'à attendre.

Ce qu'il faisait depuis une demi-heure. Suivant les

instructions de son « sponsor », il était entré sans
difficulté dans le bâtiment. La porte n'était pas
verrouillée, comme on le lui avait dit.

Au fond de sa poche, il serrait un pistolet automatique calibre 38 équipé d'un long silencieux.
Fourni aussi par son « sponsor ». Ce dernier devait
le récupérer à la station de bus de la Porte de Damas
et l'emmener ensuite dans une planque sûre.Tout
cela semblait d'une facilité dérisoire. Il n'avait pas
vu sa « cible », mais ce ne pouvait être que l'homme
qui entrerait dans la chambre 24.

La minuterie s'alluma. C'était son « client » qui
arrivait.

CHAPITRE XVII

Hani Al Mabrouk se leva silencieusement et se colla à la paroi du renfoncement pratiquement invisible dans l'obscurité, son pistolet à bout de bras, une balle dans le canon.

Soudain, une voix qui venait du rez-de-chaussée lui liquéfia la colonne vertébrale. Une voix israélienne qui lança en hébreu :

— Police ! Il y a quelqu'un ?

Pendant quelques secondes, la panique le cloua au sol. Puis, il entendit un bruit de conversations et des pas dans l'escalier. Il regarda autour de lui : l'encoignure où il se trouvait était une impasse. Il n'avait pas envie d'affronter des policiers israéliens qui, en tombant sur un Palestinien armé, le tueraient sans hésiter.

Lui, mort, que deviendrait sa sœur ?

Il ne lui restait qu'une solution : appuyant l'extrémité du canon de son pistolet sur la serrure de la chambre 24, il appuya deux fois sur la détente.

Il y eut deux « ploufs » sourds et la serrure vola en éclats. Hani Al Mabrouk n'eut qu'à donner un coup d'épaule dans la porte pour qu'elle s'ouvre. À peine entré, il la referma, afin de gagner un peu de temps et se rua vers la fenêtre. Durant sa reconnaissance, il avait repéré un jardin contigu au bâtiment, séparé d'un chantier de construction par un muret.

Il ouvrit la fenêtre, écarta le rideau, enjamba l'appui et se laissa tomber, traversant ensuite en courant le jardin désert. Arrivé au mur, il l'escalada avec l'énergie du désespoir. Il se trouvait encore en équilibre sur son faîte quand une tête apparut à la fenêtre par laquelle il venait de sauter et une voix hurla en hébreu :

— Il est là !

Juste au moment où il se laissait tomber de l'autre côté. Deux coups de feux claquèrent, mais il détalait déjà.

***

— On m'attendait pour me tuer ! conclut Malko, en train d'inspecter la serrure éclatée de sa chambre.

Un des policiers israéliens braqua sa torche électrique sur la serrure. On distinguait nettement les trous de sortie des deux projectiles. Un de ses collègues avait ramassé deux douilles encore chaudes. Un troisième, revenu de la fenêtre, parlait frénétiquement dans sa radio.

— Ils ont cerné le quartier ! annonça Charles Jourdan. Ils vont sûrement l'attraper, à cette heure-ci il n'y a pas grand monde dans les rues.

— Si vous pouviez avoir raison ! fit Malko. Cet homme ne peut être qu'un tueur à gages. Il faut savoir qui l'a envoyé. Ce serait la réponse à toutes nos questions.

Lorsqu'il avait été appelé par Malko, Charles Jourdan avait immédiatement prévenu la police israélienne qui avait dépêché un véhicule. À Jérusalem, on ne prenait aucune menace à la légère…

– OK, on peut redescendre ! conclut Charles Jourdan. Il ne va sûrement pas revenir… Il faut vous faire changer de chambre.

Deux policiers restèrent sur place et ils gagnèrent le lobby de l'American Colony, dans le bâtiment principal où l'employé de la réception, mis au courant, dépêcha deux de ses collègues pour transporter les affaires de Malko dans une chambre inoccupée.

– Dans dix minutes, tout sera prêt, assura le manager.

– Moi, je vais me recoucher, conclut Charles Jourdan.

Malko l'accompagna dans le parking en contrebas. Avant de le quitter, l'Américain sortit un pistolet de sa poche et le lui tendit.

– Gardez ça ! On dirait que vous n'êtes pas très populaire ici.

C'était un Beretta 92, automatique.

Malko glissa l'arme dans sa ceinture. Priant pour que la police israélienne attrape son agresseur. Cela ferait basculer son enquête.

* * *

Hani Al Mabrouk marchait le plus vite possible le long des rails du futur tramway, protégé par l'ombre des murailles de la vieille ville. Hélas, le chantier se terminait un peu plus loin, et il allait être obligé de traverser une zone éclairée pour gagner la porte de Damas.

Il s'arrêta, voyant une voiture bleue de la police passer à toute vitesse devant lui, dévalant la rue. Il avait un choix délicat à faire : s'il se faisait arrêter avec une arme sur lui, surtout un pistolet muni d'un silencieux, il était cuit. Ses « protecteurs » le laisseraient tomber. Évidemment, s'il revenait sans l'arme, il risquait de se faire sérieusement engueuler.

Il choisit la moins mauvaise solution, dissimulant le long pistolet le long d'un rail. Le lendemain, il pourrait toujours revenir le chercher.

Rassuré, il s'attaqua à la partie la plus dangereuse de son parcours, marchant d'un pas volontairement lent. C'était l'heure où beaucoup de Palestiniens regagnaient la partie Est de Jérusalem. Évidemment il n'avait pas de papiers, mais cela, c'était moins grave.

Dix minutes plus tard, il arriva à la Porte de Damas. Sur la petite esplanade en face de l'entrée de la vieille ville, il y avait des taxis, des bus et quelques voitures particulières. Au moment où il traversait, une des voitures fit un appel de phares et il se sentit soulagé. On ne l'avait pas oublié.

Il ouvrit la portière à la volée et se laissa tomber à l'intérieur du véhicule. L'homme au volant était celui qui l'avait déposé un peu plus tôt. « Benjamin » jeta un bref regard à Hani Al Mabrouk et tendit la main.

– Donne-moi le pistolet. Tout s'est bien passé ?

Le Palestinien demeura quelques secondes, la gorge nouée, incapable de répondre, puis il bredouilla :

– Non. J'ai eu un problème.

– Quel problème ?

C'était parti comme une gifle !

Hani Al Mabrouk le lui expliqua d'une voix maladroite, mort de peur. Déjà, il voyait sa sœur jetée hors de l'hôpital. D'une voix brisée, cahotante, il expliqua que les policiers avaient fait irruption dans le bâtiment où il attendait sa cible et qu'il avait été obligé de fuir.

– Où est le pistolet ? répéta « Benjamin ».

– Je l'ai caché le long du mur de la Vieille Ville. J'irai le chercher plus tard.

– Tu sais où il est ?

– Oui.

– On y va.

Déjà « Benjamin » démarrait. Ils remontèrent le long des murailles de la vieille ville, sans échanger un mot. Le conducteur de la voiture ruminait sa fureur. Ce pistolet n'était pas un modèle courant. On pouvait le « remonter ». Et cela, c'était un cataclysme, si cela tombait entre de mauvaises mains…

– C'est là ! bredouilla Hani El Hassan, désignant les rails du tramway, juste après la porte de Jaffa.

Hélas, il n'y avait aucun endroit où se garer et ils durent aller jusqu'à l'hôtel Mamilla pour trouver un parking. Revenant ensuite sur leurs pas à pied. Escorté de « Benjamin » Hani El Hassan se sentait en sécurité. D'ailleurs, les recherches semblaient avoir cessé. Il n'y avait aucune activité policière anormale.

Ils enjambèrent la barrière séparant Sultan Sulaiman du tracé du futur tramway et s'engagèrent entre
les rails, le Palestinien marchant devant. Arrivé
devant l'endroit où il avait caché le pistolet, il se
baisse et se redressa, tenant le pistolet par son long
canon.

– Voilà ! fit-il triomphalement. Je n'avais pas
oublié l'endroit. Demain, je vais essayer à nouveau.

L'Israélien le fixa longuement sans rien dire. Il
avait pris le pistolet par la crosse et le tenait le long
de son corps. Il se tourna vers la route. Très peu de
voitures passaient à cette heure-ci et ils étaient
presque invisibles dans l'ombre du haut mur.

– Tu étais prêt à tirer ? demanda-t-il.

– Bien sûr !

Sans rien dire, l'Israélien releva le canon de l'arme
à l'horizontale et appuya sur la détente.

Deux fois.

Hani Al Mabrouk s'effondra sans un cri, entre les
rails. L'israélien s'approcha et, sans se baisser, lui
tira une troisième balle dans la tête. Enfin, il glissa
l'arme dans la poche intérieure de son Burberry et
repartit, les mains dans les poches.

Il se retourna à la hauteur de la porte de Jaffa : le
corps de Hani Al Mabrouk était presque invisible.
Au pire, on le prendrait pour un ivrogne. Certes,
grâce à ses empreintes, il serait tôt ou tard identifié,
mais cela n'avait aucune importance. Il avait très
bien pu fuir sa «résidence surveillée» de Sderot et
avoir été abattu par ses anciens amis.

Évidemment, son véritable problème n'avait pas
été résolu, ce qui était hautement fâcheux, mais il ne

faut pas tenter le diable. Cette fois, la catastrophe avait été évitée de justesse. Si Hani El Hassan avait été pris vivant par la police israélienne, Isser Serfaty aurait eu beaucoup de mal à stopper l'affaire. Or, perdu pour perdu, le Palestinien aurait tout balancé. Il suffisait que ses aveux tombent entre de mauvaises mains pour déclencher un tsunami politique.

*
* *

— On a trouvé un Palestinien sans papiers d'identité, tué de trois balles, le long des murailles de la Vieille Ville, annonça Charles Jourdan. Deux dans la poitrine, une dans la tête. Il a été abattu hier soir selon la police, durant la chasse à l'homme. On a certainement utilisé un silencieux, car personne n'a rien entendu. Ici, le moindre coup de feu fait rappliquer deux cents policiers.

— C'est probablement celui qui m'attendait pour me tuer, conclut Malko. Ses « sponsors » n'ont pas apprécié son échec.

Charles Jourdan alluma une Marlboro.

— Vous avez très probablement raison. C'était encore un bon plan. Un cambriolage qui a mal tourné. Cela arrive dans cette partie de la ville. Les Services israéliens n'étaient pas mouillés.

» Il y a une chose que je ne comprends pas : pourquoi cet acharnement contre vous ?

Malko hocha la tête.

— Bonne question ! Je ne peux pas y répondre. Je sais que je dérange certains Israéliens. Probablement la bande d'Isser Serfaty. Je suis de plus en plus persuadé qu'ils sont derrière l'attentat du 15 mars. Pourtant, ils savent sûrement que je vais quitter Israël. Pourquoi prendre des risques insensés pour me liquider ?

» Alors que je n'ai aucune preuve contre eux ! Ma dernière tentative pour rencontrer la veuve du major Yahel a prouvé que tout était verrouillé : ils ne craignent rien.

– Je sais, reconnut Charles Jourdan. Mais il doit quand même y avoir une raison. Les Israéliens sont des brutaux mais pas des fous furieux : ils tuent « utile ». Surtout que, dans votre cas, ce n'est pas un « simple boum-boum » comme ils disent des exécutions d'activistes palestiniens, mais une opération comportant de gros risques politiques.

– Qu'allez-vous faire ?

– Si Langley est d'accord, repartir au Liban décida Malko. J'ai, sinon une piste, du moins une idée. La vérité doit se trouver au cœur du Hezbollah. Parmi ceux qui ont été retournés par les Israéliens.

» Le suicide du major Dan Yahel m'oriente vers cette voie. D'ailleurs, il a peut-être été « suicidé ».

– Comment pensez-vous trouver ceux qu'il manipulait ? interrogea l'Américain.

Malko esquissa un sourire amer.

– C'est presque impossible hélas. La direction du Hezbollah ne les a pas identifiés, sinon, ils auraient déjà été mis hors d'état de nuire. Mais c'est *là* que se trouve la clef du problème, même si je ne parviens pas à la découvrir.

– Vous avez un vol quotidien pour Beyrouth, via

Amman, dit l'Américain. C'est plus simple que par Chypre et les horaires sont plus agréables.

– Je vais retenir une place. Vous voyez quelque chose d'autre à faire ici ?

– Non, avoua l'Américain. Nous sommes sur leur « turf » et ils savent verrouiller. Mais, si j'ai un conseil à vous donner, faites *très* attention jusqu'à votre départ. Malheureusement, je n'ai pas de « baby-sitters » à vous donner. On manque de tout ici.

– Je ne bougerai pas de l'hôtel, assura Malko. D'ailleurs pour aller où ?

Isser Serfaty était partagé entre l'inquiétude et le soulagement. Dieu merci, pour la « tentative de meurtre de l'American Colony », les Américains ne pouvaient pas accuser Israël.

Même s'ils établissaient un lien entre le mort trouvé sur les rails du tramway et l'incident de l'American Colony. Les gens de Sderot avaient signalé au Shin Beth la disparition de Hani El Hassan et tout le monde conclurait que le Palestinien avait été rattrapé par son destin.

Quant à sa sœur, elle aurait encore droit à six mois de traitement.

On lui avait communiqué l'horaire de départ de Malko Linge, et cela l'avait fait tiquer. Il ne repartait ni en Europe, ni aux États-Unis, mais au Liban.

Ce qui prouvait qu'il avait une vague idée de la vérité.

Seulement, à moins de mettre une bombe dans son

avion, il ne pouvait plus l'arrêter. Il se rassura en se disant que, sans point de départ précis, il n'arriverait à rien.

**

L'interminable couloir circulaire de l'aéroport Ben Gourion ressemblait à un couloir de métro, tant il y avait de monde. Malko cherchait son vol : bizarrement, il n'était pas annoncé au tableau des départs. Il avait beau regarder tous les couloirs en étoile qui partaient du hall central, aucun panneau annonçant le vol d'Amman. Pas un employé de El Al en vue. Une dernière fois, il parcourait des yeux le tableau d'affichage lorsqu'une inscription accrocha son regard :

Alitalia. Rome. 18 h 40.

En un éclair, il comprit pourquoi on avait voulu le tuer la veille : sans le savoir jusqu'à cet instant précis, il avait un diamant entre les mains.

Le début du commencement d'une piste pour confondre les auteurs de l'attentat du 15 mars.

CHAPITRE XVIII

La réunion se tenait en terrain neutre, dans un salon du nouvel hôtel « Four Seasons », la dernière perle hôtelière de Beyrouth, juste en face du « Phoenicia ». Il venait d'ouvrir et n'était pas encore trop couru. Malko y avait loué une suite avec une vue imprenable sur la marina. Certes, c'était moins gai que le Phoenicia, mais plus tranquille.

Ray Syracuse, le chef de Station de la CIA à Beyrouth, bavardait avec le colonel Wissam Al Hassan et Malko, en attendant le dernier participant à la réunion, le directeur du Renseignement militaire, Edmond Fadel.

Le colonel El Hassan, en charge du *Maaloumat*, le Service contre-espionnage des FSI[1], « traitait » les réseaux israéliens au Liban, en coordination avec le Renseignement militaire. Laissant de côté la Sûreté générale, dirigée par un Chiite.

Enfin, Edmond Fadel poussa la porte, une grosse serviette au bout du bras. Maronite, élégant, fine

1. Forces de Sécurité Intérieures.

moustache, il avait l'habitude de travailler avec les étrangers et, particulièrement, les Américains.

Un garçon apporta du café, on discuta un peu de la pluie et du beau temps, puis Ray Syracuse attaqua.

– Notre ami Malko revient d'Israël. À la suite d'une longue enquête, ici, à Washington, à Londres et en Israël, il pense que les Israéliens seraient derrière l'attentat contre le président Obama, revendiqué par le Hezbollah. Il y a quelques semaines, ses responsables lui avaient juré qu'ils n'y étaient pour rien.

» Avez-vous eu des échos depuis ?

C'est le colonel Wissam Al Hassan qui prit la parole le premier.

– Directement, non. Selon nous, l'opération aurait pu aussi être montée par les Iraniens, mais ils nient aussi farouchement.

» Si cela venait d'ici, l'homme qui a remplacé Imad Mugniyeh comme responsable des Opérations extérieures du Hezbollah, Mustapha Shahabe, aurait coordonné l'opération.

– Mustapha Shahabe a été assassiné pendant que je me trouvais à Beyrouth, remarqua Malko.

– Exact ! confirma le colonel El Hassan. Il a été depuis remplacé par un certain Marwan Al Fadiq, de la branche militaire. D'après nos sources, la décision a été prise par la *Choura Al Quarar*, le Comité décisionnaire du Hezbollah.

– Que faisait-il auparavant ? interrogea Malko.

– Il était le responsable de la sécurité du Hezbollah, à Dahlé. Il ne peut être impliqué dans cette affaire puisqu'il n'a pris son poste que depuis deux semaines.

— Et du côté iranien, Imad Mugniyeh a-t-il été remplacé ? interrogea Malko

— Officiellement non, puisque, désormais le responsable des Opérations extérieures se trouve à Beyrouth. On dit que c'est Ali son neveu, qui a encore des contacts officieux. Comme vous le savez, nous nous occupons peu des opérations extérieures, surtout aux États-Unis.

Il y eut une pause, le temps de boire un peu de café, puis Malko demanda à la cantonade :

— Lorsque Mustapha Shahabe était vivant, était-il le seul à gérer le Hezbollah américain ?

Le colonel Al Hassan consulta ses notes.

— Il avait deux adjoints, Nawaf Al Indi et le cheikh Ali Dogmush. Pourquoi posez-vous cette question ?

— Mon idée est très simple, expliqua Malko. Je pense que les Israéliens ont « retourné » quelqu'un susceptible de donner des ordres aux responsables de la « branche militaire » du Hezbollah aux États-Unis.

— Si votre théorie est juste, avança Edmond Fadel, il y a une explication précise au meurtre de Mustapha Shahabe. Il avait été retourné par les Israéliens, ils s'en sont servi pour monter cet attentat à Washington, et, ensuite, ils l'ont éliminé pour qu'il ne puisse pas parler.

» En faisant, du coup, un « martyr ».

Le colonel du « *Maaloumat* » approuva.

— Cela leur ressemble tout à fait.

— Il n'a pas été soupçonné ? demanda Malko.

– Certainement, confirma le colonel Al Hassan, mais il a dû pouvoir fournir, dans un premier temps du moins, des explications à ses collègues.

» Ensuite, sa mort a arrêté l'enquête…

– Quelle aurait pu être sa motivation ? demanda Malko.

Les deux hommes sourirent.

– La plus courante : l'argent. Bien sûr, il ne menait pas un grand train de vie, mais les Israéliens paient toujours leurs traîtres à l'étranger. Il y a peut-être un gros compte bancaire dans un paradis fiscal, auquel il ne touchera plus.

– Ce que vous dites est sensé, approuva Malko, mais cela ne colle pas avec ce que je sais.

– Vous pensez que Mustapha Shahabe n'a pas trempé dans l'opération de Washington ? demanda, incrédule Wissam Al Hassan.

Malko se tourna vers lui.

– Si c'était le cas, les Israéliens n'auraient plus à craindre qu'on découvre leur « manip ». Or, pendant mon séjour en Israël, on a tenté de m'assassiner deux fois. Officiellement, il s'agissait de Palestiniens. Or, je n'ai aucun contentieux avec les Palestiniens.

» Ma conviction est que ce sont les Israéliens qui ont tiré les ficelles. Quels Israéliens, je n'en sais rien.

» Mais, s'ils ont voulu me supprimer, c'est qu'ils craignent que je puisse découvrir quelque chose. Or, la seconde tentative a eu lieu juste avant mon départ d'Israël pour ici. Ce qui renforce ma conviction.

» Le « traître » recruté par Aman ou le Mossad est toujours vivant et opérationnel.

Sa tirade fut saluée par un long silence, rompu par

Wissam Al Hassan. Tous le fixaient avec respect. Un homme qui avait échappé aux *kidonim* du Mossad et à des équipes manipulées par un Service israélien, méritait la considération.

– Avez-vous des soupçons sur quelqu'un de particulier ?

– C'est encore très flou, avoua Malko. Mais j'ai peut-être une piste. Je pars du principe que le « traître » qui a coopéré avec les Israéliens pour l'attentat de Washington est toujours opérationnel.

– Donc, répéta Edmond Fadel, vous ne croyez pas à la culpabilité de Mustapha Shahabe ?

Malko secoua la tête.

– Non. Si les Israéliens avaient recruté un homme de cette importance pour eux, ils ne l'auraient pas tué. Même pour couvrir une opération. Par contre, en liquidant un membre parfaitement loyal au Hezbollah, mais susceptible d'être soupçonné, ils en faisaient un coupable potentiel. Ce qui arrêtait les recherches pour trouver le vrai coupable.

Nouveau silence.

Pesant.

– Avez-vous des indices pour identifier ce « traître » qui serait toujours vivant ? interrogea le colonel *Maaloumat*.

– Peut-être, même si cela va vous paraître tiré par les cheveux.

» Avant mon départ de Jérusalem, un officier israélien du Aman, qui traitait des « sources » libanaises, s'est suicidé. Sans raison apparente. Or il était lié avec des extrémistes israéliens qui pourraient avoir imaginé la manip de l'attentat attribué au Hezbollah. J'ai rencontré sa veuve à son enterrement. Sans le vouloir, elle m'a peut-être donné une information : exactement huit jours avant son suicide, son mari se trouvait en mission à Rome d'où il lui avait rapporté une robe.

» Je pense qu'il y était venu traiter un de ses « clients » du Hezbollah. C'est classique. Or, le lendemain de cet entretien, on a tenté de m'assassiner. Ce qui renforce mon hypothèse.

» J'ai une question à vous poser : est-il possible de savoir si un membre important du Hezbollah se trouvait à l'extérieur du Liban à la même période ?

Il y eut un silence de plomb : les deux officiers du contre-espionnage libanais se regardaient, perplexes.

– Comment s'appelle cet officier israélien ? demanda Wissam Al Hassan.

– Dan Yahel.

– Vous savez sous quel pseudo il traitait ses sources ?

Malko eut un sourire ironique.

– Je ne suis pas en assez bons termes avec les Israéliens pour qu'ils me le disent. Pourquoi ?

– Je travaille depuis longtemps sur les réseaux israéliens au Liban, expliqua l'officier du *Maaloumat*. Nous avons arrêté pas mal de gens – soixante-dix en tout. Certains ont fait allusion à un certain « Alex », leur « traitant ». Ils l'ont rencontré dans différents pays d'Europe et, même, à Singapour. Un homme d'une quarantaine d'années, sportif, sympathique, parlant parfaitement plusieurs langues dont l'arabe. Est-ce lui ?

– Désolé ! avoua Malko, je ne l'ai vu que dans son cercueil et aucune photo de lui n'a été publiée.

Ray Syracuse intervint.

– Je vais demander à la Station de Tel Aviv de regarder mais je doute du résultat.

– Ce n'est pas Alex qui m'intéresse, corrigea Malko, mais ceux qu'il traite. Même si Alex était Dan Yahel, il a été remplacé.

» Alors que pensez-vous de mon idée ?

– Qu'elle est, malheureusement, irréaliste, laissa tomber le colonel Al Hassan. Pour deux raisons. D'abord, il nous est impossible de suivre les déplacements des membres du Hezbollah ; la plupart du temps, ils partent par la route en Syrie et prennent l'avion à Damas, avec un faux passeport. Intellectuellement, votre construction est séduisante mais elle ne mène nulle part.

Malko dissimula sa déception sous un sourire poli. Une fois de plus, il se heurtait à un mur. Les Israéliens – si c'étaient eux – avaient bien verrouillé leur affaire.

Comme pour atténuer la dureté de ses propos, le colonel des FSI assura aussitôt :

– Nous aimerions beaucoup vous aider, car l'espionnage israélien au Liban est un de nos problèmes majeurs, mais je ne vois pas comment.

– Vous avez identifié des espions israéliens au sein du Hezbollah ?

– Oui, bien sûr.

– Ils sont arrêtés ?

– Certains. D'autres sont sous surveillance.

D'autres ont été arrêtés par le Hezbollah et liquidés. Ils ne nous disent pas tout. D'autres encore…

Il se tut brutalement sous un regard furieux d'Edmond Fadel.

Malko sentit qu'on lui dissimulait quelque chose. Pour l'instant il n'insista pas.

– Bien, conclut-il. Nous allons réfléchir. Vous ne voyez personne qui pourrait m'aider ?

Nouveau coup d'œil échangé puis le colonel libanais proposa :

– Vous pourriez interroger, avec notre accord, un homme que nous avons arrêté il y a quelques mois. Zyad Homsi, un ex-*morabitoun*, un extrémiste sunnite qui avait monté une affaire d'exportation de dattes. Il voyageait beaucoup.

– Où se trouve-t-il ?

– À Roumi [1], au secret.

– Pourquoi pas ? accepta Malko.

– Très bien, je viendrai vous chercher demain matin à neuf heures, conclut le colonel des FSI.

– Dites au général Rifi que je me permettrai de revenir lui rendre visite demain, précisa Malko.

Ils se levèrent tous et la réunion se termina. Resté seul avec Malko, Ray Syracuse remarqua :

– Ils voudraient bien vous aider, mais ils ne savent pas grand-chose. Les réseaux israéliens sont très cloisonnés, et ils ne les ont pas tous trouvés. Les Israéliens sont restés ici longtemps dans le sud Liban. Ils y comptent encore de nombreux partisans. Et puis, ils ont de l'argent… Évidemment, le Hezbollah

---

1. Prison de Beyrouth.

découpe en morceaux les traîtres, mais on n'a rien sans rien. Moi, je crois assez à votre histoire d'« Alex ».

– Pourquoi ?

– Parce qu'au Liban le Mossad n'opère pas. C'est Aman, arrivé dans les fourgons de Tsahal, en 1982. Depuis, ils ont fait des petits.

» Donc, ça se tient.

– Parfait, conclut Malko. Seulement tout reste à faire. Je vais aller à Roumi demain matin. On ne sait jamais.

Isser Serfaty expédia un sourire chaleureux à son vis-à-vis. Uri Spielmann, le responsable du Département « Liban » du Aman. Le patron de feu « Alex ».

– Un café ? proposa-t-il.

Avec la complicité de la secrétaire de Benyamin Netanyahu, il avait pu inviter Uri Spielmann à la cantine réservée aux collaborateurs du Premier ministre.

Depuis le départ de Malko Linge pour le Liban, il était rongé par l'angoisse. Comment savoir ce qu'il y faisait ? Une seule personne pouvait l'aider : l'homme qui finissait de déjeuner en face de lui.

– Non, merci, déclina Uri Spielmann. Il va falloir que je reparte pour Tel Aviv. Pourquoi voulais-tu me voir ?

– J'ai un problème, avoua le conseiller de Benyamin Netanyahu. Nous surveillons depuis quelque temps un agent de la CIA Malko Linge, qui est susceptible de causer un grand tort à notre pays.

– Tu n'en as pas parlé au Shin Beth ?

– Si, bien sûr, mais il a quitté Israël pour le Liban. Un territoire où tu es bien implanté. Pourrais-tu m'aider à savoir ce qu'il fait là-bas ?

Uri Spielmann ne répondit pas tout de suite. En théorie, Isser Serfaty n'était pas habilité à lui donner ce genre d'instructions. Seulement, il l'avait invité à la Primature, avait dirigé le Mossad et faisait partie de la « garde rapprochée » de Benyamin Netanyahu. Si ce qu'on lui demandait ne dépassait pas le cadre *légal* de ses activités, il n'avait pas de raison de refuser.

– Que veux-tu, exactement ? demanda-t-il.

– Essayer de savoir qui il voit là-bas, à Beyrouth et ce qu'il cherche. À travers « tes » sources, cela devrait être possible…

– En effet, reconnut Uri Spielmann. Tu sais à quel hôtel il est descendu ?

– Non, mais cela ne doit pas être difficile à trouver.

Il regarda sa montre et conclut :

– Je vais voir ce que je peux faire. Dès que j'aurai des informations, je te les ferai passer par messager.

Il était quand même intrigué. La personne qu'on lui demandait de surveiller ressemblait beaucoup à l'homme venu à l'enterrement du major Dan Yahel. Enfin, tant qu'Isser Serfaty ne lui demandait rien d'illégal…

***

La princesse Gamra Al Shaalan Bin Saoud était en train de se faire appliquer des faux ongles de trois centimètres lorsque son « Vertu » en platine, incrusté de discrets diamants et de quelques pierres de couleur pour faire plus gai, émit quelques notes mélodieuses.

Une des Philippines qui lui massait la tête, prit l'appareil et le porta à son oreille.

– Gamra ?

La Saoudienne mit quelques secondes à reconnaître la voix.

– Malko ! lança-t-elle mélodieusement. Tu es à Beyrouth ?

– Oui, tout près. Au « Four Seasons ».

– Nous sommes voisins, roucoula-t-elle. Viens me voir, je donne une petite réception ce soir. Mon appartement est enfin terminé. Viens vers dix heures.

**

Il n'y avait pas plus de deux cents personnes… qui tenaient toutes dans le salon. Malko jeta un coup d'œil attendri là où quelques mois plus tôt, il avait pris la princesse saoudienne à même la moquette, allongée sur son vison mauve.

Ce soir, elle était magnifique. Moulée dans une robe lamée qui la faisait ressembler à un harmonieux lingot d'or. Si ajustée qu'il se demanda comment elle avait pu se glisser dedans. La fermeture Éclair était invisible et la robe moulait avec une précision anatomique la lourde poitrine, la croupe magnifique, les hanches légèrement comprimées. Le décolleté carré offrait deux globes blancs dans lesquels on avait envie d'enfoncer les dents.

Gamra suivit le regard de Malko et eut un sourire salace.

– Ce soir, je ne baise pas ! On m'a cousu la robe sur moi… Mais si tu veux, plus tard, je m'occuperai de toi. Beaucoup plus tard.

D'une pirouette, elle lui tourna le dos et ondula jusqu'à un groupe d'invités. Sur un petit podium, un orchestre accompagnait une danseuse orientale presque aussi bandante que la maîtresse de maison. Partout, on buvait, on attaquait de monstrueux buffets. On dansait un peu. À perte de vue, il n'y avait que des smokings et des robes du soir. Les Libanaises adoraient s'habiller. Pas une qui ne soit en tenue de combat, le regard accrocheur, la bouche offerte et quelquefois, un peu plus.

Malko trouva de la *Russki Standart* et se servit généreusement. Après Israël, c'était bon de retrouver la civilisation. Toutes les femmes semblaient prêtes à s'offrir, les hommes se goinfraient au buffet.

Soudain, au détour d'une fenêtre, Malko repéra une créature magnifique : une des seules à ne pas être en robe. Des jambes de trois mètres moulées par un pantalon de cuir noir aussi ajusté que la robe de la maîtresse de maison, un gilet de cuir très serré d'où émergeait de la soie rouge et un visage qu'on n'oubliait pas. Yeux en amande, nez affiné au bistouri, bouche dédaigneuse et prometteuse. L'inconnue promenant ses cent quatre-vingts centimètres de beauté sexuelle avec une nonchalance voulue.

Malko la retrouva un peu plus tard près d'un buffet et elle lui jeta un bref regard, avant de détourner les yeux. Il la suivit dans la foule. Elle s'était approchée de l'orchestre, et, soudain, se mit à onduler comme la danseuse sur le podium.

Très vite, il y eut un cercle admiratif autour d'elle. Des hommes qui applaudissaient, des femmes aux regards suintant de haine. L'inconnue balançait ses hanches gainées de noir, à petits coups, en direction des hommes les plus proches d'elle.

C'était Demonia...

– Elle est magnifique, non ? souffla à l'oreille de Malko un homme qui explosait dans son smoking rouge.

– Qui est-ce ?

– Hanadi, la décoratrice de Gamra.

Elle ne devait pas avoir beaucoup de mal à trouver des clients avec son physique.

Seulement, c'était comme si elle se trouvait sur une autre planète. Malko connaissait la Saoudienne : s'il approchait la décoratrice, celle-ci était capable de lui arracher les yeux et le reste. Elle n'était pas partageuse. Non par jalousie, mais par orgueil.

Il but encore une vodka, glissa près de Gamra entourée d'un cercle d'admirateurs, effleurant discrètement sa croupe. Elle se retourna aussitôt avec un sourire gourmand.

– Tu ne t'ennuies pas...

– Non, mais il y a un peu trop de monde autour de toi.

– Attends un peu...

Pendant quelques secondes il imagina cette somptueuse bombe sexuelle dans son armure dorée en train de lui faire l'offrande de sa bouche, sans qu'il puisse se servir de son corps.

Un beau fantasme.

Mais il fallait attendre trois ou quatre heures du matin. Et Gamra, avec le Champagne Taittinger qui coulait à flots, aurait peut-être oublié sa promesse. Il s'éclipsa discrètement, croisant des nouveaux arrivants.

Demain, il avait du travail.

L'histoire du voyage à Rome d'Alex l'obsédait.

La route montait autour de la colline, offrant une vue de plus en plus inouïe sur la baie de Beyrouth. La prison de Roumi était située sur la hauteur, dans une zone boisée, semée d'élégantes villas. Bel endroit. De leurs cellules, les détenus avaient une vue imprenable. Un vrai Club Med. Le colonel El Hassan regarda sa montre.

– Nous serons juste à l'heure, annonça-t-il. Ils l'ont déjà sorti de sa cellule.

– Vous pensez qu'il va coopérer ?

– Il a *déjà* coopéré, souligna l'officier libanais. Il se rend compte qu'il a fait une énorme connerie. Il pouvait se réfugier à Chypre, et, de là, en Israël, mais il a préféré rester.

– Pourquoi, lui, un sunnite, a-t-il travaillé avec les Israéliens ?

– Par appât du gain, et aussi parce qu'il hait les Chiites. Donc, le Hezbollah. Cela remonte aux « événements ». Les *morabitoun* brûlaient vif les Chiites qu'ils attrapaient. Ils brisaient le crâne des bébés contre les murs et éventraient les femmes enceintes.

La guerre en dentelles.

Ils étaient arrivés. Des bâtiments en pierre sombre, en espalier, défendus par un portail métallique massif. Les battants s'écartèrent et ils stoppèrent dans la cour centrale de la prison. Le directeur les attendait.

– Il est dans le parloir, annonça-t-il. Vous voulez prendre un café avant de le voir ?

– Non, merci, déclina Malko.

Il avait hâte de voir à quoi ressemblait le traître.

Le parloir était mal éclairé, par un néon blafard, meublé d'une table et de deux chaises. Il aperçut un homme vêtu d'une tenue verdâtre qui se leva vivement en les voyant. Le colonel Al Hassan lui jeta quelques mots en arabe et se tourna vers Malko.

– Je lui ai dit que vous apparteniez à la CIA et qu'il était autorisé à vous dire tout ce qu'il savait.

Il s'éclipsa et Malko s'assit en face du prisonnier qui le fixait avec curiosité. Il était amaigri, barbu, mais le regard vif. Sa tenue verdâtre ressemblait à un pyjama.

– Je voudrais vous poser quelques questions sur un point précis, expliqua Malko.

– Je suis à votre disposition, répondit Zyad Homsi.

– Le nom d'« Alex » vous dit quelque chose ?

– Alex. Oui, bien sûr. C'était mon officier « traitant » israélien.

– Décrivez-le-moi.

– Un homme d'une quarantaine d'années, l'allure sportive, les cheveux noirs courts, des traits réguliers. Rien de particulier. Nous parlions arabe et il était toujours très poli. Je crois qu'il mangeait casher, parce qu'il refusait d'aller dans certains restaurants.

– Vous étiez le seul qu'il « traitait » ?

– Je ne pense pas. Il gérait une grande partie du réseau libanais.

– Vous l'avez rencontré souvent ?

– Une dizaine de fois.

– Où ?

– En Allemagne et à Rome.

– Vous savez qu'il est mort ?

– Non.

Cela ne semblait pas le bouleverser. Il répondait mécaniquement, comme ceux qui ont déjà été beaucoup interrogés. Les Libanais avaient dû lui faire cracher tout ce qu'il savait et Malko se dit soudain que cette visite n'allait servir à rien.

C'est presque machinalement qu'il demanda :

– À Rome, où le rencontriez-vous ?

– Dans différents endroits. Il me laissait des messages anonymes signés « Alex » à la réception de mon hôtel.

– Quel hôtel ?

– Le Trinita Dei Monti. Un petit établissement de la via del Triton.

– Vous alliez toujours au même hôtel ?

– Oui, je pense qu'Alex y avait des amis. Que c'était un endroit sûr pour lui.

Il se tut et demanda :

– Vous avez une cigarette ?

Malko ne l'écoutait plus. Il venait, comme dans l'aéroport Ben Gourion, d'avoir une illumination.

CHAPITRE XIX

— Avez-vous déjà mentionné cet hôtel dans vos interrogatoires ? demanda Malko.

Zyad Homsi sembla surpris.

— Oui, je crois, cela n'a pas beaucoup d'importance, parce qu'Alex n'y descendait pas. Je ne sais pas où il habitait à Rome.

— Que vous demandait « Alex » ?

— Ils m'avaient engagé pour que je photographie avec une minicaméra dissimulée dans l'antenne de ma voiture garée sur la route de la Bekoa, toutes les voitures du Hezbollah qui allaient en Syrie. Ensuite, je transmettais par Internet.

— Comment avez-vous été pris ?

— Des voisins m'ont dénoncé. Ils avaient remarqué que ma voiture restait garée des heures au bord de la route. Ils m'ont dénoncé au Hezbollah. Et eux, aux FSI.

Il semblait à peine amer.

Malko avait hâte de vérifier quelque chose. Il se leva et tendit la main au prisonnier.

— Merci, je reviendrai peut-être vous voir.

Le colonel Wissam Al Hassan l'attendait en

grignotant des biscuits au miel et en fumant un
narguilhé dans le bureau du directeur de la prison.

– Alors ? demanda-t-il. C'était intéressant ?

– Je ne sais pas encore, avoua Malko. Il faut que
je vérifie certaines choses.

L'officier libanais ne dissimulait pas son scepti-
cisme.

– Ce type ne peut rien vous apprendre sur le Hezbollah. Il les déteste. Il n'est pas très malin. On l'a
tellement interrogé, que s'il savait quelque chose, il
l'aurait craché. C'était un réseau à lui tout seul. Les
Israéliens ont des tas de petites cellules isolées. C'est
très difficile de les dénicher. Il n'y a pas de réseau
organisé.

Pendant qu'ils descendaient les lacets de la colline, Malko se dit qu'il avait quand même un fil très
mince à tirer.

– Vous êtes en bons termes avec le Sismi[1] ?
demanda Malko dès qu'il fut seul avec Ray Syracuse.

Le chef de Station lui jeta un regard étonné.

– Oui, je pense. Pourquoi ?

– J'ai besoin de connaître la liste des Libanais qui
sont descendus dans un certain hôtel de Rome, à une
période donnée.

» Je suppose qu'ils relèvent l'identité de tous les
étrangers.

– Oui, sûrement, confirma l'Américain. Il faut

_____

1. Service du Renseignement italien.

que j'appelle la Station de Rome. Il est grand votre hôtel ?

– Non. Une trentaine de chambres.

– Cela devrait être faisable.

– C'est le Trinita Dei Monti, via del Tritone, précisa Malko. La période qui m'intéresse, va du 30 mars au 4 avril.

– Seulement les Libanais ?

– Non, tous les gens du Moyen-Orient. Y compris les Israéliens.

Même s'il y avait une chance sur un milliard pour qu'un agent israélien descende dans le même hôtel que ses sources...

– Vous pouvez me dire *pourquoi* ? demanda Ray Syracuse.

Malko lui expliqua son raisonnement.

– *Well*, c'est un «long shot», laissa tomber le chef de Station, mais ce n'est pas idiot. Cela va prendre deux ou trois jours.

– Demandez aux gens de la Station d'accompagner leurs collègues du Sismi.

– À propos, enchaîna Ray Syracuse, le général Rifi vous attend à son bureau des FSI aujourd'hui, à trois heures. Il m'a dit que c'était important.

La menace du Hezbollah contre Malko s'étant éloignée, Ray Syracuse avait mis à sa disposition une simple Mercedes en plaques libanaises, même pas blindée. Malko n'avait pas recontacté les gens du Hezbollah, et encore moins les Iraniens.

Inutile, tant qu'il ne serait pas fixé.

S'ils avaient été manipulés par les Israéliens, il serait toujours temps de le leur dire.

En attendant, la Maison Blanche suivait Malko à la trace, à travers les messages inquiets de John Mulligan, le *Security Special Addvisor*, lui-même tanné par le président Obama qui voulait à tout prix qu'on lui donne les éléments lui permettant de riposter à l'attaque contre la Maison Blanche, en ne se trompant pas d'adversaires.

À tout hasard, le Pentagone planchait sur une expédition punitive aérienne contre l'Iran, menée par des F.22 « Raptor » et des bombardiers furtifs B.2.

Seulement avant d'aplatir les Iraniens sous les bombes, il fallait être certain de leur culpabilité…

Le général Rifi était toujours aussi élégant dans son uniforme bleu pétrole et toujours aussi accueillant. Il reçut Malko dans la grande salle de conférence du deuxième étage des FSI. Une autre personne était déjà là : le colonel Wissam Al Hassan, patron du *Maaloumat*, la branche C.E. des FSI. Que Malko avait déjà rencontré en compagnie du responsable de la Sécurité militaire Edmond Fadel.

– Le colonel Al Hassan m'a parlé de votre dernière conversation, annonça le patron des FSI après les salamalecs d'usage. Il m'a demandé conseil.

– Sur quoi ?

– Nous détenons une information totalement confidentielle sur les réseaux israéliens, grâce à la

Sécurité Militaire qui travaille beaucoup dans le sud, à travers les réseaux de l'ASL.

» La Sécurité Militaire avait repéré un habitant du village de Marjeloun, dans le sud, soupçonné de collaboration avec les Israéliens. Younes Hayimeh, un gars producteur de tabac qui vendait une partie de la récolte aux Israéliens. Ils l'ont « tamponné » de cette façon. Il s'est fait prendre d'une façon stupide : il allait pique-niquer dans la zone frontière, et, de là, grâce à un miniradio, envoyait des messages à son « traitant » israélien. Un jour, on l'a intercepté à son retour, et on a découvert son matériel radio.

– Où se trouve-t-il maintenant ?

– Ici, au secret absolu. Depuis bientôt trois mois. Il nous a appris beaucoup de choses.

– Les Israéliens savent qu'il a été arrêté ?

– Non. Nous avons passé un deal avec lui. Pour éviter que sa maîtresse ne soit arrêtée, il a accepté de coopérer. Il continue à communiquer avec son « traitant », sous notre contrôle.

– En quoi peut-il m'intéresser.

– Cette maîtresse, Hanadi Jbail, est aussi originaire de Marjeloun. Elle est venue vivre à Beyrouth où elle est décoratrice. Très belle femme dont Younes Hayimeh est follement amoureux.

– Vous savez pourquoi cette femme a accepté de travailler pour les Israéliens ?

– Pas vraiment. Younes Hayimeh prétend qu'elle a toujours aimé les Israéliens, mais nous pensons qu'elle a accepté parce qu'il l'a beaucoup aidée pour son installation à Beyrouth. Elle n'avait pas d'argent et il lui a loué un appartement, puis lui a présenté beaucoup de gens.

» Il nous a avoué lui avoir confié, sur instruction des Israéliens, un portable crypté qui lui sert à communiquer avec des numéros relais en Jordanie ou à Chypre.

» Nous connaissons désormais ces numéros, mais nous ignorons le contenu des messages, car ils sont cryptés. Grâce au logiciel utilisé pour l'affaire Hariri, nous savons que ce portable n'est utilisé *que* pour ces numéros.

– Cette femme ne se doute de rien ?

Le colonel Al Hassan eut un sourire rusé.

– Nous avons fait une petite manip. Notre ami Younes Hayimeh a prétendu qu'il était obligé d'aller en Irak pour affaires. Il lui donne des nouvelles régulièrement, sous notre contrôle.

Malko demeura silencieux. Il préférait ne pas savoir comment le *Maaloumat* avait convaincu le traître de trahir sa maîtresse.

Pendant que le colonel versait du thé, il demanda :

– Cette Hanadi ne serait pas une jeune femme très sexy, avec des yeux bleus, mesurant près de 1m80 ?

– Si. Comment le savez-vous ?

– Je l'ai rencontrée.

Il lui expliqua sa visite chez la princesse saoudienne et sa rencontre fortuite avec Hanadi Jbail, décoratrice de la princesse. Les deux hommes tombaient des nues.

– Elle se débrouille bien ! soupira le colonel Al Hassan. Je me demande vraiment *pourquoi* elle travaille pour les Israéliens.

Le général Rifi hocha la tête.

– Je pense qu'elle a été embarquée par Younes Hayimeh qui lui a rendu beaucoup de services et que, maintenant, elle ne sait plus comment s'en sortir. Pensant que, si elle cesse de coopérer, les Israéliens vont la balancer...

– OK, conclut Malko, en quoi cette femme peut-elle m'aider ?

– On ne le sait pas. Mais elle est chiite et connaît beaucoup de monde au Hezbollah.

– Merci, conclut Malko, mais pour l'instant je ne vois pas comment je peux l'utiliser.

» J'ai une autre piste en suspens dont je vous parlerai plus tard.

Il ressortit des FSI, un peu déçu. Ne voyant pas en quoi cette « taupe » israélienne pouvait l'aider à trouver le traître du Hezbollah.

Désormais, il fallait attendre la réponse de Rome. Si elle venait.

Hanadi Jbail venait de prendre son bain et, drapée dans un peignoir en éponge jaune, se maquillait. À près de quarante ans elle était encore extrêmement appétissante et la plupart de ses clients masculins cherchaient à la mettre dans leur lit. Ce qui la laissait de marbre. Maintenant qu'elle était indépendante financièrement, elle voulait choisir les hommes qu'*elle* mettrait dans son lit. C'était une femme très sensuelle, mais qui se contrôlait parfaitement. Elle pouvait rester des mois sans faire l'amour, se satisfaisant de quelques petites joies solitaires.

Finalement, l'éloignement de son amant Younes l'arrangeait : elle n'avait jamais été amoureuse de lui, lui prêtant son corps pour le remercier de tout ce qu'il avait fait pour elle.

Si Younes ne revenait pas d'Irak, c'était parfait. Il lui restait un fil à la patte : ses liens avec Israël. Un cadeau empoisonné de Younes dont elle ne savait pas comment se débarrasser.

Au début, le métier d'espionne l'avait amusée, mais désormais, elle avait peur, sachant le sort désagréable que les Libanais réservaient aux espions israéliens.

Au moment où elle achevait de dessiner ses lèvres avec soin, son portable « noir » couina. Un message de son « traitant » qu'elle ne connaissait que sous le pseudo d'Alex. L'écran affichait une suite de lettres incompréhensible.

Hanadi Jbail alla chercher dans sa trousse de toilette un logiciel miniaturisé et le brancha sur le portable. Aussitôt, le texte décrypté s'afficha sur son écran.

On lui demandait de « tamponner » un certain Malko Linge, demeurant à l'hôtel Four Seasons de Beyrouth, chambre 1444, afin de connaître ses activités.

Le message s'effaça automatiquement et elle fixa longtemps l'écran noir. Parfois, elle avait envie d'aller trouver la Sûreté Générale et de tout avouer, quitte à se retrouver en prison. Puis, elle avait peur. Quand elle aurait terminé avec la police officielle, il resterait le Hezbollah. Dans son village natal, Marjayoun, il était tout puissant et risquait de lui faire payer cher sa trahison. Alors, elle continuait à courir comme un canard sans tête…

Elle se demanda comment elle allait « tamponner » sa cible.

Le « Four Seasons » se trouvant à côté de l'immeuble où demeurait sa cliente saoudienne, elle devrait pouvoir y arriver sans trop de mal.

Peu d'hommes résistaient à son sex-appeal.

Après avoir fini de se maquiller, elle enfila un string noir et se glissa avec peine dans le fourreau de cuir noir qui mettait si bien en valeur sa magnifique croupe et ses jambes interminables.

Elle se dit en riant intérieurement qu'il lui suffirait d'aller prendre un verre seule au Four Seasons pour que son « client » vienne, de lui-même, se jeter dans ses filets.

Ensuite, il n'y aurait plus qu'à demander des instructions à « Alex ».

**

En dépit du soleil magnifique qui avait inondé Beyrouth depuis deux jours, Malko comptait les heures. Aucune nouvelle de Rome. Il repensa à la « taupe » israélienne, Hanadi Jbail. Grâce à la Saoudienne, il pourrait peut-être la rencontrer.

Il appela la princesse saoudienne et tomba sur le répondeur.

Elle le rappela une heure plus tard.

– Tu n'es pas revenu l'autre soir, reprocha-t-elle. Tu as eu tort. Je me trouvais très belle dans cette robe.

– Tu la remettras, assura Malko philosophe. À propos, j'ai remarqué l'autre soir chez toi une très belle créature. Il paraît que c'est ta décoratrice.

Il y eut un blanc puis la Saoudienne explosa.

– Chien ! Tu as envie de baiser cette salope de Hanadi ! Et tu me demandes à *moi*, de t'aider !

– Je ne lui ai même pas parlé, affirma Malko, battant en retraite, simplement trouvé très spectaculaire. À propos, comment sais-tu que c'est une salope ?

– Nous nous sommes très bien entendues et elle est devenue une amie.

Autrement dit Gamra avait goûté à sa décoratrice. La connaissant, Malko n'était pas étonné.

Quant à sa jalousie, elle qui consommait des hommes comme on respire, c'était amusant. D'ailleurs, elle s'était calmée aussi vite qu'elle avait explosé. Et, peut-être avait-elle une idée derrière la tête lorsqu'elle proposa à Malko d'une voix adoucie :

– Elle vient prendre un verre demain vers sept heures, si tu veux…

Cela meublerait son inaction. Quelques instants plus tard, son portable sonna.

C'était Ray Syracuse.

– J'ai des nouvelles de Rome, annonça le chef de Station.

CHAPITRE XX

– Voilà la liste des Libanais qui ont séjourné à l'hôtel Trinita Dei Monti, dans la période indiquée, annonça Ray Syracuse. Il n'y en a que trois.

Malko regarda la courte liste. Un couple. Ibrahim et Laura Najjar de Tripoli. Un homme seul, Abdel Wahab, de Chtaura. Les photocopies des trois passeports étaient jointes au rapport.

Déçu, Malko prit les documents.

– Je vais les soumettre aux FSI, annonça Ray Syracuse. Mais je pense que votre piste est une impasse.

Ray Syracuse arborait une tête d'enterrement. Il lança à Malko un coup d'œil découragé.

– J'espère que vous irez *vous-même* expliquer à John Mulligan que vous n'avez rien trouvé. Le chef de Station, qui expliquera à la Maison Blanche qu'on est incapable de découvrir les responsables de l'attaque du 15 mars, risque de se retrouver en Mongolie extérieure.

– J'irai moi-même, promit Malko.

Découragé lui aussi. Il était toujours persuadé de

la culpabilité des Israéliens, mais incapable de réunir les preuves les incriminant.

– En attendant, dit-il, je vais voir le colonel Al Hassan.

Pour se changer les idées, il avait été prendre un verre au Phoenicia, toujours grouillant comme une ruche. Les putes étaient moins nombreuses, mais l'ambiance toujours sympa. Il se demanda si les Israéliens le faisaient toujours surveiller. Avec tous les réseaux dont ils disposaient au Liban, cela ne devait pas être difficile…

Il pensa soudain à Mourad Trabulsi. Le général libanais ignorait en principe sa présence à Beyrouth. Or, il avait toujours été de bon conseil. Il l'appela et le général libanais se montra toujours aussi chaleureux.

– Mon cher ami ! lança-t-il. Quelle joie de vous revoir à Beyrouth ! Où êtes-vous ?

Le général Trabulsi éclata de son gros rire heureux.

– À mon « bureau ». Au club de la Corniche. Vous venez prendre un café ?

– Avec plaisir.

Le Libanais l'attendait à l'entrée du club et ils s'étreignirent comme de vieux amis.

– J'ai une surprise pour vous, pouffa Mourad Trabulsi. Venez.

Malko le suivit dans l'immense salon aux baies vitrées. Jusqu'à un canapé où il aperçut des cheveux noirs comme le geai. Une femme y était installée, les jambes croisées très haut sur des bas noirs. Avant même qu'elle ne se retourne il sut de qui il s'agissait. Sybil Murr, la pulpeuse épouse d'un général de l'Armée libanaise avec qui Malko avait déjà passé quelques brûlants moments. Elle découvrit des dents de fauve dans un sourire sensuel et lui tendit sa main à baiser comme s'ils ne se connaissaient pas.

– Quelle surprise ! minauda-t-elle. Mourad m'avait annoncé un mystérieux ami.

Elle était toujours aussi sexy. Et allumeuse. Malko prit place en face d'elle, de façon à voir ses jambes qu'elle offrait complaisamment au regard. Leurs regards se croisèrent brièvement, puis, au troisième café, elle soupira.

– Il faut que je rentre.

Malko, tandis qu'elle se mettait debout, ne put s'empêcher de demander :

– Vous n'avez pas changé de portable ?

Elle lui jeta un regard furibond.

– Comment connaissez-vous mon portable…

Malko ne répondit pas : officiellement, il n'y avait entre eux que des relations mondaines. Dès qu'elle fut partie, il demanda à Mourad Trabulsi :

– Connaissez-vous une décoratrice qui s'appelle Hanadi Jbail ?

Le Libanais éclata de son fou rire habituel.

– Mon cher ami, je vois que vous connaissez toujours aussi bien Beyrouth. C'est une des nouvelles coqueluches de la ville.

– Une décoratrice ?

– Exact. Elle est en train de réduire au chômage les décorateurs masculins ou homosexuels. Grâce à elle, les hommes s'intéressent à la décoration. On ne dirait jamais qu'elle vient d'un village pourri du sud Liban.

– Comment a-t-elle réussi ?

– Elle avait un amant, gros marchand de tabac et très bel homme. Lui aussi de Marjayoun. Il l'a sponsorisée et présentée à tout le monde. Comme elle a du goût, elle a commencé à gagner beaucoup d'argent. Où l'avez-vous rencontrée ?

– Chez la princesse Gamra.

Nouveau fou rire de Mourad Trabulsi.

– On dit qu'elles se sont très bien entendues, pendant la décoration. C'est le genre de femme qu'elle aime...

Décidément, la Saoudienne avait une réputation toujours aussi sulfureuse...

– Vous ne savez rien de plus sur elle ? insista Malko. Mourad Trabulsi fit la moue.

– Non c'est une Chiite maligne qui se moque de la religion. Ce n'est pas elle qui portera le niqab. Elle a sûrement des amants, mais on ne les connaît pas. À part celui de Marjeloun qui ne sembla plus être dans le circuit. Elle va sûrement se faire enlever par un Saoudien. Moi, je ne l'ai pas vue de près, mais il paraît qu'elle est superbe.

– Elle a beaucoup de classe, confirma Malko.

De toute évidence, Mourad Trabulsi, pourtant bien renseigné, ignorait les liens de Hanadi Jbail avec Israël. Il prit congé du général libanais pour aller retrouver le colonel Al Hassan avec qui il avait pris rendez-vous.

*_**

— Nous avons vérifié les trois noms que nous a communiqués Ray, annonça l'officier du *Maalou-mat*. Le couple habite effectivement Beyrouth et nous a confirmé leur voyage à Rome. Nous ne leur avons pas dit pourquoi on s'intéressait à eux.

» Le troisième individu, Abdel Wahab est bien de Chtaura.

Malko le coupa.

— Donc, c'est un coup d'épée dans l'eau.

Le colonel Al Hassan esquissa un sourire.

— Il y a quand même un petit problème. Abdel Wahab est mort il y a trois ans. Nous avons vérifié et même trouvé sa tombe. Sa famille est évidemment tombée des nues. Ce sont des Chiites qui ne se mêlent pas de politique.

Instantanément Malko reprit espoir.

— Vous voulez dire que quelqu'un a utilisé le passeport d'un mort pour effectuer ce voyage à Rome ?

— Exactement.

Malko tenta de ne pas s'emballer. Cela pouvait n'avoir aucun rapport avec ce qu'il cherchait. Beaucoup de Libanais voyageaient avec de faux papiers. Mais c'était quand même une sacrée coïncidence…

— Vous avez un moyen de savoir *qui* a usurpé ce passeport ?

L'officier des FSI secoua la tête.

— À ce stade, non. Il n'a pas été photographié par les Italiens, ni ici, à l'Immigration. Il n'y avait aucune raison de le faire.

— Quand ce passeport a-t-il été émis ?

– Il y a six ans, mais renouvelé il y a deux ans, alors que son légitime propriétaire était déjà mort et enterré.

– Donc, par celui qui l'utilise.

– Il y a de fortes chances…

Malko pensa soudain à quelque chose.

– Je suppose que, dans ce cas, il remplit une demande et qu'il reste dans les archives une photo du demandeur.

Le colonel Al Hassan approuva de la tête.

– Absolument. Nous avons demandé à la mairie de Chtaura de nous faire parvenir ce document. Nous l'aurons demain.

Malko essaya de contenir sa joie. Même s'il s'agissait d'un traître à la solde des Israéliens, même si c'était un membre du Hezbollah, cela ne signifiait pas qu'il s'agissait de celui qui avait été manipulé par « Alex » pour lancer l'attaque contre la Maison Blanche.

– J'ai autre chose, enchaîna le colonel du *Maaloumat*. Nous surveillons le portable de Hanadi Jbail. Il est très rarement activé et c'est ce qui nous avait permis de le repérer. Il a reçu un message hier, en provenance de Jordanie, que nous n'avons malheureusement pas pu décrypter. Mais cela a une signification.

– Laquelle ?

– Cette femme est un agent « dormant ». Il semble qu'on l'ait activée. J'espère que ce n'est pas lié à votre présence à Beyrouth…

Malko sentit quand même un picotement désagréable dans la colonne vertébrale.

– Vous considérez cette femme comme dangereuse ?

– Non, affirma l'officier libanais. Nous avons
passé son appartement au peigne fin durant une de
ses absences, elle ne possède aucune arme.

Malko ne lui dit pas que le poison était *aussi* une
arme et ne se décelait pas aussi facilement qu'une
arme de poing.

– Je reviens vous voir demain matin, conclut-il.

– Pas avant dix heures, corrigea le Libanais, je
n'aurai pas le document.

Malko se dit qu'il allait avoir du mal à dormir. En
sortant du bâtiment des FSI, il en avait le tournis. Il
lui restait deux heures avant son rendez-vous chez la
princesse Gamla et il décida de repasser par le « Four
Seasons ». Tant qu'il n'aurait pas quelque chose de
concret, il n'avertirait pas Ray Syracuse. Ils avaient
déjà eu trop de déceptions.

***

À peine la porte ouverte par un maître d'hôtel en
tenue blanche, Malko aperçut, dépassant du divan où
il avait jadis basculé la princesse saoudienne, deux
jambes gainées de cuir noir qui semblaient ne jamais
finir.

Hanadi Jbail était arrivée.

La jeune femme portait la même tenue que lors de
la soirée où il l'avait vue pour la première fois. Une
sorte de justaucorps serré à la taille par une large
ceinture et son fourreau de cuir noir terminé par des
escarpins vertigineux. Son regard enveloppa Malko

rapidement, elle lui adressa un sourire carnassier et versa un peu de thé.

– Voilà mon amie Hanadi, lança Gamra. Tu la trouves toujours aussi belle…

Elle bétonnait. Hanadi Jbail jeta à Malko un regard ironique.

– Je ne savais pas que nous nous étions croisés. Je ne vous avais pas remarqué.

Les grands yeux bleus affichaient une innocence totale. Malko se dit instantanément que, espionne ou pas, il ferait tout pour la mettre dans son lit.

À quoi pouvait lui servir cette « taupe » israélienne ? Il repensa à la confidence du colonel Al Hassan. Le message la réactivant. Était-il vraiment concerné ? Il y avait un excellent moyen de le vérifier… Il écouta un moment la conversation des deux femmes, portant sur la décoration des chambres d'amis des 3 000 mètres carrés de l'appartement, regarda ostensiblement sa montre, puis annonça :

– J'ai un autre engagement. Quand pouvons-nous dîner tous les trois ?

La *Saoudienne* eut un sourire vipérin.

– Tu es sûr que tu ne préfères pas dîner seul avec Hanadi ?

Elle faisait vraiment tout ce qu'elle pouvait pour scier Malko. Pure méchanceté.

Hanadi Jbail eut un sourire plein d'indulgence.

– Ne vous disputez pas ! Je dois aller demain à un cocktail au *Mandaloum at sea*. Allons-y tous les trois. C'est vers six heures.

– Excellente idée, accepta aussitôt Malko. Nous nous retrouvons là-bas.

Il baisa toutes les mains qui se présentaient et prit congé sous le regard lourd de Gamra. Il était édifié. La belle Hanadi l'avait «tamponné». Très probablement pour le compte des Israéliens.

Dans quel but?

Si son enquête s'arrêtait brutalement demain matin, le porteur du passeport truqué n'étant pas identifiable, il lui resterait à faire la conquête de la pulpeuse décoratrice. Juste pour le plaisir.

Sinon, il aviserait. Ce pouvait ne pas être inutile d'avoir un contact avec les Israéliens, surtout s'ils ne s'en doutaient pas.

Une quinzaine de photos étaient étalées sur la table de conférence, grand format. Uniquement des visages, de plus ou moins bonne qualité.

Le colonel Al Hassan accueillit Malko avec un sourire neutre et lui désigna les photos.

— Voici les photos des principaux membres de la branche militaire du Hezbollah. Ceux qui voyagent et seraient susceptibles d'être l'homme que nous recherchons.

— Vous l'avez identifié?

— Voyez vous-même, répliqua l'officier en tendant à Malko un grandissement de la photo du passeport. Je ne veux pas vous influencer...

Malko prit la photo et entreprit de la comparer à celles qui étaient disposées sur la table. Beaucoup se ressemblaient, mais à la cinquième, il tomba sur des similitudes troublantes. La coiffure n'était pas la même, mais les deux visages, eux, étaient très similaires. Un front bas et plat, un nez aquilin important et une très grosse moustache bien taillée.

– Ces deux-ci se ressemblent beaucoup, avança-t-il.

Le colonel Al Hassan esquissa un sourire.

– Je vois que nous arrivons aux mêmes conclusions. Je pense qu'il n'y a pas de doute. Les mensurations aussi correspondent.

– Qui est-ce ?

– Il s'agit de Nawaf Al Indi, l'adjoint de Mustapha Shahabe.

L'homme qui gérait les « opérations extérieures » du Hezbollah, jusqu'à son assassinat, trois semaines plus tôt.

– Que fait-il maintenant ?

– Il est resté l'adjoint de Marwan Al Fadiq qui a succédé à Mustapha Shahabe.

Malko sentit son pouls s'envoler. Cette fois, il avait la sensation d'avoir accompli un pas de géant. Il venait de découvrir, presque à coup sûr, un espion israélien au sein du Hezbollah. Un homme insoupçonnable aux yeux des Chiites. Hélas, ce n'était pas forcément celui qu'il cherchait. Et surtout, il y avait une question cruciale.

Nawaf Al Indi, du vivant de Mustapha Shahabe, avait-il l'autorité pour transmettre des ordres au Hezbollah « extérieur » ? C'est-à-dire à la branche militaire implantée aux États-Unis. Celle qui avait revendiqué l'attentat contre la Maison blanche.

Il se retourna vers l'officier libanais.

– Colonel, pensez-vous que Nawaf Al Indi puisse être l'homme que je recherche ?

Le colonel Al Hassan inclina la tête affirmativement.

– Oui.

CHAPITRE XXI

Malko préféra ne pas exhiber sa satisfaction d'une façon trop explicite. Il ne voulait pas être trop optimiste. Cependant, l'avis du colonel du *Maaloumat* avait du poids. Il insista.

– Vous connaissez ma théorie. Qu'un responsable du Hezbollah, retourné par les Israéliens, a transmis au chef de la branche « américaine » l'ordre de commettre cet attentat contre Barack Obama. Est-ce possible, à vos yeux, que ce soit Nawaf Al Indi, alors que Mustapha Shahabe était en charge des relations avec la « branche extérieure » ?

Le colonel Al Hassan s'assit et se versa du café.

– C'est possible, concéda-t-il. Je sais comment fonctionne le Hezbollah. Ses chefs savent qu'ils sont tous ciblés par les Services israéliens qui frappent sans crier gare. Afin que leur capacité opérationnelle reste intacte, ils sont obligés de travailler souvent en « double commande ». Donc, je pense que Nawaf Al Indi, étant le « suppléant » de Mustapha Shahabe, possède les codes et les procédures permettant de donner des ordres.

– Mais ce Nassir Moussawi n'aurait pas été méfiant ? objecta Malko.

– Pas forcément. Nous ignorons comment ces instructions ont été transmises. Pour une affaire aussi importante, il y a sûrement eu une rencontre. Ni au Liban, ni aux États-Unis. Dans un pays « neutre ».

– Mustapha Shahabe n'aurait pas été au courant ?

– Pas forcément. Tout est très cloisonné. Une fois qu'il a reçu ses ordres, Nassir Moussawi, le responsable de la « branche américaine », si ses soupçons n'ont pas été éveillés par une anomalie, n'avait aucune raison de se poser des questions.

» D'autant que la motivation de l'attentat – venger Imad Mugniyeh – était tout à fait dans la ligne du parti.

L'hypothèse de Malko prenait enfin corps, mais il restait beaucoup de zones d'ombre.

– Que savez-vous de ce Nawaf Al Indi ? demanda-t-il au colonel du *Maaloumat*.

– Pas grand-chose, avoua le Libanais. Il n'est pas assez haut dans la hiérarchie du Hezbollah pour qu'on se soit occupé de lui, autrement que pour la routine.

– Y a-t-il un moyen de contrôle de ses déplacements à l'étranger ?

– Non. Tous les membres de la branche militaire du Hezbollah transitent par la Syrie lorsqu'ils voyagent à l'étranger. Nous ne contrôlons pas la frontière libano-syrienne. Ils passent sans laisser de trace par le réseau des routes militaires syriennes.

– Vous voyez une explication à son éventuelle trahison ?

– Les mêmes que celles qui ont motivé les autres
« traîtres ». Principalement l'argent.

– Que conseillez-vous ? insista Malko. C'est *votre*
pays. Vous le connaissez mieux que moi.

Le colonel Wissam Al Hassan demeura silencieux
quelques instants.

– C'est délicat, avoua-t-il. D'abord, en tant qu'officier de la *Maaloumat*, je suis dans l'obligation
d'apprendre à ma hiérarchie que je pense avoir
débusqué un espion israélien.

– Sans preuves ?

– Des soupçons sont suffisants pour le mettre
sous surveillance. Ce qui peut prendre beaucoup de
temps. Si le Hezbollah ne l'a pas démasqué, c'est
qu'il est très fort.

» Évidemment, nous avons la possibilité d'avertir le Hezbollah. En ce moment, nous sommes dans
une phase de « réchauffement » politique.

» Seulement, dans ce cas, nous perdrons le
contrôle de l'enquête et le Hezbollah ne nous dira
que ce qu'il veut. Y compris, s'ils prouvent sa
culpabilité.

– Ce n'est pas la meilleure solution, objecta Malko.
Des « aveux » obtenus par le Hezbollah n'auront
aucune valeur aux yeux des Américains.

– Je comprends.

– Pouvez-vous attendre quelques jours pour avertir votre hiérarchie ?

Wissam Al Hassan eut un mince sourire.

– Certainement. Puisque c'est *vous* qui nous per-
mettez de démasquer ce « traître ». Quoi d'autre ?

– Ses coordonnées. Où il habite, où il travaille, sa

voiture, tout ce qu'on peut savoir de son environnement.

— Je vais vous faire porter cela, promit l'officier
du *Maaloumat*. Cependant, je vous demande de vous
engager à ne rien tenter contre lui sans m'en avertir.

— Je m'y engage, promit Malko.

Il n'y avait plus qu'à tenir un conseil de guerre
avec Ray Syracuse et, éventuellement, Ted Boteler.

***

Ted Boteler, réveillé à l'aube par le coup de fil de
Malko, à cause du décalage horaire entre Beyrouth
et Washington, ne se tenait pas de joie.

— C'est une avancée formidable, lança-t-il à Malko.
Maintenant, il faut, coûte que coûte, mettre la main
sur ce Nawaf Al Indi. Et lui faire cracher la vérité.

Malko tempéra son enthousiasme.

— D'abord, cet homme bénéficie de la protection
du Hezbollah. Nous n'allons pas nous lancer dans un
combat de rues. Ensuite nous devons compter avec
les Libanais. Ils sont quand même chez eux.

Il sentit à la réaction de Ted Boteler que le directeur de la Division des Opérations trouvait cette
restriction peu justifiée.

C'est presque sèchement qu'il conclut :

— Démerdez-vous. Je veux ce type. Avant que les
Schlomos ne le liquident.

Après avoir raccroché, Ray Syracuse lança :

— Vous avez une idée ?

— Non, dut avouer Malko, mais, il va falloir en
trouver une. Quelque chose d'assez tordu pour

n'éveiller ni la méfiance des Israéliens, ni celle des Libanais.

Autant dire, la quadrature du cercle.

***

Isser Serfaty ouvrit, en retenant son souffle, l'enveloppe que venait de lui apporter un coursier du Aman. Les premières nouvelles de Malko Linge depuis son départ d'Israël. Le texte était court :

« La "cible" séjournait à l'hôtel Four Seasons et avait été tamponnée par un des agents du Aman, qui espérait en savoir bientôt plus. »

C'était mieux que rien, mais cela ne calma pas totalement l'angoisse d'Isser Serfaty. S'il avait pu, il aurait été lui-même loger deux balles dans la tête de cet homme qui lui faisait oublier son mal de dos.

Hélas, le Liban était « off limits » pour un Israélien.

***

Une bonne centaine d'invités se pressaient dans la grande salle du *Mandaloun at Sea*, dans un brouhaha assourdissant.

Le restaurant fêtait dignement le dixième anniversaire de son ouverture.

Les gens buvaient et parlaient à tue-tête et les femmes étaient toutes déguisées en arbres de Noël, comme souvent à Beyrouth.

Malko se lança courageusement dans la cohue et repéra très vite Hanadi Jbail qui dépassait la foule d'une demi-tête.

Il se fraya un chemin jusqu'à elle. La décoratrice lui tendit la main avec un sourire assez distant.

— Gamra n'est pas là ? demanda Malko, ne voyant que des hommes autour d'elle.

Hanadi Jbail secoua ses longs cheveux noirs.

— Non. Elle va finalement à une autre soirée. Vous pouvez aller me chercher un verre de champagne au bar ? Je meurs de soif.

Malko revint avec une coupe de Taittinger Comtes de Champagne Blanc de Blancs où la jeune femme trempa les lèvres avec des grâces de chatte. Autour d'eux, le bruit était presque insupportable. Un cercle d'admirateurs se pressaient autour de Hanadi Jbail comme des ours autour d'une ruche. Malko parvint à se rapprocher et lui glissa :

— Vous ne voulez pas échapper à cette cohue ?

— Vous avez une idée ?

— Oui. Le «Four Seasons». Il y a un excellent restaurant.

Elle fit semblant d'hésiter puis dit à mi-voix :

— OK. Allez-y, je vous rejoins. Je vais dire que j'ai un autre engagement…

Il obéit et cinq minutes plus tard, elle le rejoignit puis se laissa tomber dans la Mercedes avec un soupir épuisé.

— Je commençais à en avoir assez d'être debout, soupira-t-elle.

Comme Malko démarrait, elle lui jeta un coup d'œil en coin.

— Vous voulez qu'on rejoigne Gamra à sa soirée ? Je sais où c'est.

Malko lui expédia son sourire le plus séducteur.

– Je préfère, de loin, dîner en tête à tête avec vous. J'en ai assez du bruit.

Hanadi Jbail n'insista pas et alluma une cigarette tandis qu'il gagnait le centre. Depuis qu'il avait quitté Ray Syracuse, il avait échafaudé un plan d'action, mais tout dépendait de ce premier contact.

*
**

Nawaf Al Indi dînait chez lui avec sa femme et ses cinq enfants, en regardant d'un œil distrait Al Manar, la télévision du Hezbollah.

L'esprit ailleurs, sous le regard bovin de son épouse «bâchée».

Depuis qu'il trahissait au profit d'Israël, il n'était jamais complètement tranquille. L'opération «spéciale» réclamée par «Alex» l'avait sérieusement secoué. Jusqu'au jour où le seul homme qui aurait pu découvrir la vérité sur son rôle dans l'attentat de Washington avait été liquidé, il n'avait pratiquement pas fermé l'œil. S'attendant à chaque minute à voir débarquer les hommes de la Sécurité Interne du Hezbollah. Avec eux, il n'y avait que deux solutions : avouer très vite et prendre ensuite une balle dans la tête. Ou tenter de nier et subir des traitements qui auraient fait passer les tortures pratiquées par l'Inquisition, comme d'aimables jeux d'enfant.

Nawaf Al Indi avait une fois assisté ainsi à la punition d'un traître que l'on avait plongé vivant dans un bain d'acide, après lui avoir troué les deux genoux à la perceuse.

Ses oreilles avaient retenti longtemps de ses hurlements inhumains lorsque l'acide avait commencé à ronger sa chair.

Bien sûr, il avait désormais un million de dollars dans une banque de Singapour qui lui avait promis une gestion exemplaire de son patrimoine, mais, la peur aussi avait un prix.

Maintenant, les choses avaient repris un cours plus calme. Régulièrement il se rendait à Rome pour « débriefer » des agents du Hezbollah implantés en Libye et en profitait pour y rencontrer « Alex ».

Parfois, ce n'était pas l'homme qu'il avait connu lorsqu'il avait été tamponné et il avait compris que « Alex », c'était le nom générique de son « traitant », quel qu'il soit. Ce dont il se moquait éperdument.

Même aujourd'hui, il n'arrivait pas à comprendre comment il s'était fait recruter si facilement. Après tout, Israël c'était l'ennemi héréditaire…

Son nouveau statut de « taupe » avait au moins deux avantages. D'abord, il ne craignait plus de se faire liquider par les Israéliens qui avaient l'explosif facile.

Ensuite, son magot exotique s'arrondissait au fil des mois et il envisageait le jour où il pourrait s'éclipser, laissant au Liban toute sa famille, pour s'installer dans un endroit où il y aurait du soleil et des putes. Dont il pourrait profiter grâce à ses économies.

Évidemment, pour troubler ce tableau d'avenir idyllique, il y avait la possibilité d'être démasqué.

Au cas où il se sentirait en danger, il devait envoyer un message de détresse et « on » lui indiquerait une façon sûre de disparaître. Il se dit que, le vendredi suivant, il allait rendre visite à sa mère, demeurée dans son village natal du sud, Nabatiyeh.

S'il était, un jour, obligé de fuir, il n'était pas près de la revoir.

CHAPITRE XXII

Malko réalisa soudain qu'Hanadi Jbail arborait la même tenue que les deux fois où il l'avait déjà vue. Seul changement : le chemisier, sous le justaucorps de cuir noir était beige, comme les escarpins. Lorsqu'ils traversèrent la salle à manger du Four Seasons, la jeune femme fut suivie par les regards de tous les mâles présents, le cerveau liquéfié. Cette croupe gainée de cuir noir était un objet sexuel hallucinant.

Ils prirent place et il remarqua en souriant :

— Vous vous habillez toujours de la même façon ?

Hanadi Jbail éclata de rire.

— Je suis très pudique. Mon éducation chiite. Je n'aime pas montrer mes jambes. Cela vous déplaît ? Un jour, si nous nous revoyons, je mettrai une robe, pour vous faire plaisir.

Admirable hypocrisie. Étant donné sa silhouette, cette tenue était mille fois plus provocante que n'importe quelle robe.

Le maître d'hôtel, à la demande de Malko, apporta une bouteille de Taittinger Comtes de Champagne Blanc de Blancs dans un seau à glace.

À peine sa coupe fut-elle pleine qu'Hanadi y trempa les lèvres.

– J'adore le champagne…

Malko n'arrivait pas à « sentir » la jeune femme. Elle semblait détendue, curieuse, ouverte, mais ce n'était qu'une apparence. La langouste et les salades passèrent rapidement. Hanadi avait défait les deux courroies de cuir de son justaucorps, dévoilant le chemisier gonflé par sa magnifique poitrine. Son regard était extraordinairement intelligent et vif.

Une bombe.

Le dîner passa très vite. Malko retardait le moment fatal, où il allait planter ses banderilles, profitant de la présence de cette superbe créature. Elle prit soudain son portable dans son sac, et répondit.

– C'était Gamra, dit-elle. Elle est au Grey's et nous propose de la rejoindre.

– Pourquoi pas ! accepta Malko, mais avant, je voulais m'entretenir avec vous d'une chose importante.

Une lueur de surprise passa dans les yeux bleus d'Hanadi Jbail.

– Importante ! Mais nous ne nous connaissons pas…

Malko soutint son regard.

– *Moi*, je vous connais un peu, corrigea-t-il. Je vous ai même rendu un grand service récemment. À votre insu.

Hanadi Jbail s'était raidie d'un coup comme si on avait injecté de l'acide sous sa peau.

– Que voulez-vous dire ?

Sa voix avait claqué comme un fouet.

C'était la minute de vérité. Malko allait jouer à quitte ou double. Si sa manip échouait, il était très mal.

– En ce moment, dit-il d'une voix égale, vous devriez dormir à la prison de Roumi. Ou vous trouver dans le sous-sol du QG des FSI.

– Pourquoi ? croassa-t-elle.

– Parce que vous êtes un agent « sioniste » comme on dit ici, expliqua-t-il. Vous avez été démasquée à cause du portable codé que vous utilisez pour communiquer avec votre « traitant ». Qui vous a d'ailleurs envoyé il y a quarante-huit heures un message.

Les yeux de Hanadi Jbail ressemblaient désormais à deux morceaux de cobalt. Ses lèvres pulpeuses s'étaient rétractées et on la sentait prête à bondir comme un fauve.

– Ce sont des fantasmes ! lança-t-elle à mi-voix. Qui êtes-vous ? Qui vous a raconté cela ?

– Le colonel Wissam Al Hassan qui dirige le *Maaloumat*. Votre arrestation était programmée pour ces jours-ci. Je suis un agent de la CIA à qui nos homologues des FSI ont communiqué cette information.

» Comme nous avons une opération en cours où nous pourrions vous utiliser, nous leur avons demandé de surseoir à cette arrestation.

Hanadi Jbail demeura silencieuse puis tendit la main vers sa coupe. Vide. Malko s'empressa de la remplir. Lorsque les bulles eurent disparu, la Libanaise avait repris son sang-froid. C'était une dure.

– Pourquoi auriez-vous besoin de moi ? demanda-t-elle, avec une pointe d'ironie forcée.

– Pour nous aider à coincer un *autre* agent israélien, qui, à nos yeux est beaucoup plus important que vous.

Hanadi Jbail tenta un baroud d'honneur. Elle referma son justaucorps, puis esquissa le geste de se lever.

– Tout ça ne tient pas debout ! lança-t-elle, d'une voix raffermie. Je vais rentrer.

Malko lui prit le poignet et la força à se rasseoir.

– Hanadi, fit-il vous êtes trop intelligente pour ne pas savoir que je vous dis la vérité. Bien sûr, vous pouvez tenter de quitter le Liban, mais vous n'y arriverez pas. Vous êtes surveillée en permanence. Les Libanais ne veulent pas vous laisser échapper. Vous êtes une trop belle prise. Or, vous connaissez la loi ici : on peut vous garder en prison indéfiniment, sans jugement. Comme les quatre généraux de l'affaire Hariri qui sont restés quatre ans dans les sous-sols du ministère de la Défense.

C'était le système de la garde à vue illimitée.

Hanadi Jbail se leva, le visage fermé et Malko planta sa dernière banderille.

– Si vous acceptez de coopérer, vous ne ferez pas un jour de prison et nous vous offrirons une protection efficace. De façon à échapper aux Libanais et aux Israéliens…

» Voilà, réfléchissez. On en reparle à la fin de la soirée.

***

L'ambiance du Grey's était toujours aussi survol-
tée. Il fallait hurler pour se parler, mais personne
n'avait envie de parler. Les clients étaient trop occupés à boire, à manger et à flirter. Malko n'avait pas
la plus mauvaise place, entre Hanadi Jbail et la princesse Gamra, absolument éblouissante dans une robe
de soie rouge découvrant la plus grande partie de
sa poitrine, ornée d'assez de diamants pour recons-
truire Haïti. Il y avait également d'autres très jolies
femmes à la table, couvées par des moustachus
grassouillets et prolixes.

Gamra se pencha à l'oreille de Malko.

— Alors, elle te plaît, ma copine…

La Chiite se tenait très droite, le regard fixé sur la
chanteuse, mais sa cuisse gainée de cuir collée à
celle de Malko. Étant donné l'étroitesse de la banquette, impossible de savoir si c'était un signal ou
une obligation.

— Tu es plus belle qu'elle ! affirma Malko avec
diplomatie, mais elle a beaucoup de charme.

Gamra eut un ricanement à la limite de la gros-
sièreté et pouffa.

— Tu aimerais bien lui percer le cul, non ? Si ce
n'est pas déjà fait…

— Non.

— Eh bien, on va voir avec qui tu repars tout à
l'heure.

Le problème fut réglé assez vite. Hanadi échangea quelques mots en arabe avec la Saoudienne et
dit à Malko :

— Je vais rentrer. Je n'aime pas ce genre d'endroit.

Puisque vous savez tout de moi, appelez-moi demain…

– Je n'ai pas votre portable.

Elle plongea la main dans son sac et lui tendit une carte professionnelle.

– Il est là.

Elle arriva à s'extraire de la banquette et fila vers la sortie. Malko n'était qu'à demi rassuré : bien qu'elle soit surveillée par le *Maaloumat*, elle pouvait très bien disparaître, et dans ce cas, il n'y avait pas de Plan B. Si elle envoyait un SOS à son « traitant », les Israéliens mettraient tout en œuvre pour la sauver.

La musique était endiablée. Gamra se mit soudain debout sur la banquette puis sur la table et se mit à virevolter comme une danseuse orientale, envoyant des pans de soie rouge dans tous les sens.

Lorsqu'elle retomba, sa bouche se colla à l'oreille de Malko.

– Emmène-moi ! J'en ai assez d'être ici.

Hanadi Jbail avait pris un taxi pour rentrer chez elle. Les rues défilaient sans qu'elle les voie. Sonnée comme si on lui avait annoncé qu'elle avait un cancer en phase terminale. Elle avait assez d'expérience de la vie pour savoir que l'agent de la CIA Malko Linge lui avait dit la vérité. Même s'il n'y avait eu aucun signe avant-coureur. En Israël, elle avait suivi des cours de contre-espionnage et savait comment on procédait. Le fait que Malko Linge ait mentionné son portable codé prouvait qu'il disait la vérité.

Lorsqu'elle se retrouva chez elle, son cerveau était toujours gelé. Incapable de prendre une décision. Elle se jeta sous une douche, puis s'allongea.

La solution la plus simple était évidemment de filer ; tout de suite. Elle avait un signal de détresse à envoyer et la machine se mettrait en branle. Les Israéliens étaient très forts et arriveraient peut-être à la sortir de là. Mais après ? Vivre avec des tueurs à ses trousses et, surtout, vivre en Israël, c'était terrifiant.

Finalement, elle décida de laisser faire le destin, avala deux Valium 50 et essaya de trouver le sommeil.

*
* *

À peine Gamra et Malko furent-ils entrés dans le hall immense de l'appartement de la Saoudienne, que deux petites Philippines surgies de nulle part se précipitèrent sur Gamra. La princesse saoudienne leur abandonna son vison et leur jeta quelques mots.

— Va t'installer dans le salon ! dit-elle à Malko. Je vais te faire une surprise.

Elle disparut avec une des Philippines et l'autre se précipita vers le bar pour servir Malko.

Il était deux heures du matin, mais elles trouvaient tout à fait naturel d'être à la disposition de leur maîtresse.

La Philippine apporta à Malko, des glaçons, une bouteille de *Russki Standart*, avant de s'éclipser.

Il avait du mal à se concentrer sur la surprise que lui réservait Gamra. En ce moment, Hanadi Jbail était peut-être en train de filer vers Israël… Mais c'était *sa* stratégie… Il entendit un bruit de hauts talons dans le couloir et tourna la tête. Gamra venait de s'encadrer dans la porte du salon. Madame Goldfinger ! Elle avait remis le long fourreau doré qui semblait peint sur elle. S'avançant jusqu'au canapé où se trouvait Malko elle lui adressa un sourire sensuel et ironique.

– Cette robe m'a coûté 20 000 dollars ! Je ne veux pas que tu l'abîmes. Alors, il va falloir te contenter de ce que je veux bien te donner.

Elle s'assit à côté de lui. Tout ce qu'il apercevait de son corps épanoui, c'était les deux globes blancs de ses seins.

– Je te plais ? demanda-t-elle, mutine.

Malko croisa son regard.

– Beaucoup ! reconnut-il. On dirait le Veau d'Or.

Décidément, Gamra était une spécialiste du « teasing ». elle lui avait déjà fait le coup, six mois plus tôt, avec un pantalon de cuir impossible à enlever. Certes, il aurait pu lui arracher sa cuirasse d'or, mais elle aurait été trop contente. C'était sûrement ce qu'elle espérait.

Le regard de la *Saoudienne* vira instantanément à l'orage.

– Tu me traites de veau ! Tu n'es qu'un chien !

Cela devenait un récital animalier. Malko sourit.

– C'est une expression, tu es belle *et* riche.

Il voyait ses seins se soulever sous la carapace d'or et, brutalement, son agacement fit place à un désir violent. Enfonçant ses doigts dans la chair blanche des seins, il se mit à les malaxer méchamment.

– Arrête, tu me fais mal ! hurla Gamra.

Il se leva, prit sa main droite et la baisa.

– Je te souhaite bonne nuit, dit-il. Ces jeux ne sont plus de mon âge…

Elle le rattrapa avant la porte et se colla à lui.

– J'ai envie de jouer ! protesta-t-elle. Tu sais, je n'ai rien sous cette robe. Cela m'excite de savoir que tu as envie de moi.

Malko la regarda froidement.

– Alors, fais-moi bander.

Elle affronta son regard quelques fractions de seconde, puis se laissa glisser à genoux devant lui et écarta ce qui la gênait pour attraper son sexe. Malko jeta un coup d'œil dans le grand miroir. Le spectacle de cette statue d'or avalant furieusement son sexe avait quelque chose de prodigieusement érotique.

Il saisit la nuque de Gamra pour la forcer à engloutir encore plus le mât de chair. Elle grogna mais se laissa faire. Désormais, c'est lui qui guidait son propre plaisir. Il le sentit monter.

Brutalement, il arracha son membre prêt à exploser et le posa entre les seins blancs.

C'est là qu'il se vida, avec un cri sauvage.

La tête rejetée en arrière, Gamra ressemblait à une madone crucifiée. Lorsqu'elle eut repris son souffle, elle murmura :

– Maintenant, tu vas me baiser. J'appelle la petite qu'elle enlève la robe.

Malko était déjà rajusté.

– Une autre fois ! promit-il gentiment, comme la

Philippine surgissait, trouvant sa patronne age-
nouillée sur la moquette dans une position qui ne
laissait aucun doute sur ce qu'elle venait de faire.

La porte claqua sur un glapissement en arabe
et Malko appuya sur le bouton de l'ascenseur. De
nouveau, ne pensant plus qu'à Hanadi Jbail.

Cette plage de détente ne l'avait pas vraiment
détendu.

* *
*

Malko avait mal dormi, regardant l'aube se lever
sur la Marina. S'imposant de ne pas appeler Hanadi
Jbail avant neuf heures. Si elle ne répondait pas, il
alerterait immédiatement les FSI.

Il composa son numéro lentement et attendit,
l'estomac noué.

– *Aiwa* ?

C'était la voix un peu éraillée de la Chiite.

– C'est moi, dit Malko. Je vous appelle comme
convenu.

Il y eut un silence très court qui lui sembla une
éternité.

– Vous connaissez le Mowenpick ? demanda-
t-elle. Retrouvons-nous là pour déjeuner. Ce n'est
pas loin de chez moi.

La communication fut coupée. Malko avait l'impression qu'on lui gonflait la poitrine à l'hélium.
Après tant de rebondissements, il arrivait peut-être
au bout de sa traque.

CHAPITRE XXIII

Il n'y avait plus la moindre parcelle d'érotisme dans leur relation. Pourtant, Hanadi Jbail était toujours aussi provocante. Elle et Malko avaient déjeuné au Mowenpick d'un poisson vaguement frit arrosé d'eau minérale et la Chiite avait beaucoup fumé. Malko demanda d'une voix égale :

— Vous avez réfléchi à notre conversation d'hier ?

— Oui.

— Vous êtes prête à coopérer ?

Hanadi Jbail écrasa sa cigarette dans le cendrier.

— Que m'offrez-vous ?

— J'ai parlé ce matin au chef de Station de la CIA au Liban qui a reçu des instructions de Washington, expliqua Malko. Dans un premier temps, nous vous mettons à l'abri de toute réaction libanaise. Ensuite, on vous fera quitter le Liban et vous serez prise en charge par un programme « *witness protection* ». Le temps qu'il faudra. Lorsque les choses se seront calmées, vous vous installerez où vous voudrez sous une nouvelle identité.

— Avec quel argent ? demanda Hanadi Jbail d'une voix sèche. Ici je gagne très bien ma vie…

– Vous discuterez de cet aspect avec les gens de la CIA, dit Malko, mais je suis sûr qu'ils sont prêts à faire un très gros effort financier.

Cela coûterait de toute façon moins cher qu'une guerre avec l'Iran…

Hanadi Jbail tourna longuement sa petite cuillère dans son café.

– Très bien, dit-elle. Qu'attendez-vous de moi ?

Le regard bleu s'était un peu éteint, mais la voix était toujours aussi ferme.

– D'abord que vous me parliez de vous. Du moins de l'aspect professionnel de votre vie. Pas la décoration. Depuis combien de temps travaillez-vous pour les Israéliens ?

– Deux ans environ.

– C'est votre ami Younes Hayimeh qui vous a recrutée ?

– Puisque vous le savez, pourquoi me le demander ?

– Pourquoi avez-vous accepté.

– Il m'a mis le marché en main. Si j'acceptais, il me sortait de mon trou du Sud et m'aidait à me faire un nom à Beyrouth.

– Il a tenu sa promesse ?

– Oui.

– Où est-il maintenant ?

– En Irak.

– Vous avez toujours des sentiments pour lui ?

– Je n'en ai jamais eu.

Sa voix était froide comme un rasoir. Un vrai barracuda. Une femme de tête.

– À part Younes Hayimeh, connaissez-vous d'autres agents israéliens au Liban ?

– Non.

Normal, étant donné le cloisonnement.

– Très bien. Comment communiquez-vous avec votre « traitant » ?

– Je ne l'ai jamais vu. Younes m'avait remis un portable crypté et un numéro en Jordanie. Pour envoyer des SMS. Je n'ai jamais parlé à personne.

– Toutes vos instructions venaient par SMS ?

– Oui.

– Comment décryptez-vous les messages que vous recevez ?

– J'ai reçu aussi un logiciel miniaturisé que je branche sur ce portable et qui met automatiquement le texte en clair.

Malko attendit quelques instants pour poser la question qui lui brûlait les lèvres, car elle conditionnait toute la suite de son plan.

– Vous saviez que j'appartenais à la CIA ?

– Oui.

– Comment ?

– On m'a demandé de vous surveiller.

– Soyez plus précise.

– Il fallait que j'entre en contact avec vous et que j'essaie de savoir ce que vous faites à Beyrouth.

Il l'aurait embrassée. Pourtant ses traits s'étaient durcis et ses lèvres étaient réduites à deux lignes rouges.

– Vous avez déjà transmis des informations ?

– Oui. Que j'avais établi le contact.

– Comment ?

– Comme d'habitude. SMS crypté.

– Donc, vous êtes supposée continuer à me voir ?

– Oui.

Il commanda un autre café. Jusque-là, les choses se présentaient comme il le souhaitait.

– Très bien, dit-il. Retrouvons-nous ce soir à sept heures au Four Seasons. Au bar. N'oubliez pas que, désormais, vous avez changé de camp.

Elle était trop intelligente pour qu'il ait besoin d'en dire plus. Désormais, il fallait programmer la suite de la « manip ». Avec Ray Syracuse et les Libanais.

La partie la plus hasardeuse.

Ray Syracuse fumait des Marlboro à la chaîne en écoutant Malko. Lorsque ce dernier eut terminé, il écrasa sa cigarette dans le cendrier et résuma.

– Vous allez faire croire aux Israéliens, par l'intermédiaire d'Hanadi Jbail, que vous êtes sur la piste de Nawaf Al Indi ?

– Oui.

– Ils risquent de se méfier…

– Non, plaida Malko. Je vais faire en sorte qu'elle leur communique une info qui ne lui permettra pas, à *elle*, d'identifier Al Indi, mais qui alertera les Israéliens.

– Laquelle ?

– Elle va dire dans son SMS destiné au Aman que je m'intéresse au Hezbollah et que je lui ai demandé si elle connaissait des gens du village de Nabatiyeh, dans le sud.

– Pourquoi Nabatiyeh ?

– C'est le village natal de Nawaf Al Indi. Vous savez qu'au Liban, lorsqu'on enquête sur quelqu'un, on commence toujours par le village d'où il est parti.

– Vous pensez que cela va suffire pour alerter les Israéliens ?

– Je ne peux pas en jurer, mais je le crois. Ils savent *évidemment* que Nawaf Al Indi est né là-bas. D'habitude, ils réagissent vite.

– Et ensuite ?

Malko esquissa un sourire.

– Pour la suite, il faut prier très fort. Mon calcul est que les Israéliens, sachant leur agent en danger, vont tout faire pour l'exfiltrer.

– Comment allez-vous être au courant de leur plan ?

– Il y a le Plan A et le Plan B, expliqua Malko. Le Plan A est le plus sûr. Je suppose que Nawaf Al Indi communique avec le Aman de la même façon qu'Hanadi Jbail. SMS crypté. Ils vont donc lui en envoyer un. L'idéal serait que nous interceptions ce SMS.

– Comment, puisqu'il sera codé ?

– Grâce à la clef de décryptement que possède Hanadi Jbail pour décrypter ses propres SMS.

Le chef de Station secoua la tête, sceptique.

– D'abord, il n'est pas certain que le *Maaloumat* connaisse le numéro du portable que Nawaf Al Indi utilise pour ses communications avec sa Centrale. Ensuite, les Israéliens sont *très* prudents. Il y a peu de chance pour qu'ils utilisent le même code pour deux agents différents. Quel est votre Plan B ?

– Demander au *Maaloumat*, à partir du moment où Hanadi Jbail expédie son SMS alertant les Israéliens sur cet agent dont elle ignore tout, sauf le village natal, d'exercer une surveillance globale sur Nawaf Al Indi.

» De façon à l'intercepter.

Ray Syracuse fit la moue.

– Et s'il part, via la Syrie ?

– Je ne pense pas. Ils vont tenter probablement de faire au plus simple : qu'il se rapproche de la frontière israélienne, là où un hélico de Tsahal peut venir le récupérer. Son village n'est qu'à quelques kilomètres d'Israël.

– Je serais assez d'accord avec vous, répliqua l'Américain. Mais comment faire pour le récupérer, *nous* ?

– En agissant sous le nez des Libanais. Si les choses se passent comme je le souhaite, il faut que vous ayez un hélico en s*tand-by* dans l'espace aérien libanais qui puisse réagir en quelques minutes.

– Ça c'est possible, admit Ray Syracuse. Mais il y a beaucoup de « si » dans ce plan.

– Il y a aussi beaucoup de « si » dans la vie. OK. Maintenant, on va vendre ça au colonel Al Hassan.

***

Le général Ashraf Rifi s'était invité au meeting, demandé en urgence par Ray Syracuse. Les quatre hommes se trouvaient dans la grande salle de conférence du deuxième étage et Malko venait de finir d'exposer son plan.

C'est le colonel Al Hassan qui répondit, point par point.

– Votre Plan A ne me semble pas possible, annonça-t-il. Nous ignorons le numéro du portable utilisé par Nawaf Al Indi. Ensuite, je doute, moi aussi, que les Israéliens utilisent le même code pour *deux* agents.

» Donc, il faut envisager votre Plan B.

» Cela ne pose pas de difficultés techniques de prendre en charge Nawaf Al Indi, sans qu'il s'en rende compte, mais il ne faudrait pas que cela dure trop longtemps.

– À mon sens, répliqua Malko, s'il n'y a pas de réaction dans les quarante-huit heures, il n'y en aura pas, et, dans ce cas, vous n'aurez plus qu'à l'arrêter.

Le colonel du *Maaloumat* échangea quelques mots en arabe avec le général Rifi et conclut :

– Nous sommes d'accord. Quand donnez-vous le feu vert ?

– Soyez opérationnels à partir de ce soir, dit Malko. Le message d'alerte partira vers sept heures.

***

Hanadi Jbail était en avance, devant un « café blanc », dans l'ombre du bar du Four Seasons. Cette fois, elle avait troqué ses éternels pantalons pour une robe noire boutonnée par des pressions, du cou aux genoux.

Malko se glissa en face d'elle.

– Je vais vous dicter le SMS que vous allez envoyer, annonça-t-il. Enfin, les éléments principaux. Ajustez-les à votre style. Voilà, je suis censé vous avoir posé des tas de questions sur le Hezbollah, sachant que vous êtes Chiite, et vous avoir demandé si vous aviez des amis au village de Rmaich.

Hanadi Jbail fronça les sourcils.

– Rmaich ? Mais c'est un trou, près de la frontière.

– Je sais, fit Malko. Ne discutez pas. Je veux que ce SMS parte dans la demi-heure.

Sans un mot, elle termina son « café blanc » et se leva. Malko en fit autant et lui lança avec une pointe d'ironie :

– *Now, we are in business* [1].

Un « business » où elle jouait sa peau. Si les Israéliens découvraient son double jeu, son espérance de vie allait diminuer sérieusement.

**

Uri Spielmann était encore dans son bureau à neuf heures du soir, au sixième étage du ministère de la Défense, à Tel Aviv, lorsqu'un agent de la division des télécommunications entra et déposa une feuille de papier sur son bureau. Un message reçu via le système codé reliant les agents du Aman au Liban à leur Centrale.

En tête, il y avait un seul mot : DALILA.

1. Maintenant, nous sommes en affaires.

Le pseudo de l'agent qui avait expédié le SMS. Il était court et Uri Spielmann le parcourut rapidement. Soulignant un nom au stabilo rouge.

Il ouvrit ensuite son coffre dont la combinaison changeait chaque matin, pour y prendre un dossier noir regroupant les identités des agents libanais traités par son Service. À la cinquième page, il retrouva l'élément permettant d'identifier presque avec certitude l'agent évoqué indirectement dans le message de DALILA.

Sans perdre une seconde, il composa le numéro de l'homme chargé des problèmes urgents, le capitaine Yehuda Spitz. Trois minutes plus tard, ce dernier déboulait dans son bureau. Uri Spielmann était en train de rédiger des instructions pour lui. Le capitaine attendit debout, en silence qu'Uri Spielmann ait fini d'écrire.

Celui-ci lui tendit la feuille de papier.

– La source « Mega » est en danger, annonça-t-il. Il faut l'exfiltrer de toute urgence. Tenez-moi au courant.

Toute la machine de sauvetage du Aman allait se mettre en branle instantanément. Les ressources humaines étaient la plus grande richesse d'un Service de Renseignement. Il fallait tout faire pour sauver « Mega ».

Lorsqu'il fut seul, Uri Spielmann eut une pensée reconnaissante pour Isser Serfaty. Sans lui, « Mega » se serait très probablement retrouvé dans une prison libanaise.

CHAPITRE XXIV

Nawaf Al Indi dormait profondément lorsqu'il fut réveillé par deux faibles sonneries stridentes. Il se dressa dans son lit, le pouls à 150. Depuis qu'il possédait le portable relié à Israël, c'était la première fois qu'un SMS arrivait en pleine nuit.

Heureusement que sa femme dormait dans une chambre voisine, avec une de ses filles.

Il afficha le SMS, puis le décrypta et eut l'impression qu'une main invisible lui broyait l'estomac. Le texte dansait devant ses yeux :

« Danger. Château de Beaufort. 10 AM. »

Le Château de Beaufort se dressait au sommet d'une colline pelée, au sud du village de Nabatiyeh, dans le sud Liban. Jadis, des siècles plus tôt, point d'appui des Croisés, il ne restait plus que quelques murs balayés par le vent lors de leur départ du Liban, en 2000, les Israéliens avaient achevé de le détruire. Ce message ne pouvait avoir qu'une signification. Le Hezbollah, ou les Services libanais, le soupçonnait et il devait donc prendre la fuite.

Balayé par une terreur panique, il fonça à la fenêtre, l'ouvrit et observa la rue du balcon.

Personne.

Il se força pour se recoucher. Les pensées s'entrechoquaient dans sa tête. Il savait ne pas avoir une minute à perdre, mais, s'il s'enfuyait en pleine nuit, cela risquait d'alerter sa femme, et, peut-être, ceux avec qui il travaillait. La solution lui vint une heure plus tard. Il allait raconter à sa femme et à son bureau que sa mère avait une crise cardiaque et qu'il devait, coûte que coûte, aller à son chevet.

Personne ne discuterait ce prétexte. Or, sa mère se trouvait dans son village natal, Nabatiyeh. Le Château de Beaufort était vingt kilomètres plus loin. Pour y être à dix heures, comme le réclamait le SMS, il devait partir à huit heures, au plus tard.

Sa Mercedes était garée en bas de chez lui et il ne prendrait pas son chauffeur.

Il n'arriva pas à se rendormir. Sachant qu'il ne reverrait plus ses enfants, ni sa femme. Ni le Liban. C'était un choc. Bien sûr, il s'était attendu à ce genre de chose, mais, quand cela arrive réellement, cela n'est pas la même chose... Pour se remonter le moral, il s'efforça de penser au petit trésor qui dormait à Singapour.

Seulement, avant d'en profiter, il fallait s'exfiltrer. Est-ce que les Services libanais ne l'avaient pas déjà « ciblé » ? Il allait le savoir très vite.

Quand les premières lueurs de l'aube envahirent la chambre, il avait les yeux grands ouverts, comme une chouette. Il se leva et prit une douche, la gorge nouée.

***

Une aube brumeuse se levait sur Beyrouth, qui perdait une partie de son charme oriental avec l'absence de soleil. Malko s'était réveillé trois ou quatre fois dans la nuit. Quand on travaille sans filet, c'est éprouvant pour les nerfs. À chaque seconde, il pouvait surgir un imprévu. Hanadi Jbail était une dure. Elle pouvait parfaitement avoir enfumé Malko pendant qu'elle préparait sa fuite.

La sonnerie de son portable le fit sursauter. Il jeta un coup d'œil à sa Breitling : 6 h 55. La voix du colonel Wissam Al Hassan acheva de le réveiller.

– Nous venons d'intercepter une communication entre Nawaf Al Indi et un membre du Hezbollah qui travaille avec lui. Il avertissait qu'il devait partir d'urgence voir sa mère frappée par une crise cardiaque, dans son village de Rmaich.

Le pouls de Malko grimpa au ciel.

– Vous croyez que...

– Ça y ressemble, confirma l'officier du *Maaloumat*. Notre dispositif est en place. Nous allons le prendre en compte à la sortie de Beyrouth. De toute façon, il n'y a qu'une façon d'aller dans le sud : l'autoroute côtière.

– OK, approuva Malko. Je préviens Ray. Nous restons en contact.

– Nous allons boucler la frontière au sud de Rmaich, expliqua le colonel Al Hassan. Nous le cueillerons quand il sera dans son village qui n'est qu'à cinq kilomètres de la frontière israélienne.

– Parfait, approuva Malko.

À peine la communication coupée, il appela Ray Syracuse. Le réveillant.

– Vous êtes opérationnel ? demanda Malko.

La veille ils s'étaient mis d'accord sur le dispositif terrestre. Le chef de Station aurait deux véhicules et Malko sa Mercedes.

Grâce à la note communiquée quelques jours plus tôt par le *Maaloumat*, ils connaissaient le numéro de la voiture de Nawaf Al Indi. Une Mercedes 200 noire.

– Rendez-vous dans une heure sur l'autoroute, en face de Khaldé. Il y a une station Esso.

– J'y serai, assura Malko. Avec Hanadi Jbail.

Avant de sauter dans sa douche, il appela la Libanaise qui lui répondit d'une voix étrangement réveillée, étant donné l'heure matinale.

– Il faut que vous soyez en bas de chez vous dans trente minutes, ordonna Malko.

Il ne lui laissa pas le temps de demander d'explications et raccrocha.

Pendant que l'eau chaude achevait de le réveiller, il se dit qu'il y avait encore un sacré problème à résoudre : escamoter Nawaf Al Indi sous le nez des Libanais. À condition que ce dernier ne leur file pas entre les doigts. Ils ignoraient totalement le plan échafaudé par les Israéliens. Il pouvait filer dans une planque, *en ville* et attendre une exfiltration ultérieure.

Quand même, il avait envie de chanter, en sortant de sa douche : avec des indices minuscules, il était arrivé à remonter la piste de la « taupe » israélienne au sein du Hezbollah.

***

Nawaf Al Indi n'arrêtait pas de jeter des coups d'œil dans le rétroviseur, sans pouvoir s'en empêcher. Il était désormais à la hauteur de l'aéroport et il y avait peu de circulation vers le sud.

Encore trop pour l'empêcher de savoir s'il était suivi. Les gens des Services libanais n'étaient pas des débutants et il risquait de s'apercevoir de rien. Pourtant, plus les kilomètres passaient, plus sa confiance revenait. Après tout, ils n'avaient aucune raison de s'intéresser à lui. Les craintes des Israéliens étaient peut-être infondées ou prématurées.

Le soleil éblouissant acheva de lui remonter le moral. Sa femme n'avait fait aucune remarque, pas plus que son adjoint. Au Liban, la famille c'était sacré.

Il regarda le ruban asphalté, devant lui : encore presque deux heures de route. Au lieu de suivre l'autoroute jusqu'à Tyz, il la quitterait à l'embranchement pour Nabatiyeh. Le Château de Beaufort se trouvait à vingt minutes au sud de ce gros village.

Hanadi Jbail attendait Malko devant son immeuble. Ayant repris se tenue de cuir. Maquillée, en dépit de l'heure matinale. Elle se glissa à côté de Malko.

– Où allons-nous ?

– Je l'ignore encore, avoua Malko, mais je crains que vous ne revoyez pas Beyrouth de sitôt.

Elle ne réagit pas, tandis que Malko descendait la Pacific El Hariri avenue pour rattraper l'autoroute.

Un quart d'heure plus tard, il mit son clignotant pour entrer dans la stations service Esso, en face de Khaldé. Deux 4×4 blancs étaient déjà là, glaces fumées. Ray Syracuse descendit de l'un d'eux et vint vers Malko.

– Je viens d'avoir des nouvelles, annonça-t-il. Nawaf Al Indi vient de sortir de chez lui. Il va passer ici dans une dizaine de minutes. Le problème, c'est que nous ne savons pas où il va…

– C'est vrai, reconnut Malko. Forcément, vers Israël. Où en êtes-vous avec l'hélico ?

– Il vient de décoller d'une frégate qui croise au sud de la côte libanaise. Je lui donnerai mes instructions par l'intermédiaire de la Station. Quand on en saura plus.

Le portable de l'Américain sonna.

– C'est le colonel Al Hassan, annonça-t-il. Nawaf Al Indi a pris l'autoroute. Il va passer devant nous dans quelques minutes.

– Je vais me coller à lui, proposa Malko. Restez un peu en arrière, avec les « baby-sitters ».

Ils remontèrent chacun dans leur véhicule.

Exactement sept minutes plus tard, Malko vit passer devant lui une vieille Mercedes 200 noire. Son pouls grimpa au ciel lorsqu'il lut la plaque.

C'était Nawaf Al Indi.

La manip avait fonctionné.

Le temps qu'il sorte de la station-service, la Mercedes était à trois cents mètres. Il accéléra un peu pour demeurer en contact visuel.

***

Le colonel Al Hassan se trouvait dans une Toyota au moteur gonflé, en compagnie d'une de ses assistantes, la tête couverte d'un niqab. Un couple tranquille descendant vers le sud. Deux autres voitures du *Maaloumat* roulaient devant, afin de se laisser dépasser par la Mercedes de Nawaf Al Indi et de prendre la suite.

En cas de problème, il pouvait alerter son antenne de Sour, beaucoup plus au sud.

***

Plus les kilomètres passaient, plus le pouls de Nawaf Al Indi se calmait. Il avait passé Saida et, dans vingt minutes, allait atteindre l'embranchement pour Nabatiyeh.

Il regarda sa montre : 8 h 40.

Il serait largement à l'heure pour le rendez-vous du Château de Beaufort. Il en était persuadé : les Israéliens allaient lui envoyer un hélicoptère. À vol d'oiseau, la frontière israélienne se trouvait à une dizaine de kilomètres et ils contrôlaient totalement l'espace aérien. Détendu, il alluma une cigarette et elle était presque achevée lorsqu'il s'engagea dans l'embranchement filant vers Nabatiyeh. Une route assez bien entretenue, à deux voies.

Il allait arriver en avance à son rendez-vous. Tellement euphorique qu'il n'envisageait même plus de se faire rattraper.

* * *

La voiture du *Maaloumat* qui venait de prendre le relais de la filature, ralentit. Normalement, la Mercedes 200 devrait déjà être derrière eux et les doubler.

Rien.

Le chauffeur appela aussitôt sur sa radio le colonel Al Wissam Hassan qui le rassura.

– Il vient de prendre la route de Nabatiyeh. Nous avons des gens derrière. Faites demi-tour et rejoignez-nous.

Malheureusement, il n'y avait qu'une route pour rejoindre Nabatiyeh.

* * *

Malko s'était engagé à son tour sur la route de Nabatiyeh. À côté de lui, Hanadi Jbail fumait non stop, sans ouvrir la bouche.

Son portable sonna.

– Où êtes-vous ? demanda Ray Syracuse.

– Nous venons de prendre la route de Nabatiyeh. Je me demande s'il ne va pas au Château de Beaufort, répondit Malko. C'est le lieu idéal pour un « pick-up » rapide.

– Où sont les autres ?

C'est-à-dire les Libanais.

– Il y a une Audi derrière moi qui pourrait être eux, mais il y en a sûrement d'autres.

La Mercedes 200 de Nawaf Al Indi roulait devant, à moins d'un kilomètre.

Un quart d'heure plus tard, après une longue ligne droite en pente, les premières maisons de Nabatiyeh apparurent. Il n'y avait aucune déviation pour traverser la ville et Malko se retrouva très vite englué dans la circulation. L'Audi blanche presque collée à son pare-choc arrière. Il n'y avait plus de doutes : c'était bien le *Maaloumat*. Ce qui allait poser un problème...

Il réfléchit pendant toute la traversée de Nabatiyeh à la façon de le résoudre. La Mercedes 200 se trouvait à moins de cinquante mètres devant lui, mais, à cause de la circulation intense, ne risquait pas de le remarquer. À la sortie de la ville, la Mercedes s'engagea sur la route n°5.

Hanadi Jbail rompit le silence.

– Nous allons à Marjeloun ?

Son village natal.

– Je ne pense pas, fit Malko. Réalisant qu'il lui restait très peu de temps pour se débarrasser des Libanais. L'embranchement menant au Château de Beaufort se trouvait vingt kilomètres plus loin, au milieu du village de Kfar Tebnit. Ensuite, la route montait sur environ six kilomètres jusqu'au Château.

– Vous êtes loin ?

– On sort de Nabatiyeh.

– Accélérez. Rattrapez-moi. Je suis suivi par une Audi blanche. Certainement nos amis. Doublez-la. Vous allez arriver à un village où la route tourne, Kfar Tebnit. Faites semblant de tomber en panne au milieu du village pour bloquer l'Audi.

C'est le seul moyen.

– OK, confirma l'Américain.

– L'hélico doit être sur zone dans dix minutes, continua Malko. C'est possible ?

– C'est comme si c'était fait.

***

Le pouls de Nawaf Al Indi était remonté dans la stratosphère. Depuis un moment, il avait repéré une Mercedes grise collée à ses basques. Bien sûr, il y avait pas mal de trafic en direction de Marjeloun, mais il était quand même inquiet.

Il allongea le bras et prit dans la boîte à gants un Glock 9 mm, qui avait toujours une balle dans le canon et le coinça entre les deux sièges.

Avant de baisser les yeux sur sa montre : neuf heures vingt. Dans trois minutes, il arriverait à Kofr Tibnit. Là, il saurait de façon certaine s'il était suivi ou non.

Et il aviserait.

***

L'Apache de Tsahal, « affrété » par l'Aman, attendait sur le terrain militaire de Bet Hilel, au nord de Kyriat Schmona, à dix minutes de vol du Château de Beaufort.

L'équipage avait reçu l'ordre de décoller à 9 h 45, afin de rester le moins longtemps possible dans l'espace aérien libanais. Il fallait moins de six minutes pour atteindre le Château de Beaufort. Il y avait deux pilotes et deux mitrailleurs, au cas improbable où ils rencontreraient de la résistance.

Encore quinze minutes à attendre.

* * *

Le chauffeur de l'Audi du *Maaloumat* vit passer une ombre blanche sur sa gauche, puis une seconde et donna un coup de volant. Déjà, les deux 4×4 s'étaient rabattus et roulaient devant lui.

Sûrement les Américains.

Instantanément, il appela le colonel Al Hassan sur sa radio et signala l'incident.

– Pas de problème, assura l'officier du *Maaloumat*, ils sont nerveux.

* * *

Nawaf Al Indi étouffa un juron : la Mercedes grise venait de s'engager à sa suite sur le chemin menant au Château de Beaufort !

Cette fois, c'était sûr : il était suivi. Il regarda dans son rétroviseur, sans parvenir à distinguer les occupants de la Mercedes.

Impossible de faire demi-tour : il voyait déjà dans le lointain les ruines du Château. Il tenta de se rassurer en se disant que les Israéliens allaient sûrement venir le chercher avec un hélicoptère. Il lui suffisait de tenir quelques minutes, et, avec le Glock, il y parviendrait. Ensuite, les Israéliens pulvériseraient ses poursuivants d'une rafale de mitrailleuse.

Il était presque au bout de ses peines. Dans son

pare-brise, l'amoncellement de vieilles pierres qui avaient été, des siècles plus tôt, une des places fortes des Croisés, se rapprochait de plus en plus.

Soudain, il aperçut un point noir dans le ciel bleu : un hélicoptère.

Il était sauvé.

CHAPITRE XXV

Le chauffeur de l'Audi blanche du *Maaloumat* écrasa le frein, en lâchant une injure. Un des 4×4 qui l'avaient dépassé, venait de s'immobiliser entre les maisons de Kfar Tebnit. La route était trop étroite pour doubler et il donna un violent coup de klaxon.

Il vit le chauffeur du 4×4 sauter à terre et aller soulever son capot.

Un autre homme descendit du 4×4 et vint vers lui avec un sourire.

– *We are stuck* ! expliqua-t-il. *Fuel pump* [1].

L'agent du *Maaloumat* empoigna sa radio et rendit compte immédiatement au colonel Al Hassan. Le second 4×4 avait disparu.

– Je contacte les Américains, répondit son chef, d'une voix quand même un peu tendue.

Il n'aimait pas trop cette « panne » providentielle qui laissait Nawaf Al Indi sous le contrôle des Américains. Son plan était désormais évident : il allait se faire récupérer par un hélico israélien.

---

1. On est en rade. La pompe à essence.

* * *

Nawaf Al Indi déboucha sur l'esplanade qui servait de parking, au pied de ce qui restait des remparts du Château de Beaufort. Depuis un moment, sa radio crachait de l'hébreu. Les émetteurs israéliens, tout proches, et très puissants, cannibalisaient les stations libanaises.

Il se retourna : la Mercedes grise n'était pas encore en vue. Glissant son pistolet dans sa ceinture, il sortit de la voiture, recevant en plein visage un vent violent et frais, en dépit du ciel bleu.

Soudain, un faible « vlouf-vlouf » le fit sursauter. Il leva la tête et aperçut un hélicoptère, presque en vol stationnaire, qui commençait à descendre dans sa direction.

Moins d'une minute plus tard, l'appareil se posait dans un nuage de poussière, au bord du parking. Nawaf Al Indi partit en courant dans sa direction.

Les pales continuaient à tourner et il se baissa pour parvenir à une des portes latérales. Quand il releva la tête, il aperçut un militaire en tenue kaki, casqué, qui lui tendait la main pour l'aider à monter.

Hissé, poussé, Nawaf Al Indi se retrouva à plat ventre sur le plancher de l'appareil. Il se releva et regarda l'homme qui venait de l'aider. La première chose qu'il vit fut l'écusson américain cousu sur sa manche.

Ensuite, il aperçut un homme et une femme qui montaient à leur tour dans l'hélico. Celui-ci s'arracha aussitôt du sol.

Nawaf Al Indi se laissa tomber sur le plancher métallique, accablé, incapable de réagir.

Dépassé.

* * *

L'Apache israélien venait de décoller de Beit Hilel, cap plein ouest. Le temps était si clair qu'on apercevait à l'œil nu les ruines du Château de Beaufort sur son piton.

Le capitaine Yehuda Spitz, assis à côté du pilote, prit ses jumelles, observant l'objectif. Il eut soudain l'impression d'avoir une hallucination : un autre hélicoptère, presque invisible à cause de son camouflage « désert », venait de décoller de l'esplanade du Château et filait vers l'ouest, à quelques centaines de pieds du sol.

Le pilote continuait droit vers le piton, Yehuda Spitz aperçut une Mercedes sombre, portière ouverte et une seconde, grise, les deux portières ouvertes.

Aucun signe de vie.

L'Apache était désormais à la verticale des deux véhicules.

Le pilote amorça sa descente. Aussitôt stoppé par le capitaine Yehuda Spitz qui lança dans son micro :

– On rentre.

* * *

Tout le compartiment première avait été réservé par la CIA sur le vol Francfort-Washington. Pour

Nawaf Al Indi, Hanadi Jbail, Malko et une escorte
de quatre «*field officers*», armés.

Malko regarda les forêts de sapins entourant la
ville disparaître dans le brouillard et se tourna vers
Hanadi Jbail.

– Vous allez commencer une nouvelle vie, remarqua-t-il avec un sourire. Qu'en pensez-vous ?

– Je ne sais pas encore, j'ai du mal à croire que
je ne reverrai pas le Liban. Cela va beaucoup me
manquer…

– Ce ne serait pas prudent d'y retourner, conseilla
Malko.

On apportait des plateaux.

Dans la rangée derrière eux, Nawaf Al Indi, allait
dîner, enchaîné par le poignet gauche à son officier
de sécurité.

Son «débriefing» à Francfort n'avait pas été facile.
Pendant trois jours, il était resté muet, ne répondant
ni aux questions posées en arabe, ni à celles posées
en anglais. Les interrogateurs de la CIA s'étaient
relayés pour lui faire comprendre que son sort, même
s'il ne lui paraissait pas enviable, était meilleur que
ce qui l'attendait au Liban.

Finalement, pour briser la résistance du Libanais,
le chef interrogateur avait eu recours à un argu-
ment sans réplique. Si Nawaf Al Indi continuait à se
murer dans le silence il était expédié en Ouzbékistan, pour des interrogatoires «renforcés». Les Services ouzbeks coopéraient joyeusement avec la CIA
en employant les anciennes méthodes du KGB local.

Simples et de bon goût.

Le «suspect» était plongé dans un énorme récipient

en cuivre, chauffé par des rampes de gaz. On allumait le gaz et on le laissait mariner. La plupart parlaient avant d'être brûlés au premier degré par l'eau qui chauffait progressivement. Quelques-uns tenaient jusqu'à ce que leur peau s'en aille en charpie. Généralement, ils ne survivaient pas…

Quelques islamistes particulièrement fanatiques avaient préféré mourir asphyxiés par la vapeur brûlante en hurlant « Allah Ou Akbar ».

Cuits à point.

Évidemment, ces méthodes primitives mais efficaces n'étaient pas officielles, mais tout le monde les connaissait. L'Ouzbékistan, pour les ennemis de la CIA, était devenu le cauchemar absolu.

Du coup, Nawaf Al Indi s'était mis à table. Sa confession avait duré trois jours. Cent soixante pages de témoignage retraçant tout son parcours depuis le moment où il s'était fait recruter par « Alex » à Rome. Les Américains voulaient tout savoir, tout comprendre, afin de présenter un dossier en béton à la Maison Blanche.

Il avait révélé, entre autres, la méthode employée pour informer Nassir Moussawi. Il avait convoqué celui-ci à Rome et lui avait transmis les ordres supposés venir de Mustapha Shahabe, bloqué à Beyrouth. Le responsable de la branche extérieure du Hezbollah aux États-Unis ne s'était douté de rien.

Nawaf Al Indi allait donc être déféré devant un tribunal américain pour son rôle dans l'attentat contre Barack Obama.

Il restait un point en suspens, que seul le président des États-Unis pouvait trancher : serait-il jugé publiquement ou à huis clos ? Dans le premier cas, le rôle d'Israël serait exposé au grand public, avec des conséquences politiques dévastatrices.

Dans l'autre, la manip, imaginée par Isser Serfaty en dehors du gouvernement israélien, pourrait passer à la trappe. Parmi les conseillers du Président qui étaient au courant, les deux camps étaient partagés. Selon leurs sympathies pour Israël.

On retira les plateaux. Le Boeing 777 filait à 35 000 pieds, sans une secousse.

Grâce à l'homme aux dix-sept oreilles, le général Mourad Trabulsi, et à d'autres contacts au niveau politique, Malko avait été éclairé sur l'attitude du Hezbollah qui demeurait silencieux. Pas de réaction officielle depuis le « kidnapping » de Nawaf Al Indi. Certes, ses dirigeants étaient furieux d'avoir été pénétrés par les Israéliens, mais, en même temps, le mouvement était lavé de tous soupçons dans l'affaire de l'attentat contre le président Obama.

Comme les Iraniens.

Grâce à l'entêtement de Malko.

Celui-ci se détendait enfin. L'éclairage de la cabine venait d'être mis en veilleuse, pour la nuit. Bercés par le ronronnement des réacteurs, les passagers s'assoupissaient. Malko vit Hanadi Jbail passer devant lui et partir vers les toilettes.

Lorsqu'elle revint s'asseoir à côté de lui, il remarqua immédiatement un détail troublant : elle s'était changée, troquant son pantalon de cuir noir pour une jupe très courte dévoilant la quasi intégralité de ses jambes interminables.

Pudiquement, elle étala aussitôt une couverture

sur ses genoux et se retourna vers le hublot, calant sa tête sur un oreiller. Malko demeura sans réaction un certain temps. Jetant un coup d'œil sur les deux officiers de sécurité à sa droite, il vit qu'ils dormaient à poings fermés, des lunettes de tissu sur les yeux. D'ici à Washington, il ne pouvait rien arriver. Lorsqu'il glissa la main sous la couverture, atteignant la chair tiède et ferme d'une cuisse, son pouls cognait dur. Il s'immobilisa. Hanadi Jbail ne réagissait pas.

Il s'enhardit, remontant un peu, glissant une main entre les deux cuisses jointes. La jeune femme bougea légèrement et les doigts de Malko se trouvèrent soudain en contact avec la tiédeur onctueuse d'un sexe sans aucune protection. La courte jupe avait remonté sur ses hanches. Instantanément, il comprit que son changement de tenue n'était pas dû au hasard.

La jeune femme paraissait toujours endormie, mais lorsque ses doigts s'enfoncèrent légèrement dans son sexe, elle se cambra comme pour offrir sa croupe.

Pendant un long moment, Malko joua avec son sexe, l'apprivoisant de plus en plus. Le sien, comprimé dans son pantalon, lui faisait presque mal, tant il était excité. Finalement, il se défit et colla le membre brûlant contre la croupe de la Chiite.

Ils étaient emboîtés comme des petites cuillères. La position n'était pas très confortable, mais Malko parvint quand même, en tâtonnant, à ce que l'extrémité de son membre trouve l'ouverture du ventre d'Hanadi.

D'un coup de rein, il poussa de toutes ses forces, s'enfonçant jusqu'à la garde dans un sexe inondé.

Le sang aux tempes, il resta ainsi immobile, fiché dans la croupe magnifique de la Libanaise. Puis, c'est elle qui commença à bouger. Il ne put plus résister. Sans se retirer, il la saisit aux hanches, l'agenouillant sur les sièges. Puis, un bras passé autour de la taille d'Hanadi, il la pilonna de toutes ses forces.

La tête coincée contre le hublot, la jeune femme répondait par des gémissements à chacun de ses coups.

Jusqu'à ce qu'il se répande en elle, avec un grognement étouffé.

Il se détacha et Hanadi reprit sa position sur son siège, en chien de fusil, lui tournant le dos. D'un geste automatique elle ramena la couverture sur elle.

Pas un mot n'avait été échangé.

Malko regarda autour de lui : tout le monde dormait. Il se rajusta et, à son tour, bascula dans le sommeil. Les nerfs dénoués.

C'est l'hôtesse qui le réveilla avec le petit déjeuner. Hanadi Jbail se tourna vers lui avec un sourire.

– Vous avez bien dormi ?

Malko baissa les yeux sur ses jambes. Elle avait remis son pantalon de cuir noir.

Il se dit qu'elle avait un grand avenir.

La voix impersonnelle de la chef de cabine annonça :

– Nous allons atterrir dans une demi-heure à Washington DC. Le temps est couvert et la température de 80° Fahrenheit.

* * *

Benyamin Netanyahu, Premier ministre de l'État d'Israël, allait à Canossa. Dans un Boeing 747 d'El Al. La veille de son départ, l'ambassadeur des États-Unis à Tel Aviv, lui avait remis une enveloppe cachetée. Une lettre personnelle du président des États-Unis.

Pas vraiment une missive amicale.

Simplement, la liste de ce que les États-Unis exigeaient pour ne pas rendre public le complot ourdi par Isser Serfaty. Bien entendu, la première mesure consistait à l'écarter définitivement des Affaires. C'était la mesure la plus facile. Les autres lui tordaient l'estomac. Au mieux, elles risquaient de briser sa carrière politique, définitivement cette fois. Au pire, de déclencher une crise politique en Israël aux conséquences imprévisibles.

Le problème était que ce n'était pas une liste de propositions, mais des ordres poliment exprimés, sans lui laisser la moindre marge de manœuvre.

Il regarda le ciel noir et les étoiles, souhaitant que le Boeing d'El Al continue à voler autour de la terre et n'arrive jamais à Washington.

Cet ouvrage a été imprimé en France par

à Saint-Amand-Montrond (Cher)
en mai 2010

Mise en pages : Bussière

ÉDITIONS GÉRARD DE VILLIERS
14, rue Léonce Reynaud - 75116 Paris
Tél. : 01-40-70-95-57

— N° d'imp. 100827. —
Dépôt légal : juin 2010.